大山的呼唤

吴晓利——著

陕西新华出版传媒集团
陕 西 人 民 出 版 社

图书在版编目（CIP）数据

大山的呼唤/ 吴晓利著. — 西安：陕西人民出版社，2018

ISBN 978-7-224-12661-7

Ⅰ. ①大… Ⅱ. ①吴… Ⅲ. ①长篇小说— 中国— 当代

Ⅳ. ①I247.5

中国版本图书馆CIP数据核字（2018）第031670号

出 品 人：惠西平
总 策 划：宋亚萍
特约编辑：杜 红
责任编辑：王亚嘉
李燕莛
整体设计：周国宁

大山的呼唤

作 者 吴晓利
出版发行 陕西新华出版传媒集团 陕西人民出版社
（西安北大街147号 邮编：710003）
印 刷 西安建明工贸有限责任公司
开 本 787 mm × 1092 mm 16 开 16.25 印张 4 插页
字 数 200 千字
版 次 2018 年 6月第 1 版 2018年 6月第 1 次印刷
书 号 ISBN 978-7-224-12661-7
定 价 39.00元

亲缘（油画）　　　　作者：李岩云（国防大学特聘画家）

1937年初春，红军妇女独立团工兵营长杨文局（西路军供给部部长郑义斋之妻），在历经磨难逃离敌人魔掌之后，带着出生不久的郑义斋烈士的遗腹子郑盟海，一路向东，一边乞讨，一边寻找部队，在古浪西顶草原饥寒交迫,昏倒在茫茫雪野里。恰逢藏族土司家的少奶奶李坚草吉骑马路过，她冒着被马家军追杀的危险，救起了这对母子，带回家中，掩护起来，像亲人一样共度了12年，直到武威解放。

西风烈（国画）　　　　作者：李青稞（成都画院副院长）

作者为纪念中国工农红军长征胜利60周年而作的工笔人物画《西风烈》，刻画了两位年轻女红军战士的形象。在凛冽的西风中，她们偎靠在一起，抵御刺骨的寒风，簇拥着一团明亮的火光。画面语言简洁，寓意深刻，用寒风中战士的从容和火花来喻示革命事业必将成功。

序　言

在家中父母很少讲他们的革命经历，我真正走进父亲的历史，还是在父亲离开我们之后。父亲在他病重的时候，向我们郑重地交代，要把他的骨灰撒在大别山、大巴山、祁连山和太行山。我一直不能忘记捧着父亲的骨灰飞临祁连山上空的那一幕。那是1990年11月份寒冷的一天，天上飘着细碎雪花，兰州军区的战士们在河西走廊的大地上插起一面面红旗，燃起一堆堆篝火，指战员们和河西走廊的老百姓们肃穆地向飞临的直升机致敬，父亲又回到和他浴血奋战的战友当中！我的思绪也融入了祁连山的茫茫雪山中。小说描写的故事正是发生在这片土地上。

上世纪20年代初，革命先驱们在大别山区开展了轰轰烈烈的农民运动，播下了革命的火种，黄麻起义后，大别山的红军诞生了。大别山位于武汉之侧，处于中国的中心地带。这支红军一直被蒋介石视为心腹之患，多次重兵“围剿”，可是红四方面军屡战屡胜，发展壮大，建立了仅次于中央苏区的大根据地。1932 年春天，蒋介石为了消除这个心腹之患，集中了精锐部队对鄂豫皖革命根据地进行第四次“围剿”。由于敌我力量悬殊加之主观指导的一些失误，第四次反“围剿”失败了，红四方面军的主力部队被迫转移。万余孤军在十几万国民党军队的围追堵截下，冲破重围，西行三千里，又在四川打出一片新天地，创建了川陕革命根据地。蒋介石和他的幕僚百思不得其解，这支红军好像猫有九条命，百战不衰，越“剿”越强。这是一支传奇的部队呀！

红四方面军在川陕苏区时期成立了妇女独立团。战争是血腥和残酷的，对于妇女来讲尤其是这样。在川陕苏区为什么有这么多的妇女能够投身到红军中来呢？父亲在他的回忆录中谈道：“我军刚翻过大巴山，就有打赤脚的女孩跑来，主动给部队带路。（在川北的）田野里、山坡上，见到的多是妇女在劳动，砍柴、背粮、挑粪、耕田，有些妇女身后背着娃娃，照样干活。但是，妇女的地位是最低贱的，命运也最惨。她们终年像奴隶般劳动，经常遭受公婆、男人的欺凌和虐待，经济上、人格上毫无独立性可言。买卖婚姻盛行，童养媳甚多。她们从小被卖到婆家，当牛马使唤，过着非人的生活。川北妇女的这种社会地位和悲惨生活，决定了她们具有勤劳、肯吃苦、反抗性强、渴求自由解放的特点。红军到来，提倡妇女解放、男女平等、婚姻自由、男女同工同酬、妇女有选举权和被选举权，打碎了套在妇女身上的枷锁，她们挺起了腰杆儿，见到了天日。她们觉得自己的地位改变了，被当人看待了，生活有希望了。所以她们的革命积极性很高，成为土地革命运动和反封建的先锋，是党和红军的得力助手。红四方面军妇女独立团，就是在这种基础上诞生的。”

这是一支英雄的部队，许多关于这支部队的传奇故事仍在当地流传着。这支部队在鼎盛时期曾发展成为2500余人的妇女独立师，她们屡克强敌，出色地完成了红军总部交给的各项任务，在长征中三过草地、数过雪山，克服了女人难以忍受的生理局限。1936年秋，这支部队改编为“西路军妇女抗日先锋团”，踏上了西征的悲壮征程，展开了下面的故事……

读过书后大家可能会有一个共同的问题：这些西路军女战士的精神力量是从哪里来的呢？我的好友陈知庶将军在甘肃省军区任司令员职务达十年之久，多次到西路军战斗过的地方去看望留在那里的红西路军老战士。他深有感触地对我讲，这些红军老战士大多参加红军的时间并不长，大概也就是两三年吧，但是每当提起红军，他们就焕发了青春，唱起红军的歌，甚至跳起红军的舞，红军深深地烙在他们心里。我也多次到过父亲战斗过的革命老根据地，实实在在地感受到老区人民对红军的感情，令我体会最深的是在阿坝州金川县，在那里感受到藏族同胞对红军深切的情谊。红军是经过长期转战到这些地区的，没有可能使这里的人民在生活上短期内得到很大的改善，那么人民为什么这么怀念红军呢？因为红军是中国共产党创建的新型人民军队，根本区别于一切压迫人民的旧式武装队伍。红军坚决贯彻党的纲领、路线和政策，组织和发动广大劳苦群众自己解放自己，翻身当家做主人。这就是红军的力量所在，这就是我们父辈革命的初衷，这就是红军战士不竭的精神源泉。

中国的历史上有“花木兰从军”“穆桂英挂帅”等描写女子从军的文学作品，流传至今，脍炙人口。我们这支英雄的女红军队伍多么需要好的文学作品来歌颂她们、宣扬她们。《大山的呼唤》的作者正是做了这样的尝试。我作为红西路军的后代，非常感谢作者为此付出的艰辛努力。

徐小岩

2017 年 6 月 12 日

自 序

在中国革命的进程中，在中国人民解放军建军史中，你们可知道曾有一支成建制的、正规的女红军队伍？我以前不知道，教科书上没有写过她们。当这支女红军队伍中的后人们给我讲述着他们母亲、外婆当年的故事时，我十分震惊，心情久久不能平静。

后来，我怀着十分好奇的心情，查阅了一些资料，才知道这支女红军武装，是 1933 年 3 月中国工农红军第四方面军在川陕苏区的通江县创建的。最初是妇女独立营，然后是妇女独立团，最盛时，曾发展到 2500 余人的妇女独立师。除此之外，还有一支成建制的妇女工兵营。这支女红军队伍历时四年，在保卫川陕苏区的斗争中，她们勇敢参战，流血流汗，做出了卓越贡献；在长征中，她们三过草地，数越雪山，历尽千难万险，承受着女人难以忍受的生理局限，付出了沉重代价。长征结束时，妇女独立师只剩下一个团了。到达甘肃后，三军在会宁会师，奉党中央之命，执行“宁夏计划”，她们又随大军渡过黄河参加西征，妇女独立团更名为西路军妇女抗日先锋团。

在狭长的河西走廊，在巍峨、荒无人烟的祁连山，她们和两万多红军将士一样浴血奋战，抛头颅、洒热血，受尽磨难，宁死不屈，留下了许多可歌可泣、感天动地的故事。这支妇女武装人数之多，存在时间之长，斗争之艰难，牺牲之大，在红军史上、在中国革命史上都是绝无仅有的。她们中的大多数人为中华民族的解放事业献出了宝贵生命，有的甚至没有留下自己的名字。

这支勇敢、顽强、乐观、坚韧的女红军队伍，留下了不可磨灭的光辉一页，并用生命和鲜血创造了中国乃至世界妇女运动史上的奇迹。

这支女红军队伍深深吸引着我、感动着我，我决心走近她们，去了解她们。于是，我追寻着她们当年的足迹，开始了一次远行。

一路上，我一直困惑不解：为什么这支妇女武装的战士几乎全是四川姑娘？为什么当年有那么多女人要去当红军？当我来到大巴山、来到通南巴地区，我明白了原因。

四川、陕西、湖北交界的地区，称为大巴山脉，这里山高林密，地瘠民贫，交通极为不便。中华人民共和国成立前，这里的封建势力极为强大，当地老百姓不但要受军阀豪绅的黑暗统治，还要受封建地主的残酷剥削。当时，这里的苛捐杂税数之不尽，暴政如虎狼，当地老百姓苦不堪言。这个地区由三个军阀分割，各自为政，各方势力都十分强大，相互间长期进行着弱肉强食的地盘争夺战，因此当地连年烽火连天，加之盗贼、土匪猖獗，老百姓常遭兵匪之害，社会极度动乱。在川北，军阀、豪绅、地主还互相勾结，巧立名目，横征捐税，各种苛捐杂税达数十种：烧火要缴“火笼捐”，煮饭要缴“搭钩捐”，抽烟要缴“烟袋捐”，走路要缴“过路捐”，活人要缴“人头捐”，不种鸦片要缴“懒捐”……老百姓说：“自古未闻粪有税，而今只剩屁无捐。”而同时，为了维持巨额的军费开支，各军阀还在自己控制的防区内实行田赋预征，由一年3征，增加到一年5征、14征。1931年三个军阀分别预征田赋到了1950年、1975年、1978年。大军阀田颂尧防区对军款征收的训令是：“缴纳军款十万火急”、“杀人可恕，欠款难容”。催款的乡丁持枪刑逼，农民卖地、卖儿卖女、上吊跳河，惨不忍睹。而这时，豪绅地主乘机大肆侵占农民土地，川北地区占人口9%～12%的地主，占有74%～80%的土地，陕南地区的地主也占到了75%的土地。失去土地的农民受到极重的地租和高利贷剥削，地租高达八成，少的也是五成。加之灾荒不断，瘟疫流行，民无宁日，终年食不果腹，为求生无奈而只好求助于借贷。而这时，官吏土豪劣绅便乘机大肆盘剥，高利贷的月息高达10%，“觔斗利”一场（3天）即将本翻上一番，逼得农民走投无路，倾家荡产、家破人亡、流离失所。

而生活在水深火热之中的广大妇女更是悲惨，她们除了同男人们一样要忍受政权、族权、神权的压迫外，还要忍受“夫权”的压迫，即还要受男人的支配。可以说妇女们作为

“人”，没有任何权利，没有任何地位，没有任何自由，她们处在那个黑暗社会的最底层。女人像牲口一样可以任意买卖，她们中不少人很小就会去当童养媳、当丫头，小小年纪就承担着繁重的劳动。军阀、地主为获暴利，将大片土地种植鸦片，这样也造成了当地许多男人抽鸦片，身体羸弱，做不了重活，田里、地里的重活都是妇女们干，耕田栽秧，收谷打场，开荒种地，砍柴担粪，挑水推磨，喂猪放牛……还要充当生儿育女的工具。这还不算，她们还要忍受公婆的百般刁难和虐待，常挨打受骂，遍体鳞伤，但哀告无门。一些妇女忍无可忍走投无路时，只有被迫服毒、上吊、跳河而死。

1932 年 12 月中旬，中国工农红军第四方面军战略转移，来到川陕边界地区，创建了川陕革命根据地，成立了苏维埃政权。这一震天撼地的大事，犹如黑暗中划破长空的闪电，给生活在地狱里的妇女带来了光明和希望。

红军入川后，就响亮地提出了男女平等的口号。中共川陕省委为使妇女迅速摆脱旧势力、旧礼教的束缚，制定了一系列解放妇女的方针、政策、措施，如制定了《妇女斗争纲领》，提出了“妇女在政治上、经济上、教育上与男子一律平等；妇女婚姻自由，反对包办婚姻，反对买卖婚姻及童养媳制，反对多妻多妾、蓄婢制度……”的主张。各县的苏维埃政府也相应地提出了妇女解放的口号和具体措施，如不准打骂妇女，不准缠脚，反对压迫妇女的旧礼教，禁种鸦片，等等。

红军战士还用歌唱、演戏等方式进行宣传，如《丫鬟走出鬼门关》中唱道：“穷人债难还，卖女当丫鬟。丫鬟多磨难，血汗都流干。红军来了砸锁链，丫鬟走出鬼门关。”还有如《童养媳歌》《婚姻歌》《放足歌》等等。由于歌词的内容深切地表达了生活在最底层的妇女的心声，思想性强，教育意义深，加之曲调来自民间，易于传唱，易于接受，许多妇女听后都痛哭失声。正是因为红军队伍广泛深入地宣传、反对封建制度对妇女的迫害，妇女们觉醒了，她们纷纷走出家门，投身到苏维埃运动中，这些童养媳、丫头、奴婢们不再是卑躬屈膝、含垢忍辱的奴隶，不再是旧礼教的殉葬品，她们获得了新生。觉悟了的妇女，踊跃地加入革命队伍。

川陕苏维埃政府和各县、乡苏维埃政权都相继成立了妇女组织，创办了妇女学校，一批批妇女骨干迅速成长，各苏维埃政权中，妇女占有相当的比例，成为不可缺少的中坚力量。

红四方面军入川后，极大地动摇了军阀的黑暗统治，削弱了封建地主豪绅的残酷剥削，因此，遭到这些反动势力的强烈反扑，斗争十分激烈。苏区的青壮年男子大多参加了红军，投入战斗，而广大妇女担负着努力生产、积极支援前线、保卫苏区的工作。各县都相继成立了妇女洗衣队、缝纫队、运输队、担架队、宣传队、看护队，各地方武装，如赤卫队、游击队中也出现了妇女独立营、独立连。她们不脱产，平时生产、支前，轮流参加洗衣队、看护队等，同时还要进行基本的军事训练，遇有敌情，及时鸣锣集合，执行保卫苏区的战斗。

1933年2月，反动军阀田颂尧用38个团、6万余人对川陕苏区进行了规模浩大的“三路围攻”，企图消灭或驱逐红军，恢复自己在川陕地区的统治。仗打得异常激烈，不少妇女强烈要求上前线参战。就在这时，中共川陕省委和红四方面军总指挥部决定成立红军妇女独立营，300多名优秀妇女当上了红军。妇女独立营一成立，立即投入了战斗。红军反“三路围攻”取得胜利后，川陕苏区的革命形势得到迅猛发展，苏区面积大大增加，红军队伍迅速壮大。

川陕苏区的不断扩大，红军队伍的发展壮大，严重地威胁着蒋介石和四川军阀的统治。于是他们对川陕苏区发动了更大规模的“围攻”。敌人兵分六路，以110个团、约20万人和18架飞机的兵力向川陕苏区扑来，妄称要在3个月内全部肃清川陕边界地区的红军。敌强我弱，力量悬殊，红军打得非常艰难，加之地方民团和土匪也蠢蠢欲动，对各级苏维埃政府进行攻击，形势十分严峻。这时，妇女要求参加战斗的人也越来越多，红军总部决定将妇女独立营扩大为妇女独立团，共有1000多人，下设3个营。妇女独立团成立后，即和主力红军并肩作战。战斗中，女战士们表现得英勇非凡，一时间，在红军中，在苏区老百姓中传为佳话。

同时，各地方武装的赤卫军、游击队也相继成立了妇女独立营、独立连。如何莲芝曾任万源县妇女游击队队长，王定国曾任营山县妇女独立营营长，吴朝祥曾任妇女独立营营长。在苍溪、平昌、巴中、南江等县的地方武装也相继成立了妇女独立营，她们积极配合主力红军消灭敌人，肃清山林土匪，送粮送弹药，抬伤员，等等。

1934年9月中旬，红四方面军历时10个月的反“六路围攻”作战取得了胜利，但也付出了沉重代价。红军主力相继集结于旺苍进行为期3个月的休整，并补充兵员和物资，同时进行军政训练，提高部队战斗力。总指挥部还决定将长赤、旺苍、巴中、平昌等县地方武装中的妇女独立营、独立连1000多人集中，扩编为红四方面军妇女独立二团。

1935年初，红四方面军接到中央指示，为策应中央红军入川北上，红四方面军积极为长征做准备。总部将队伍进行了整编，将原妇女独立团和新成立的妇女独立二团组建成红四方面军妇女独立师，直属总指挥部。妇女独立师共2500余人，年龄大都是20岁以下。她们是在反“六路围攻”战斗中经过考验，作风泼辣，体魄健壮，吃苦耐劳，意志坚定的女战士。新成立的妇女独立师担负着长征前运送大批伤员和大量物资的重要而艰巨的任务。完成这些任务后的妇女独立师，随主力红军渡过嘉陵江开始长征。

长征中妇女独立师一团主要是配合红军主力作战，二团担负转运伤员、武器、弹药、物资等工作，还担负着筹粮、架桥、修路的任务。

长征中，红一、四方面军会师后，分为左路军、右路军分别北上。妇女独立师随右路军通过草地到达包座、班佑，后又奉命南下。时已深秋，她们第二次过草地，不少女战士生病、牺牲。南下的红军遭到蒋介石调集的重兵阻击、围攻，连续行军作战一个多月，得不到休整和补给，在百丈关地区遭到敌人重兵围攻，打了七天七夜，虽消灭敌人1.5万余人，但红军伤亡也近万人，妇女独立师伤亡惨重。指挥部不得不决定向道孚、炉霍、甘孜转移。途中翻越折多雪山，折多山海拔高，终年积雪，空气稀薄，荒无人烟，女战士们衣裳单薄，个个冻得如冰棍一般，呼吸困难，寸步难行，一些人倒下就再也爬不起来了。一些掉队的女战士，被追来的敌人围住，最后全部牺牲。妇女独立师损失过半，总部决定将妇女独立师缩编为一个独立团。

在甘孜，红二、四方面军胜利会师，并制定了共同北上的方针。7月，妇女独立团随主力红军第三次过草地。夜里宿营时，姑娘们三五个挤在一块，躺在阴冷潮湿的水草上，而更残酷的是粮食极端不足，在草地是筹不到粮的，女战士们到处挖野菜、草根、树皮，寻找人和马的粪便中未消化的青稞粒，挑出来洗洗吃下，部分女战士被饿死或因挖野菜而陷进深深的沼泽中。经过一个多月长途跋涉，到达包座地区，负责护送伤员的妇女独立团一营一连在腊子口遭遇敌人，为保护伤员全连70多人牺牲。

妇女独立团大部配合主力红军向北疾进。在向洮州进攻时，妇女独立团二营担任突击队攻城，搭云梯、登城门，战斗中女战士们英勇杀敌，表现十分英勇。

到10月，在甘肃会宁，红一、二、四方面军胜利大会师，红四方面军结束了历尽艰难险阻、曲折复杂、转战一年零七个月的长征。此时红四方面军对伤亡很大的妇女独立团进行整编，将体质较好的1300多名女战士充实到了妇女独立团。

三军会师后，红四方面军第三十军、九军、五军以及总指挥部直属部队21800余人，奉中央军委之命，于10月24日夜开始在甘肃靖远河包口西渡黄河，执行“宁夏计划”。妇女独立团直属总指挥部，于26日随红军总指挥部机关一起西渡黄河作战。后因“宁夏计划”受阻，中央军委又令渡过黄河的部队改称为“西路军”，妇女独立团也更名为“西路军妇女抗日先锋团”。从此，西路军开始了悲壮的西征。

河西走廊、青海等地被势力强大的马步芳、马步青等地方军阀盘踞，他们的武装多为骑兵，再加上步兵和民团，兵力达到18万。红军一进入河西，立即遭到他们的极力阻击。

妇女先锋团随总部行至永昌丰乐堡，与敌人展开激战，一个排的女战士牺牲。11月18日，妇女先锋团和总指挥部到达永昌、山丹。这时党中央令西路军在永凉间建立革命根据地，以策应河东红军。红军要在这里建根据地，极大地威胁到了马步芳等地方军阀的地盘和利益，于是马步芳集结了3个旅的兵力向山丹围攻。在山丹红沙岩子，妇女先锋团配合九军一部，与敌人作战20余天，不少女战士牺牲。最后被迫撤出山丹，此时妇女先锋团已不足1000人。

此时，河西走廊已是天寒地冻，滴水成冰，经历过三次爬雪山、过草地，征战19个月的西路军，已是疲惫之师，战士们还穿着单衣单裤，没有弹药补充，没有后勤保障，在当地又没有群众基础，西路军面临着严峻的形势和恶劣的环境。女战士们更是苦不堪言。这时，总指挥部决定将妇女先锋团分散到各军。先锋团三营随红五军进攻高台，并于元旦拂晓攻克高台。1 月 12 日，马步芳等部集结了 4 个旅、3 个团及大量民团 2 万余兵力开始围攻高台。战斗中，妇女先锋团三营的战士们全部登上城墙作战。到最后敌人冲上来，她们和男同志一样，与敌人展开白刃搏斗，刀刃砍卷了就用石头砸，同敌人扭在一起时就用拳头击、牙齿咬，直到和敌人坠下同亡。当敌人冲进城追捕女战士时，顽强不屈的战士们拉响手榴弹与敌人同归于尽。这场血战历时一周，红五军和妇女先锋团三营的指战员，除极少数幸免，几乎全部牺牲。

妇女先锋团一营随总指挥部直属部队及红九军一部，驻守临泽县。1 月中旬，临泽被敌人重重包围，敌人向红军展开猛烈进攻。妇女先锋团一营全体人员到守城第一线，在弹药匮乏的情况下与敌人苦战了三天三夜，妇女先锋团和总部、红九军中有 400 多名女战士牺牲。后趁天黑寻机突围，一路上姑娘们奋力砍杀，大部分冲出重围，到达红三十军及总部所在的倪家营子。

高台、临泽之战后，西路军主力全部集结在倪家营子地区，分散到各军的妇女先锋团各营又集中在一起。此时的妇女先锋团只剩下几百人了。正当西路军在倪家营子集结时，敌人于 1 月 23 日，先后以 5 个骑兵旅、3 个步兵旅、1 个手枪团，另加甘肃、青海两省的大量民团，7 万余人，兵分三路向倪家营子疯狂扑来，情况十分危急。西路军在倪家营子与敌人进行了残酷的搏杀，血战整整40天。妇女先锋团的全体战士都上了前线，并担负着守围子、抬伤员、筑工事、运弹药、挖冰取水等繁重工作。

到2月末，西路军被迫再次突围，后在三道柳沟与敌人恶战5日，于3月11日向梨园口方向撤退。在通往梨园口的大道上，黄土弥漫，寒风呼啸，妇女先锋团的战士们扶着轻伤员、抬着重伤员，随先头部队向南疾进。而担任后卫的红九军和妇女先锋团二营，在西山与敌人展开激烈的战斗，红九军的领导几乎全部牺牲，而妇女先锋团二营有40多名战士阵亡。

至此，西路军已弹尽粮绝，到了生死关头。西路军余部2000余人集中向石窝山抵进，而敌人又以4个骑兵旅尾追而来。就在战斗最残酷的时刻，妇女先锋团余部担负起掩护总指挥部向石窝山撤退的任务。由团长、政委带领部分战士与敌人展开殊死搏斗，战斗之残忍、血腥实属罕见。最后，女战士们终因寡不敌众，大部牺牲在敌人的马刀下，30多名女战士被俘。

3月14日，西路军余部集结于祁连山康龙寺以南的石窝山头。为了保存实力，总指挥部决定将现有人员分成3个支队，分散深入山区游击。此时的妇女先锋团总共不到300人，她们选择了一条敌人防守不严的险道开始突围。一路上，不少人掉进深谷，一些有伤的战士倒下。跑到悬崖边时，她们解开绑腿布，连接起来，一个一个往下梭。到天亮时，只有 200 人了。她们突围到康龙寺时，突然遭敌人反扑，大部分人被敌骑兵冲散、被俘，只有几十人跑进深山老林。饥饿和寒冷时时威胁着她们的生命，她们饿了吃观音土，渴了吃雪，在坚持了数日后，仍然被搜山的敌人抓住，全部被俘。

妇女先锋团除大部分牺牲的外，几乎全部被俘。被俘的还有西路军其他各部众多的女战士。被俘后，她们遭到了敌人惨绝人寰的迫害、凌辱、残杀，手段之残忍，令人发指，被折磨致死的、活埋的不计其数。马步芳、马步青还将她们当牲口一样卖出去，或将她们赏给下属任意摧残……可坚强的女战士们宁死不屈，以各种方式与敌人展开斗争，想尽一切办法活下去。她们强忍仇恨和悲伤，因为她们心中有一个坚定的信念：红军会胜利，革命会胜利。

这支鲜为人知的女红军队伍，从 1933 年 3 月初建，到 1937 年 3 月，历时 4 年之久，人数之多、存在时间之长、斗争之残酷、牺牲之大，在红军史上，乃至世界军事史上都是绝无仅有的。

我用了一年时间，追寻着她们的足迹，从大巴山走到了祁连山，在一个个西路军纪念馆、一个个无名烈士陵园，我仿佛看到了当时的血腥战场，看到了英勇无比的红军将士……当我听到当地老人讲述当年女红军的遭遇时，我常常彻夜难眠。

在甘肃兰州，我走进幸存下来的女红军战士刘汉润妈妈的家，当我开口用川北话问候她时，她上前一下紧紧地抱着我，不停地说："我的娘家人来了！我的娘家人来了！"我顿时热泪盈眶。是啊！大巴山，她魂牵梦绕的娘家，在她耳边何曾没常常听到大巴山在呼唤她、呼唤着远去的儿女们回家。

快100岁的她，还是像个军人，腰板挺直。她紧紧拉着我的手一直不松开，向我讲述着她们的故事。没有悲伤，没有后悔，没有埋怨，没有眼泪。她讲述着红军来到川北，建立川陕根据地，自己如何参加红军；讲着长征途中，自己差点没有走出草地；讲着三军会师的喜悦；讲着西征中的每一场残酷的战斗。她说："在祁连山上饿得不行，吃着那山上黏黏的红土，这土可没有我们四川的白观音土好吃，难咽！抓把雪放到嘴里，囫囵吞下去……"她说的时候竟然如此轻松、平静。只是在讲到被俘后，女战士在监狱里所受的折磨时，她脸色显得十分凝重，仿佛那些不堪回首的画面浮现在眼前。

她停顿了一阵，继续讲着……

我问："你从来就没害怕过吗？"她没有回答我，然后唱起了我们川北的民歌："要吃海椒不怕辣，要当红军不怕杀；钢刀架在脖子上，头不歪来眼不眨。"

我问："没想过回四川老家？"她沉默了一下，抬起头对我说："想啊！想回去，但我不能回去，我们西路军有多少事别人不知，但这里的祁连山会为我们做证，河西的人民会为我们做证啊！我们是真正英勇顽强的红军。你知道有多少兄弟姐妹牺牲在这里？徐向前总指挥，还有李先念、李卓然等很多西路军的将军们，为什么死后都把骨灰撒在祁连山，把自己埋在祁连山？他们是舍不得离开可歌可泣、可敬可爱的战士们啊！他们要和牺牲在这里的西路军将士们永远相依相伴。我也要和他们一样，不走！就在这里陪着她们，守着她们。活着时，我去烈士陵园看看她们，死了也要和我的姐妹们在一起。”

我哭了，无法再问下去，也没有什么可问的了。

是啊，祁连山为他们做证，河西的人民为他们做证。在走访中，我了解到无数在老百姓中流传的神奇传说。

在祁连山梨园口，一位老太太说：“解放后有一年，我家老头子在梨园口山里套獐子，不小心失足掉进了山水冲刷的暗沟里，怎么也爬不出来，于是他大喊‘救命啊！救命啊！’。话音刚落，突然出现两个头戴红五星帽、身背大刀的红军，他们把老头子背出了险地，救了我家老头子一命。老头子惊魂未定，睁眼一看，红军娃儿‘刷’的一声敬了个军礼，一道红光一闪，人就不见了……”

有个山村经历战争后，山坡、沟壑中到处都有牺牲了的红军战士的遗体，村里的群众悄悄地将红军战士的遗体都掩埋了。可不久马步芳的队伍来了，知道此事后，恶狠狠地扬言要挖掘红军的坟，暴尸荒野，以发泄心中的仇恨。这个山村的群众为了保护红军坟墓，一到晚上就自发地把自己装扮成鬼神，在红军坟地里发出奇奇怪怪的声音，并点燃一个个小小的红灯笼，点点红光在坟地里、在山野间游荡……并到处散布说红军显灵了，制造出恐怖的气氛，这一招，吓得马匪们一个个屁滚尿流，最后悄悄地溜之大吉。

在武威市城东北有一个土城，当地人叫满城，这里曾是关押西路军战士的魔窟，妇女先锋团的部分蒙难的战士们，在这里受尽了折磨、凌辱，最后被杀害……在这个满城里，生长着200多株奇特的杨树，当地老百姓称之为“红军杨”，也有叫“五星杨”的。这些杨树挺拔坚实，直指天空，奇的是断开树枝，断面上显现出一颗规则、整齐，犹如比例尺画出来的五角星图案。当地老百姓说：当年红军被关押在这里时，马匪强迫红军栽树，并下了“树活人活，树死人死”的命令。有人说，当年红军栽树时，悄悄把怀里的红五星埋藏在树下，所以，最后才长成了“红军杨”。还有人说，只有1936年以后生长起来的杨树才有这种五角星……还有人说，“红军杨”长得比其他杨树更高，那是因为红军战士高高昂起的头颅……

老百姓中还流传着“红军刀枪不入的故事”、“黑山羊的故事”、“红军泉的故事”、“枣红马的故事”、“小四川的故事”……

像这样的故事，在祁连山、在河西走廊的老百姓中还有很多很多，它们神话般地演绎着、诠释着美丽动人的红军故事，把美好的愿望和对红军深沉的怀念表达得淋漓尽致。

刘妈妈说的话，我懂了。她们从大巴山走来，虽故土难离，但她们远嫁到了这片土地，依恋着这巍峨的祁连山，因为这里有她们生死难离的爱人、亲人、战友。

在离开刘妈妈家时，她久久地抱着我，在我耳边不停地说："要来啊！要来啊！"此时此刻，我下定决心要写她们的故事。我要讴歌坚韧顽强、乐观勇敢的四川女人们，我要让她们的娘家人都知道她们是怎样的人，让全中国人都知道她们，永远记住她们。我还要让全世界的人都知道，在中国，不仅有花木兰，有海南红色娘子军，红军中更有一支庞大的妇女战斗队伍。她们用柔弱的肩扛起了生命的不朽；她们用鲜血和生命捍卫着做人的尊严；她们热爱生活，追求爱情，忠贞不渝；她们是母亲，却舍弃骨肉，强忍转身后心中的疼痛；她们乐观开朗，战斗中一路艰辛一路歌；她们在敌人的酷刑下，将眼泪和脆弱化成坚强无比的意志。女红军，她们是最美丽的女人；女红军，她们是最值得尊重的女人。她们和无数革命先烈们一样，用血肉之躯和高尚灵魂，换来华夏今天的平安和昌盛。

让我们永远不要忘记她们。

吴晓利

2017 年 2 月

1

大巴山区已进入深秋了。在浓浓的云雾之下，潮湿的树林缄默无声，仿佛在悄悄地流泪。山上的林木深处，孤单的鸟儿怯生生地叫着。一个一拐一跛的小姑娘吃力地向山上爬着。她看上去约十一二岁，衣服破烂不堪，脸上一条条带血的伤痕，已看不出她的真实模样。

她终于爬上了山顶，慢慢地向山崖边挪动。她听到了轰隆隆的声音，却不敢往下看。山崖下是波涛滚滚的嘉陵江，江水急急忙忙地从山脚下流过，发出一阵阵怒吼。四周没有一个人影，她孤独地站在山顶的石崖边，静静地站着。

汹涌的河流，混沌一片，那么沉重、黯淡，急匆匆地老是向前流着，成千上万的条条流水，忽隐忽现的漩涡。

谁也不知道她此时此刻在想什么？只见眼泪止不住地往下淌……突然，她瞪大双眼，对着江水大声呼喊起来：

“妈妈，你为什么要生下我？为什么？”

她绝望地抬头看着灰蒙蒙的天，无比悲凉地对天说：“老天爷，你睁开眼啊！我知道你也救不了我……”泪珠不断地从她的脸颊流下。

她心里想着什么，只有她自己知道。

“死了比活着好，死了就不会痛苦，就没有人打我了……”

她咬了咬牙，双脚不由自主地向悬崖边移动，脚边的一块石头突然滑落下去掉在江水里，几乎听不到任何声音。小小的石头顿时被汹涌的波涛吞噬，没有挣扎，没人知晓。

此刻，她犹豫了，恐惧地回过头望了望走过来的路，仿佛觉得自己刚从一场莫名其妙的噩梦里醒来，发现梦里的自己在茫茫黑夜之中奔跑，从一条斜坡跑到了一个悬崖绝壁的边上。

她浑身发抖，恐惧使她的两肘紧贴在腰旁，双眼紧闭，顿时四周一片漆黑。她想着自己像那块石头一样，被那江水吞没、卷走，那是一种什么样的感觉……江水会把她冲到哪里去？江里的鱼会把她吃掉吗？……

她不敢想下去，也不敢睁开眼睛，不敢再看脚下的滔滔江水。跳，还是不跳？她痛苦地想着：

“我好害怕跳下去就死了，可我不死，还有活路吗？还是死了算了，下辈子投生到一个好人家……”她心里默默地念着、念着。

她决定还是要跳下去。她紧闭着眼，身子正向前倾时，一只大手抓住了她的肩膀。她吃惊地回头一看，一位慈祥的老大爷把她从悬崖边拉下来，微笑着问：

“傻孩子，为什么要寻短见？我在山上采药，听见岩边有人在大喊着什么，我就走了过来。你还是个孩子，有什么事让你这样？”

这老大爷有60多岁，中等身材，长得很结实，烈日和山风把他的脸庞变成了黑褐色，花白的头发被汗水浸渍，贴在宽宽的额头上，一双眼睛闪耀着智慧的光辉，又敏锐，又细致，笑起来显得非常和善。

姑娘上下打量着这位老大爷，从他那慈眉善目中仿佛找到了一丝丝依靠。

“老爷爷，我不想活了，我生不如死啊！”说完她伏在老大爷身上放声大哭了起来。

“小丫头，告诉爷爷你家在哪里？爸爸妈妈呢？叫什么名字？”

“我家原来在苍溪农村，家里很穷，母亲连生了四个女儿，一心想生个儿子，不久就又怀上了我。家里很穷，欠了地主的租子缴不上，于是地主强行要把我十几岁的二姐拉到他家当小老婆顶债。父亲坚决不从，奋力反抗，结果被地主家的人活活打死，强拉去的二姐不堪凌辱，服毒身亡。就在家里遭大难时，我出生了。一心想要个男孩儿的母亲，看到生下的又是一个女娃，绝望地将我丢进了尿桶。站在一旁的大姐急忙将我抱起来。母亲生下我才三天，地主叫她去他家当奶妈，母亲打死不从，最后也悬梁自尽了。”

“造孽啊！”

“后来，姑妈收养了我。在我两岁时，姑妈病了，无力养我，又将我送到一个远房姐姐家。我没名字，排行为五，人家都叫我五女子。”

“啊！那后来呢？”

“那个姐姐还好，可姐夫好吃懒做，只晓得抽鸦片烟。在我7岁那年，姐夫抽鸦片没钱了，把我以八斗米、八个银圆卖给了一个左姓人家当童养媳。在左家，我不如一只鸡、一条狗，挨了多少打已记不清了，冬天脚冻得稀烂，无法走路……后来我悄悄跑了回去。可没过多久，姐夫又以十斗米、十块银圆将我卖到一陈姓人家当丫头。一次，我不小心打烂了一个鸡蛋，被那管家打得死去活来，边打边骂‘你的命能值一个鸡蛋吗？’我当时想横竖是个死，于是将管家的手狠狠地咬了一口。那管家气急败坏地吼叫：‘好哇！你敢造反了，看老子怎么收拾你！’于是，他抡起一根木棒朝我身上一阵乱打，几棒下去，我就昏死了过去，然后被拖到柴房的谷草堆上。我不能动弹，连屙屎屙尿也只能躺着。正值夏天，草窝里臭气熏天，连用人都不敢靠近，菜团子都是用树叶包着甩给我。幸好厨娘心好，悄悄给我一些吃的。爷爷，我好痛啊，身上的骨头散了，好像全断了一样。天一黑，我就更害怕，常做噩梦，总感觉管家的大棒向我挥来，躺在谷草堆上的我全身发烫，身上每块肉每根骨头都如刀割，大汗淋漓，我想这下我真的要死了。可没想到一个多月后，我竟然没死，但我在这里再也不敢待下去了，姐姐那儿也不愿回去了。爷爷，我已走投无路，只有死路一条了，这才悄悄跑出来想一死了之。”

老大爷听完小姑娘的讲述后，眼圈也湿润了。

“孩子，莫死。东方黑了有西方，太阳落了有月亮。只要人在，希望就在。你没爹没娘，没人疼爱，只有靠自己疼爱自己了，千万不要再做傻事了。我姓杨，是个郎中。你身体很弱，伤也没好，我给你一些药你拿去治伤。”

老大爷说完，从背篼里取了些草药给她，并告诉了她具体的使用方法。

“谢谢杨爷爷的救命之恩。”

杨爷爷扶着小姑娘朝山下走去。

“丫头，告诉我你现在打算去哪里？”

“我没办法，唯一能去的也只有姐姐家了。”

“姐姐家在哪里？我送你过去，我会抽时间来看你的。”小姑娘一下向杨爷爷跪下，哭着叫了一声：“爷爷！”

老人扶起她，不停地安慰着这个可怜的五女子。

姐姐看见遍体鳞伤的小妹，顿时泪如雨下，而姐夫在一旁冷笑着说：

“呵哟，你这个贱骨头又跑回来了，看来老子又有烟钱了。”

“你还是人吗！”姐姐愤然地对他吼着。

“你敢吼老子，看老子怎么收拾你！”姐夫说完扬长而去。

杨大爷时不时过来给她治病，送些草药给她。

几个月后，五女子的伤好了，可以帮姐姐干活了。可厄运还在继续。姐夫那双贼眼又在打她的主意了。

果然姐夫背着姐姐又将她卖给了一个李姓的财主家当丫头。12岁的她每天起早贪黑地干活，还要服侍李家大老婆、小老婆、二管家打烟泡。

一天，天麻麻黑，她端着烟盘进屋，脚下被一个东西绊了一跤。她摔倒在地，手里的烟盘、烟灯摔坏了，她的手也被划破了，直流血。她知道这下惹大祸了，吓得浑身发抖。只见李家大小老婆从烟床上呼的一下站起来，冲到五女子面前，边骂边打耳光，扯着她头发往门框上撞。

“你这个‘丧门星’，去死吧！”

“把你卖多少回都赔不起。你这贱骨头、短命鬼！”

那二管家长着一副苦瓜脸，三角眼，看上去是如此的邪恶。他上前使劲儿地踢了五女子几脚，并恶狠狠地骂道：

“你这个‘丧门星’，你知道这烟盘、烟灯值多少钱吗？那烟灯是玉石做的，十条命你也赔不起。今天不除了你，还不知你要干出多少祸事，拉出去活埋了算了。”

五女子跪着向他们求饶，额头在地上碰得咚咚响。大老婆对她吼道：

“滚出去，你这个贱骨头！”

李家一位老妈子趁屋里人不注意，悄悄地在她耳边说：

“五女子，你还是快逃吧，那二管家可是个心狠手辣的人。他说要活埋你那不是说起耍的，赶快跑吧！”

半夜，五女子翻墙逃了出去。

天黑得伸手不见五指，她不知道自己该往哪里跑。她只管拼命跑，跑了好一阵，她已经筋疲力尽，再也跑不动了，一屁股坐在地上。当她回头一看，吓了一大跳，二管家带着一帮家丁提着灯笼、举着火把追了上来。她立马站起来又拼命跑，眼看就要追上了，情急之下她躲进一片坟地里。

这是一片乱坟岗。她高一脚低一脚地在坟地里乱跑着，突然发现乱坟堆中放有一个当地人叫“火匣子”的棺材，里面已装着一个死人，一张晒席和一些稻草盖在上面，估摸是等选好了黄道吉日，才入土掩埋。情急之中，她掀开稻草，推开棺材盖钻了进去，伸手将稻草拉过来遮住棺材。身下的尸体冰凉僵硬，躺在上面大气都不敢出的她，此刻仿佛灵魂已出窍，如堕地狱，身子不由自主地颤抖着。

家丁们在坟地里东找西找，快走到这“火匣子”跟前了，一条黄狗不知从哪儿蹿了出来，吓得家丁们缩了回去。

不一会儿，火光没有了，人走了，坟地死一般的寂静。

躺在死尸上面的她却不能动弹了，恐怖使她每根骨头都瘫软。吓得魂飞魄散的五女子，此时此刻竟然没有一丝力气从棺材里爬出来。

过了好一阵，她才缓过气来。身下的死尸是男是女是老是少她不知道，也看不见，只知道是这个死去的人救了她一命。她闭上眼睛慢慢从棺材里爬出来，脚尖踮在地上，好一阵脚后跟才着地，双脚全落在地上后还在不停地哆嗦。此时此刻，她感觉自己仿佛从地狱里爬了出来。

此时，这漆黑一团的坟地，只有她一个活人，她感到自己胸中呼出来的气息仿佛是来自地狱的风声。发抖的两条腿软得没有一点力气，竟然一步也迈不动。失魂落魄的她久久地站在那里，慢慢的她发现这坟地里没有鬼来抓她、害她，于是壮了壮胆，转身把棺材盖上，然后跪在棺材前磕了三个头，对棺材里的尸体说：“对不起你了，你救了我，只有来世相报了。”

踏着夜色，战战兢兢的她高一脚低一脚地离开了坟地。

五女子再也不愿回到姐姐家。她目光呆滞，衣衫破烂不堪，漫无目的地在世上行走着。

她一路乞讨。遇到好心人，给她一点儿吃的；遇到恶人，不但不给吃的，还放恶狗追咬。晚上睡在草垛里与老鼠为伴，实在饿了就悄悄在地里刨一根红苕，或在树上摘个梨子充饥……

她常常在夜里，望着天上的星星月亮，想着那位杨爷爷对她说的话：“世上的路多着呢，可决不能走绝路啊！”记得最后一次在姐姐家见着杨爷爷时，他还叮嘱过：“行路要看方道，天时不好莫向南，南方路上有蛇盘；大路不平莫向西，虎落平阳恶犬欺；一门心思向北走，定有好事等着你。”

她决定要去找这位慈祥的杨爷爷。她朝那天遇到杨爷爷采药的山里走去。可她在山上等了两天两夜也不见杨爷爷的踪影。

极度失望的五女子下山后，按爷爷说的向北边走去。

寒冬腊月，寒风吹得她的脸像打了霜的树叶，手和脚冻得红肿，冻裂开的口子不停地渗出血，每走一步都钻心地痛。她常常一个人坐在路边发呆，有时凝望着长空。出太阳时，她伸长着脖子晒太阳，身子在阳光下感到一点温暖，就像是母亲、姐姐、杨爷爷在爱抚着她，她那苍白的脸上泛起一阵忧郁的苦笑。

五女子这一乞讨就是两年多。

1932 年的冬天特别寒冷，天下着蒙蒙细雨，一天没吃东西的五女子顺江而行，走在一片树木葱郁的山峦中。她看见一座小小的寺庙，在那烟雾蒙蒙的气氛里隐隐约约地屹立着，此刻的五女子像是一只孤独的鸟儿找到了一个栖息的处所。

寺庙香火正旺，袅袅青烟在寺庙上空冉冉升起。又冷又饿的五女子迫不及待地钻进寺庙。也许这里可遮风挡雨，说不定还有供果充饥。

这是一座观音庙。寺庙的大堂上，观音菩萨慈眉善目，端坐在莲台上，看上去是那样的神圣。五女子扑通一下跪在菩萨跟前，流着泪向菩萨说着：

“大慈大悲的观世音菩萨，救救我吧，我实在太饿了，这些供品能让我吃一点吗？”她抬起头，仿佛看见菩萨笑着点头呢，于是就拿起供台上的一个饼和一个广柑，躲在庙堂外的墙角吃了起来。

快过年了，前来上香的人不少，好多人都是结伴而来，妇女居多。

几个妇女从庙里上完香走出来，她们边走边说着话。一个中年妇女神秘地向几个前来上香的同伴悄悄说道：

“你们晓得不，从湖北那边来了一支队伍，叫红军，人可多了，听说有几万人呢，有枪，有炮，有战马，可威武了！不光有男的，还有女兵呢。我那孩儿他爹还去帮红军搭过浮桥呢。回来后对我说那红军可是穷人的队伍，说他们纪律可严了，不偷不抢，不拿老百姓东西。娃儿他爹去帮了下忙，红军还硬给了两个大洋呢……”

“我也听说了，只是没见到这些人。”

“听说那个队伍里有女兵。”

五女子听得出神，情不自禁地跟随在她们身后。

五女子忍不住扯住一个年纪较大的妇女的衣角，惶恐不安地问道：

“老妈妈，真、真有这样的事？他们真的是穷人的队伍？”

那个中年妇女看了看这个小叫花子，用很肯定的语气说：

“当然啦，不信你自己去看嘛！”

“那我去哪里能找到他们？”

几个妇女吃惊地打量着这个蓬头垢面、衣服破破烂烂的叫花子，个个心生怜悯，忙用手指着下山的路说：

“下山后往通江方向走，听说那里现在可热闹了。”

那位年长者从怀里掏出一个用帕子包着的玉米馍递给五女子：“造孽哟，拿着路上吃吧！”

五女子忙跪下磕头，谢过她们后，急忙往山下奔，直朝通江方向走去。

通江县石马镇，逢十赶场。赶场这天这里可热闹了，附近十里八乡的男女老幼，穿着各种衣服，拿着自己家里种的萝卜、白菜、红苕、玉米、瓜果等各种各样的东西，到这里来买卖、交换。其实石马镇上只有一条街，来赶场的人在这窄窄的街上，你挤我，我挤你，背篼、箩筐撞着、绊着，推来拥去。

五女子刚走到场口，就听见镇子街上有人唱着：

大路不平就要铲，人心不平要造反。跟着红军闹革命，四川红了半边天。

红军来了一打虎，二打狼，穷人翻身掌印坐大堂。

……

今天，石马镇与往常赶场不一样，来了很多人，背背篼的、挑箩筐的、背娃娃的……人挤人，真是热闹。五女子挤进人群，只见一威武的女兵站在一张八仙桌上，看上去是那么英武秀气。桌边还站着几个女兵，她们穿着衣领上有两块红布的灰蓝色军装，头戴有颗红五星的八角帽，腿上扎着绑腿，脚蹬草鞋，显得精神十足。桌上站着的那个女兵手里拿着一个铁皮喇叭筒，大声对周围的人群说：

“乡亲们，我们是红军，是穷苦人的队伍……”

下面的人七嘴八舌议论开了：

“女娃子也能当兵打仗?”

“这些女兵个个都长得那么漂亮。”

台下的姑娘媳妇们吃惊的目光都落在这个女兵身上。

“乡亲们，姐妹们，我叫吴秀英，是湖北黄安人。在我 9 岁时父亲就被地主逼死了，我 12 岁时母亲病了无钱医，也死了。我哥哥养不起我和妹妹，就把我送给人家当童养媳，从早干到晚，当牛做马，挨打受骂，吃残汤剩水，衣不遮体……”

五女子听到这儿呜呜地哭了起来，台下面不少女子也都在默默地抹泪……

“后来红军来到我家乡。这是一支穷人的队伍，是为解救穷人脱离苦日子的队伍。红军主张男女都一样，男女平等，受苦受难的妇女得到了解放，于是我逃离苦海，投奔了红军。在我们红军队伍里像我这样的穷人、受苦人多得很……”

台下不少妇女瞪大着眼，听完后如在做梦。一个大嗓门儿的妇女大声问道：

“女人真的可以自己做主？可以当兵?”

“当然可以，我们红军中女兵可多了。”

“那我可不可以现在就当女红军?”

“当然可以，我代表红四方面军妇女独立营欢迎姐妹们参加红军。”

当即有十几个妇女报了名。散场后这十几个穿着破破烂烂衣服，扎着一根独辫子或梳着发髻的姑娘、媳妇跟着那几个女红军朝场外走去。

五女子悄悄地跟在她们身后。

她们来到通江县城一个老房子门前。只见门口站着两排女兵，她们个个笑容满面，鼓掌欢迎这些新兵。为首的一位大姐好像是这里的头儿，她和这些姑娘、媳妇一一握手，问她们叫什么名字，有多大年纪……这位大姐看上去是那样的亲切、友好。这十几个妇女被一群女红军热情地迎进了大门。

五女子再也忍不住了，她冲上前去扑通一声跪在这位大姐跟前，泣不成声。这位大姐将她扶起来，发现这是个蓬头垢面、衣服破烂不堪的乞丐。

"别哭，有话慢慢说。"

"长官，我、我……"

旁边一女红军笑着说："我们红军不兴叫长官，她是我们妇女独立营张营长。"

"营长，好姐姐，也收下我吧。我没爹没妈没家，我是穷人，穷得很。你们说红军是穷苦人的队伍，就收下我这个穷苦人吧！我什么苦都能吃……"

"你叫什么名字？多大了？"

"我没名字，别人都叫我五女子。我只知道我爸爸姓向，你就给我取个名吧！我不知道我是哪年哪月生的，估计快15岁了。"

张营长回过头与那个叫吴秀英的人商量了一下，对五女子说：

"欢迎你参加红军队伍，当兵很苦很累你怕不怕？"

"不怕！"

"当红军要打仗，怕不怕流血，怕不怕死？"

"不怕，我早已死过几回了。"

"那好，从今天起你就是我们红军妇女独立营的一名战士了。你在红军队伍中的名字就叫……向红梅吧！"

"这个名字好听，谢谢营长！"

张营长给身边的一个女红军说："去叫贾班长烧一锅热水，给她洗洗。身上、头上长了好多虱子，头发全剃了吧，马上换上军服……"

张营长所说的贾班长叫贾凤莲，是妇女独立营炊事班的班长，年纪比其他姐妹们稍大一点，身材高挑壮实，圆脸，一双眼睛水灵清亮，嘴稍大一点，但她一张开嘴笑，就让人感到和善而亲切。贾班长看到站在她面前的向红梅，眼泪便止不住地往下流。

"可怜的孩子，当了几年叫花子？"

"两年多了。"

……

第一次洗上热水澡的向红梅，边洗边哭，身上温暖，心里也温暖。

头发剃了，身上也洗干净了，向红梅感到从未有过的轻松。她穿上军装，腰间扎着一根皮带……

贾班长拿着一个小镜子给她，向红梅看着镜子里的自己，愣在那里，一下给吓傻了。

她用手使劲地掐了一下自己的脸，她不相信是自己。

“这是我吗？这是我吗？从来不知道我长啥样，今天看见我自己了！”

向红梅哭了，她是边笑边哭，这次流的可是从没流过的幸福的泪水啊。

“贾班长，我这不是做梦吧？”

“不是做梦，是真的。哎呀！你原来是这么漂亮的姑娘。出去让营长看看，没准儿她都认不出你了。记住，你现在是红军战士了，见到营长、指导员要敬军礼。来，我教你。”

开晚饭时，贾班长把向红梅领到营长、政委面前，张营长完全认不出这个女战士就是那个乞丐。

“报告营长，我是向红梅。”说完敬了一个军礼。

“我的天，原来你是这么俊的一个小丫头，太可爱了。”

晚饭有回锅肉，有萝卜汤、泡咸菜、大米饭……向红梅第一次吃到了肉，她一边吃，眼泪一边往碗里滴。

“真香，真好吃！”

“今天来了这么多新同志，打牙祭，多吃点儿。”

晚上，妇女独立营召开了欢迎新同志大会，还表演了节目，十分热闹。

会后，十几个新同志留下开会，营长讲话后由政委宣布红军纪律……

原来，在镇上讲话的那个吴秀英是妇女独立营的政治委员。

吴秀英讲了红军有铁的纪律，讲了独立营承担的主要任务，讲到了军事训练、学文化、识字……

向红梅被分配到了一连二排一班。连长刘喜莲，排长张碧华，班长王桂英。

一个班住一间屋子，通铺，灰色的被子褥子顺次一排，整齐划一，床上理得平平整整，墙上挂着米袋子，挎包呈一条线，武器擦拭得干干净净，枪口上塞着色彩鲜艳的红绒球，既防尘又漂亮。向红梅被安排在通铺正中位置，姐妹们围着她，拉着她的手问长问短……

向红梅第一次感到了家的温暖，她又哭了，喃喃地直念叨："我终于有家了，我有家了！"

排长张碧华用手抹去向红梅脸上的泪水说："好妹妹，今后我们就是生死与共的亲姐妹，从今以后你不会孤单了。我们妇女独立营的每一个战士身上都有难以回首的悲惨经历。记住，红军战士流血不流泪，以后就不要哭了。"

"是！红军战士流血不流泪！我记住了。"她不停地念着。

2

妇女独立营驻在通江县城中一个大宅院里，一群女兵把这个院子弄得很整洁，使得这里焕发出一股吸引人的蓬勃之气。宅院的后面是一片开阔的坝子，是妇女独立营平时军事训练的场地。在坝子中间设有许多自己搭建的训练器具，云梯、木墙、掩体、拼刺刀用的稻草人、射击靶场等等。早上，天刚麻麻亮，只要营里的锣声一响，姑娘们就会立即跑到操坝里军训。

红四方面军总部派来的军事教官是一位男的，他大约 20 岁出头，身材高大，体格结实魁梧，端正的五官和他魁梧的身材正相称，使人感到一种刚毅的美。他的眼睛炯炯有神，声音洪亮威严。

"我叫齐敬伟，是你们的军事教官。今天第一课是步兵操练，练站和走。"

"教官，我们会站也会走，你还是教我们打枪吧！"一个女战士大声说。姑娘们附和地笑了起来。

"不许笑，严肃点儿！步兵操练是你们当红军的第一课，一个步调不一致，不服从命令、不听指挥的军队能打胜仗吗？如果你们第一课都不想练那你们可以离开，还是去当老百姓吧。”队伍瞬间鸦雀无声。

“你看你们，站队行不成行，列不像列，走起路来同手同脚，扭来扭去，队伍七零八落，像一群野鸭子。”

姑娘们又是一片笑声……

“严肃点儿!”

齐敬伟为训练好这群女兵真费了些脑筋。他一边耐心地讲解，一边做示范，对每个战士都非常严格。

每天早上第一课就是列队，练站姿、步伐。大家跟着严肃的教官慢慢也变得严肃认真起来，训练时不再嘻嘻哈哈。几天下来，这群农家女无论是站、走，还是跑，看上去真的是像模像样的军人了。

练刺杀、投弹、打枪、渡河、防空、翻越障碍……接着就是急行军、战术技巧：单兵到班排的攻防；自我掩护、摔跤格斗；夜间行军作战；构筑工事……凡是打仗用得上的军事技术教官都教给了她们。

齐教官还想出了很多法子，组织了各种竞赛活动，如爬山赛夺红旗，谁夺得红旗，就奖励表扬；捉俘虏竞赛，以班为单位，先各隐蔽于一定的区域里，侦察中谁抓获对方的帽子，谁就是胜者；还有野外露营，夜间行军作战演练……

自打向红梅来到了红军队伍后，她的心里感到从未有过的亮堂，总是热乎乎的。是啊！红军队伍在她的心灵中注入了无限的生机和活力，让她获得了重生。在向红梅心中时时刻刻对这里所有的人都怀有一种模糊的感激之情，她的报答方式就是决心在这里使出自己所有的力气，痛快淋漓地当好一名红军战士。

红军队伍中的一切都让向红梅感到特别新鲜，天天都兴奋不已，每项训练她都格外用心，特别努力，总有使不完的劲儿。除了正规训练，她还利用休息时间拼命地练。每次比赛，她都获得了教官表扬，还拿过好几次奖，得到了不少毛巾、袜子、本子等奖品。

可最让向红梅苦恼的是学文化。她和大多数姑娘一样，是一字不识的文盲，连“一”字都不会写。她宁可天天进行军事训练，再苦再累也不怕。上政治课时，带着两个耳朵听政委讲革命道理就行了，就是不愿认字。

营里规定每人每天必须学会 10 个字，会读，会写，还要懂得其意思。每周进行测验，不及格不但要受到严厉批评，还要限期达到要求。第一周测验下来，向红梅就不及格，受到批评后她不服气地争辩道：

“当兵打仗，我不怕死，懂军事技能就可以了，学识字没啥意思。”

这时，营政委吴秀英从包里掏出一张纸，递给向红梅：

“这上面写着上级领导的作战命令，你看看，我们该怎么执行？”

向红梅一下傻了眼，上面的字她一个也不认得，她低下了头。

“政委，我错了。”

这下向红梅可发奋认字了，每天认字都超过了 10 个，每周测验，她都是第一名。几个月下来，她竟然可以认得上千字了。

一天，全营在操场上集合，张营长表情严肃，她大声说：

“同志们，目前形势十分严峻。四川长期军阀割据，各霸一方，反动军阀田颂尧占据通江、南江、巴中、仪陇、南部、阆中、苍溪、广元一带，实力雄厚。据说田颂尧有兵力 50 多个团，10 万人。我们红军来到通、南、巴一带后，正在成都参加军阀混战的田颂尧气急败坏，企图‘围剿’我红军。蒋介石得知徐向前这支红军队伍占领了通江一带，急派在我红军后面紧追不舍的胡宗南越过大巴山，向我红军扑来，同时命令刘茂恩六十五师从湖北境内掉头向我开进。敌人分三路向我军进发，共 38 个团，6 万余人，对我们形成了三路围攻之势，企图将立足未稳的红军消灭或驱赶出川北。我们面临严重的你死我活的战争局面。红军总部已做出了战略部署，总部命令我妇女独立营暂时不成建制地直接参加战斗。我们的主要任务：一是运送伤员、枪支弹药；二是维护治安，打击趁机捣乱的土匪；三是要抽一些人去红四方面军总医院照顾伤病员。希望大家发扬不怕苦、不怕流血牺牲的精神，坚决完成任务，配合主力打好这一仗。”

妇女独立营大部分人员为前方送粮、送弹药，往后方医院运送伤员。年纪小的战士三个人为一组，其余的两个人一组，全营迅速做准备工作。

几天下来，心灵手巧的姑娘们赶制出了近百副担架。

向红梅与另外两个年纪小的战士组成一组。这天，三个小姑娘从前线抬下来一名伤员，艰难地走在崎岖的山路上。道路崎岖，天又下起了大雨，每一步都走得异常艰难。

担架上是一个受了重伤的大个子战士，他时而昏迷，时而清醒，身上伤口不停地向外渗着血，血水顺着担架往下滴。向红梅在担架前面抬着，她身上的衣服已被汗水、雨水、伤员的血水浸透，裹在身上十分难受，额前头发上的水不停地流下来，几乎遮住了双眼，看不见前面的路。

穿过一片树林时，老林子里的烂泥腐叶没过脚背，踩在上面又软又滑，担架越抬越沉，她们又摔倒了。担架上的伤员掉了下来，三个小姑娘吓坏了，筋疲力尽的她们怎么也抬不动伤员，都哇哇地哭了起来。

这时伤员睁开眼睛，看着她们，嘴角动了动，微微笑了。

“小姑娘，别哭了，谢谢你们，不用管我了，放下我吧！”

“不行！我们一定要救你，一定要把你送到医院。”

三个人抹去眼泪，把担架放在低一点儿的地方，连拖带拽地将伤员推上了担架，继续往前走。肩头被又湿又硬的绳子磨破了，鲜血流出来，染得前胸后背都红红的。她们咬着牙，硬是把伤员抬到了医院。

她们笑了。

3

仗打得异常惨烈，红四方面军总医院每天有大批伤员不停地送来。由于伤员太多，原来的总医院已无法承担，接连搬了三次家。最后，总医院搬到了得汉城，征用了当地民房十多处，还有祠堂、庙宇。

得汉城北靠大巴山腹地简池坝，这里大山绵亘，群山环抱，沟壑纵横，而简池坝在山洼里，一条小河从中穿过，方圆十多里土地肥美，物产丰富，气候温和，是养伤治病的好地方。

已经送来的伤员有1200多名，医院护理人员奇缺，于是总部命妇女独立营立即抽一部分人到医院护理伤员。向红梅和一些年纪较小的战士被派到红军总医院。

经过几天的护理培训，她们来到医院。向红梅被眼前的情景吓了一大跳。周围的树林里挂满了血迹斑斑的纱布；病房里躺满了伤员；病房外，从前线抬下来的伤员还在源源不断地运来，没有病房，更别提立即做手术；去医院的路上、院坝里满地都躺着伤员。

这天，刚在小河边洗完绷带回来的向红梅，看见张营长和独立营的一位战友抬着一个重伤员过来。向红梅立即迎了上去，只见担架上的伤员腿上中了两弹，伤势很重。他的伤口流血不止，纱布全被殷红的鲜血浸透，血还在不停地往外流。

“怎么办？院长和几个医生全都在给伤员做手术。”

“快去告诉医生，如果不马上手术，他很危险。”

向红梅跑到手术室外，焦急地告诉了手术室的护士。

“我马上转告医生，可这台手术中途也停不了呀！”

手术室护士转身拿了些药棉给向红梅：

“拿去，赶快想办法止血！先把他抬过来，等手术一完就抢救。”

向红梅拿着药棉，跑过去将流血的伤口紧紧按住。

伤员是位连长，他脸色苍白，一会儿清醒，一会儿昏迷。清醒时看到这个小姑娘使劲儿地按着给他止血，他艰难地对着她笑了一下，然后闭上眼睛，额头上布满豆大的汗珠。

向红梅一边给他擦着汗，一边在他的耳边轻声说：

“医生马上就来了！马上就来了！”

当在手术台前站了十几个小时的医生急匆匆地向他走来时，这位连长已永远地闭上了眼睛。向红梅一边哭，一边摇着他的身体大声地叫喊着：

“你醒醒呀，医生来了！醒醒呀！”

还没有上战场打仗的向红梅，已深深地感到了战争的残酷和血腥。看见红军战士一个个牺牲，她心里感到无比沉重和难过。

残酷的反“三路围剿”的战斗还在激烈紧张地进行着。妇女独立营分散到战场上救护伤员，她们抬着担架，不分昼夜地奔走在崎岖的山道上，好几个女战士为了保护伤员牺牲了。而她们冒着生命危险抬下来的伤员，有的还没到达医院就死在了担架上。总医院的伤员越来越多，伤员死亡也越来越多。最开始，医院动员当地的农民、木匠赶制四平头棺材，牺牲的同志一人一口棺材掩埋。后来成百上千的伤员从前线抬下来，不少因医治不及时或因伤势太重而牺牲，一人一口棺材达不到了，便两人一口棺材。当地老百姓背来木板、门板，再后来实在找不到木料做棺材了，便编竹席包裹尸体，一张竹席最多时要裹四五具烈士的遗体。到后来连竹席也不能保障时，就只能采取“软埋”，将多个遗体放在一座坟里。他们生前在一起战斗，死后还可以长眠在一起，没有墓碑，没留下姓名。

伤病员越来越多，病房根本就不够，只好在病房旁搭建竹棚，将伤员暂时安置在里面。医院面临的更严重的问题是缺少医生，药品匮乏。手术时需要的麻药已经没有了，有的危重伤员只好在没有麻药的情况下，由几个人按住做手术，伤员痛得死去活来，甚至会痛昏过去。

向红梅负责的那个病房，里面有十几个重伤员。有的已做了手术，有的正在手术台上，有的还在等待手术。

一个重伤员从手术室抬进病房，只见他全身衣服被血水、汗水浸透，脸色煞白。这位伤员腿部多处中弹，刚做了没有上麻药的手术，子弹已经取出来了，可他看上去却已奄奄一息。

向红梅急忙用热水擦了他的身子，再给他换上干衣服。这个战士看上去年纪不大，匀称纤细的躯干和宽阔的肩膀表明他生有一副强健的体魄，湿湿的头发在额前贴着，晃眼一看像一个英俊的姑娘。

不一会儿，他睁开了双眼，张望着四周，喃喃自语：

“我没死？我还活着？”

“当然活着，你真勇敢，真了不起。不过手术时你那惨叫的声音几里外都听得到，可是把我吓坏了。你叫什么名字？多大了？”向红梅问。

“我叫杨文辉，19 岁了。”他声音有些微弱地回答。

“听口音你不是我们这里的人吧？当红军多久了？在哪儿负的伤？”

“我是湖北红安人，当红军已有三年了。空山坝小坎子战斗中负的伤。”

“我去空山坝抬过一个伤员，具体是哪个地方不清楚，但我听说了，成千上万的敌人攻打空山坝，红军主力也在那里，仗一定打得很难吧?”

说起打仗，杨文辉似乎精神了许多，也忘记了痛。

“进攻空山坝的是敌人的东线主力部队，来势汹汹，但空山坝地形险恶，成凹字形，像一条大船，四周高中间低。由东到西 100 余里，由北到南直到通江县城背后，400 多里，沟壑错落，山连山，形成易守难攻之势。敌人用数倍于我们的兵力攻打空山坝。红军主力驻扎在倒洞坪、干树梁、韩坡垭、白马寺、小坎子、空山坝等地，我们师在小坎子阻击敌人，这里也是敌人进攻的重点，但都被我们打下去了。”

“护士小妹妹，你叫什么名字？你就是本地人吧?”

“嗯，我是本地人，叫向红梅。”

“你的名字真好听。”

“以前我没名字，大家都叫我五女子。参加红军后，我们妇女独立营的张营长给我取的这个名字。”

“哦，你是妇女独立营的，不简单啊!”

“哎，我还没上过前线打仗呢，比起你们我差远了。杨同志，你刚做了手术，体力消耗大，好好休息少说话，我去把你的衣服洗了。”

向红梅说完，抱起杨文辉刚脱下来的血衣服，向河边走去。

向红梅她们这些护理人员，每人每天要洗七八十件衣服和大量的绷带、纱布，还要给伤员换药、擦身子、搓背、洗脸洗脚、送饭、喂饭，危重伤员还要端屎接尿。

转眼进入 5 月，天气一天天热了起来，战斗进入白热化阶段，医院伤员已有 3000 多人，医生和药品奇缺。

因缺少抗感染的药，伤病员死亡也越来越多，不少伤员的伤口因感染而发炎，有的因感染发展成败血症而死亡。

杨文辉的腿伤也开始感染化脓，他开始出现高烧不退，伤口红肿、溃烂，想找点儿盐水冲洗伤口都很困难，更没有药物处理。到后来他的伤口化脓生了蛆，白生生的骨头露在外面，高烧、疼痛，令这个不用麻药可以做手术的小伙子昼夜呻吟不止。发着高烧的杨文辉，时而清醒，时而昏迷，昏迷时不停地念叨着，向红梅听不明白他说的什么，但能听清楚的是他叫“妈妈……妈……”

万分着急的向红梅去找过医生，可医生脸上露出的也是痛苦和无奈的表情。

“怎么办？怎么办?”

看着生命垂危的战友，向红梅心里十分着急和难过，泪水不停地流。她在病房里走来走去，突然想起在陈家当丫头时，这家一个厨娘被刀割伤感染化脓，听一个老长工对她说：“口水有消炎去脓的作用，用舌头舔后会好得快……”

“对呀，我得试试，要不然他会死的。”她默默地对自己说。

可走到杨文辉跟前，看着化脓的伤口里一条条白生生的小蛆在扭动着，她犹豫了，恶心地跑了出去，呕吐不止。吐完后，她回头看到昏迷不醒的杨文辉，难过极了。

“我一定要救他。”向红梅下定了决心，不再犹豫了。

她找来一根棉签，轻轻地将他伤口里的蛆一根根拨出来，接着她半蹲着身子，忍住强烈的恶心，用舌头一点一点舔去伤口里黄黄的脓……

待基本舔干净后，她径直跑到河边，吐得一塌糊涂，吐完后她捧起河水洗着似乎已麻木了的舌头。这一天，她没吃下一口饭。

第二天，杨文辉的伤口里没有了蛆，但仍有脓产生。于是她又用舌头一次次地舔去伤口里的脓水，然后独自跑到河边去狂吐，黄疸都吐出来了。随后，向红梅又立即回到病房，用冷毛巾为他物理降温，给他喂水。

十天下来，杨文辉的伤口再也没有脓出现，高烧也退了，伤口慢慢地好了起来。向红梅高兴地对他说：

“哎呀，你把我吓死了，这下可活过来了，我太高兴了。”

而杨文辉看到瘦了一大圈的向红梅，这个坚强的男人什么话也没说，只是一个劲儿地流泪。

向红梅一边用毛巾擦着他脸上的泪水，一边对他说：

“嘿嘿，红军战士流血不流泪，不许哭了，再哭我可要羞你了哟!”

杨文辉破涕而笑。

除了伤员多，缺医少药，死亡一天比一天严重外，更严重的是部队已出现疟疾、伤寒病人，而且已出现流行之势。紧急情况下，红军总部派大量人员到老百姓中去寻找民间名医、中医。没有多久，好几个民间医生来到了总医院，并成立了中医部。

一位70岁的老中医被请到了总医院，他采用白酒和漂白粉混合，通过蒸馏制成一种麻醉剂，经过试验对一些小型的手术效果不错。而对付疟疾、伤寒，需要大量的中草药。哪里去找？

“上山采！”老中医坚定地说。

医院抽调了大批人员组成采药队，随中医们上山采药。

正值5月，万物生长，总医院所在地的山脉，地势陡峭，山高林密，中草药异常丰富，可算得上是个中草药的宝库。

向红梅也被抽到了采药队，她背着背篼来到中医部门前，到采药队集合。

此时从中医部走出来了好几个中医，有的看上去年纪已经很大了。院长指着一个老者介绍说：

“他是通南巴著名的老中医杨大山先生，是这次采药的总指导。”

只见这位老先生中等身材，清瘦而结实，一身干净的军装十分合体，腰间扎着一根皮带，显得很精神。他留着花白的长胡须，乍一看，老先生和头上的红五星军帽有些不协调，他微笑的眼睛里面闪着智慧的光辉，又敏锐，又细致，颇有些仙风道骨的味道。

杨老先生和大家打着招呼。向红梅一下愣住了，她吃惊地大声叫了起来：

“爷爷！爷爷！”急忙扑了上去，扑通一下跪在他面前。

“爷爷，是你吗？”

老中医惊奇地望着这个女红军战士，没回过神来。

“爷爷，我是你救过的五女子呀！”

“五女子，真的是你吗？”老中医把她扶起来，仔细地端详着眼前这个美丽的红军姑娘，他没想到她就是那个可怜的小丫头。

“是我，是我呀！”

“长高了，长壮了，漂亮了，参加了红军，好！好！真好！”

“爷爷，我从李家逃出来后，到山上找过你，可没找到，当讨口子流浪了两年多。我记住你说过的话，往北走，果然遇到了红军，我就参军了。”

老人微微发抖的手紧紧握住她的手，热泪盈眶：

“好姑娘，这下好了，没有人敢打你、骂你、伤害你了，爷爷放心，爷爷高兴。”

向红梅牵着杨爷爷的手，和采药队的人向山上走去。

一路上她讲述着死里逃生的经历，爷爷不时地擦着泪水。

“可怜的孩子！可怜的孩子！”

“爷爷，你又是怎么当了红军的呢？”

“说来话长啊，我家祖祖辈辈都是行医的，我从6岁就读私塾。在爷爷、父亲的严格要求下，‘四书’‘五经’背得滚瓜烂熟，还天天背脉诀、药性、汤头。弟兄三人，就我天分高，对医理的理解能力强，深受爷爷、父亲宠爱和悉心教诲，并亲自传授家传秘方。到我20出头时，已是方圆百里有名的中医了。几十年来我就是上山采药，给别人治病。后来开了个中药铺，穷人来看病不收诊费，而且大多减免药费；给有钱人治病，不但要轿迎马送，还要加倍收取诊费、药费。我有家室，有一个儿子，儿子也跟我学医，也能为人诊病拿药。红军来的那年秋天，我去大山里采药，叫儿子看店，在家陪他母亲。等我从山里回来，家没有了，房子被土匪烧了，老伴死了，儿子被抓了壮丁，至今不知死活，只听说是被军阀田颂尧的手下抓走的。我四处托人打听，没有结果。于是，我又到处找儿子，儿子没有找到，又气又急的我差点儿死在路上，是红军救下了我。在红军医院我看见伤病员很多，这些年轻的红军战士是在和田颂尧这个狗杂种打仗中负伤的。我当即决定留下来，为红军伤病员治病疗伤。就这样我当上红军了。”

“你真了不起，70岁了当红军。”

“别看我年纪大，我可比年轻人还能爬山哟！”

70出头的杨大山，和姑娘小伙儿一样爬坡上坎，穿密林，攀山崖，一路上还不停地指导大家认识各种药草。太阳快落山时，每个人的背篼里都装满了土人参、淮山、海金沙、金银花、柴胡、厚朴等中草药。

“大家休息会儿，就下山。”杨大山爷爷招呼着大家。

“爷爷，你以前在这山上采过药吗？”向红梅在杨爷爷身边坐下问。

“当然来采过。不光是我，我父亲、我爷爷、我爷爷的爷爷……还有唐朝的药王孙思邈都来这山上采过药的。”

“哦，真的？”姑娘小伙儿都围了过来。

“当然是真的，我很小的时候就听我爷爷讲了孙思邈在通江采药的故事，现在这里年纪大一点儿的人都知道关于他的很多传说呢。”

“爷爷，讲点儿给我们听听吧！”大家齐声说。

“我是听我爷爷讲的药王的故事。说是唐朝名医孙思邈，是陕西耀县人，学识渊博，尤善医药。年轻时往来于太白、终南、巴山采药。后隐居通江毛峪龙溪沟。从前龙溪沟有一深潭，清澈如镜，名叫龙潭。孙思邈在潭边搭了一间草舍，在这里凿臼捣药，建灶炼丹。有一天孙思邈到药石坡采药，见一只斑斓大虎坐在路口，张着血盆大口望着他。孙思邈有些害怕，但他壮起胆子问道：‘老虎，你要吃我，就摆三下尾；你要我看病，就点三下头。’老虎听后竟点了三下头。孙思邈上前一看，发现老虎嘴边有血，他知道病在口中，将虎嘴检查了一遍，发现老虎喉咙里横插着一根金簪，知道老虎吃了一个妇女，便愤怒地说：‘孽畜，你吃人了，你这吃人的害虫，我怎么会给你治病呢？’说完就要走。此刻老虎忙伸出前爪将他紧紧拉住不放。孙思邈说：‘我问你，今后还吃不吃人？如果还要吃人就摆三下尾，如果从此不吃人就点三下头。’老虎又点了三下头。孙思邈见老虎能认错悔改，就替它拔出了簪子，给了它一粒药丸含在嘴里。老虎含上药丸，顿觉清爽无比，向孙思邈点了三下头，高兴地跑了。现在叫虎项垭的地方就是当年孙思邈医虎的地方。”

大家听得如痴如醉。

“后来呢？后来呢？”

“后来，嗯，又有一天，孙思邈在石人山采药，采满一背篓后正向山下走去。走到河滩口，正踩水向河心走，忽然听到有人喊：‘大水来啰，大水来啰！’孙思邈抬头一看，上游河水奔腾而下，来势汹汹，他迅速地跳上河心的一个大石头。天快黑了，河水还在猛涨，怎么办？正在他焦急之时，背后传来几声虎叫。他转身一看，只见一只猛虎从林中跳了出来，望着他。孙思邈一眼就认出来这是他医治过的那只虎。他向老虎喊话：‘老虎，你要是来渡我过河的，就跳上石头来；要是来玩的，你就回你林子中去。’话音刚落，老虎纵身一跳，跳上了石头，原来老虎是来救他的。孙思邈跨上虎背，老虎用力一跳，跳到了对岸。孙思邈正要从虎背上下来，可老虎不让，驮着他走了好长一段崎岖山路，一直把他送到河口才停下来。孙思邈很感激它，正想说什么，只见那老虎长啸两声向林中奔去。”

“故事讲完了，该下山了，今晚大家得熬夜，把药分出来，熬好汤药送到各部队去。”

正听得入神的姑娘小伙儿急了：

“后来呢？后来呢？”

“没有后来了，明天上山，再听下回分解，哈哈！”

杨大山站起身，带着背篼里装满了药的一群人向山下走去。

熬制的中药，有效地控制住了疟疾、伤寒的流行，部队的战斗力得到了保证。但仗仍然打得十分激烈，伤病员有增无减，而医院的西药越来越短缺，战斗中牺牲的和没救过来的红军战士已近万人，还有 3000 多伤员在医院等待救治。

杨大山老人派人将自己存在山洞里的药全都取来，但仍然解决不了伤员手术、治疗的药物需求。他焦急地找到院长：

“院长，能不能想想办法呀？每天都有战士死亡，他们还年轻啊，我这一大把年纪看着都心疼，如果有药他们就不会死。”

“我正和总部领导商量这个严重问题，现在正在想办法搞药，你放心吧！”

第二天，一个游击队长来告诉院长：“我们得到一个情报，离这里不远的地方有一个敌人的军需库，我们看见运进送出不少物资，估计里面有药品，不过敌人把守得十分严。”

“太好了。”院长转身看到运伤员来医院的妇女独立营张营长，急忙对她说：

“张营长，能不能想办法去搞些药品回来？现在前方战斗正激烈，也抽不出人马，你看该怎么办?”

“这样，我把独立营的战士集中起来，加上游击队，再加上医院的警卫连一起行动。敌人防守很严，看来强攻是不行的，要想办法智取。”

张营长制订了一个行动方案，向方面军总部汇报后得到了总部批准，并指示这次行动由妇女独立营的张营长指挥。

向红梅和所有抽到医院工作的战士都被召回独立营参加这次行动。天快黑时出发，接近敌人占领的地方时，游击队拿出他们缴获的敌人军服让警卫连的战士穿上，游击队埋伏在通向敌军需库的路口，负责阻击可能过来的援敌，妇女独立营负责正面进攻。

敌军需库在一座山崖下，估计有一个连在把守。天黑了下来，警卫连的战士以迅雷不及掩耳之势解决了各个岗哨，独立营的战士立即冲进营房，正在吃饭的敌人还没明白过来，便在这批从天而降的女红军面前，乖乖地举起了双手。

军需库里的东西真不少，药品、医药器材全部带走，还有电台、枪支、弹药……每个人身上都背得满满当当的。警卫连留下一个班断后，等队伍走到安全地带后，将拿不走的枪支弹药等物资连同军需库全部烧毁。

当敌人两个营赶到时，他们看到的是冲天大火和远去的红军。

“连长，参加了一次战斗，我连枪都没打成，有点儿不过瘾。”向红梅背着沉重的药品，气喘吁吁地对连长刘喜莲说。

“这不费一枪一弹叫智取，打仗不一定是硬拼，得用脑子。有时确实要拼，不仅是用枪，可能还会拼刺刀呢！放心，有你过瘾的时候。”

天亮了，大家满载而归。

前天空空的药房，现在到处都是堆得满满的药品。

“天哪，这些药品是从哪里搞来的?”杨大山吃惊地瞪大双眼看着这些药物。

“爷爷，这是敌人送的嘛，我们只是出了点儿力气背回来而已。”向红梅有些顽皮地说。

“昨晚我们妇女独立营和游击队奇袭了敌人一个军需库搞来的。”

“你们真不是凡人呀，天人下凡，我们的伤员有救了。我行医几十年，从来没有今天这么开心，谢谢你们!”

老人说完转身向病房走去。

4

红军取得空山坝大捷，全歼敌9个团，敌左纵队遭歼灭性打击，全线崩溃，中央纵队和右纵队亦纷纷败退。红军乘胜发起追击，扩大战果，反动军阀田颂尧的部队损失过半，敌人的“三路围剿”被彻底粉碎。

红军迅速巩固和扩大根据地，成立革命武装和苏维埃政府。老百姓参加红军的热情非常高，红军队伍迅速壮大起来。

医院的伤病员也慢慢少了，不少战士伤好后都陆续归队了。

杨文辉伤好了，他也要走了。这天，他穿着整洁的军装站在向红梅跟前。

“红梅，我要回部队了，伤全好了，我来向你告别。谢谢你救了我，我杨文辉一辈子都会记得你的大恩大德。”

说完，他从怀里掏出一个精致的铜镜，双手递给向红梅。

“这个铜镜送给你，这是我们家唯一值钱的东西，也是我最珍惜的东西。”

“哎呀，你说的啥子话嘛，什么救命之恩，什么大恩大德？我们都是红军战友，那都是我应该做的，是医院救了你。还有，这样珍贵的东西，我不能要，真的不能收。”

“你一定得收下，这是我母亲临终前给我的，说这是她出嫁时的陪嫁。母亲死后，我把它随时带在身上，想妈妈的时候我就拿出来看看。我也不知道我什么时候会牺牲，你是个好姑娘，这个铜镜放在你这里我心安。”

杨文辉眼眶里饱含着泪水，情真意切地恳求着。

“那好吧，可你千万不要说牺牲那话，我希望你活着。这铜镜我替你保管，但愿我们还有相见的时候，也但愿铜镜会物归原主，回到你身边。”

向红梅眼泪汪汪地接过铜镜，小心翼翼地放进怀里。

“红梅，谢谢你！你……你也要好好保重，注意安全。”杨文辉说这话时，脸刷的一下红了，用一双深情的眼睛看着向红梅。

从来没有哪个男孩这么关切过自己，杨文辉那双情深意浓的眼睛让情窦初开的少女心咚咚直跳。向红梅的脸也一下通红，她不敢直视他的眼睛，低着头说：

“我知道，我知道。”

向红梅将杨文辉送到大路口。

杨文辉饱含热泪，依依不舍地看着她。他走了，一步三回头地回望着。

向红梅站在路口，一动不动，他远去的背影消失了，可她还久久地站在那里，半天回不过神来。

反“三路围剿”取得胜利后，不少妇女要求参加红军，原来的妇女独立营扩编为妇女独立团。

向红梅要回独立团了，她特地来到总医院中医部向杨爷爷告别。

“爷爷，我要回部队了，您的教诲我会牢牢记住的。您年纪这么大了，一定要好好保重身体啊，如果有机会我再来看您，还想听您讲孙思邈的故事。”

“好好好，回去吧，在部队要好好干，你们那个团长可不是凡人啊，真了不起。你要听话，当兵就要不怕苦不怕死。我相信你。抽时间坚持学文化，爷爷等着收你亲手写的信啊！你放心，爷爷在这里很好，大家都很照顾我……”

向红梅给爷爷敬了个军礼，爷爷眼里饱含着泪花，笨拙地回了个军礼。

独立团还是驻扎在原来的营地，人多了许多。

向红梅来到炊事班，看望好久不见的贾班长。

“贾班长，我归队了，你还好吗？很想你！”

“红梅啊，好久不见，头发长出来了，像个女娃子了，好精神，好漂亮，听说你在总医院干得很好，用嘴给伤员吸脓，还得到了嘉奖。”

“没什么，那是应该的。”

两人正聊着，一个娃娃手里拿着一根干树枝，从门外跑进来。这是一个三岁多的女孩，穿着一件花布小裙子，头上用红绳扎了两个小羊角辫，额头上一排整齐的刘海下，是一双清澈明亮的大眼睛，两颊鲜艳得像苹果。

“贾妈妈，我捡了一根柴火。”

“我们炊事班的小兵点点真能干！”贾班长抱起她，亲着她的额头。

“哟！这个小女孩真乖，是你的女儿吗？”

“不是，也是。”

“啊？”

“她叫蔡贞，小名叫点点，她是我们团长的女儿。团长不能把她带在身边，平时就把她交给我带着，所以她又叫我‘贾妈妈’。”

“那她爸爸呢？”

“她爸爸牺牲了，听说是中共湖北省委的领导人，在鄂豫皖根据地第四次反‘围剿’战斗中牺牲的。那时，点点只有两岁。后来团长就背着小女儿一路征战，随红四方面军来到了这里。”

“哦！团长好坚强，难怪爷爷说她是一个了不起的人。我看她女儿点点这么小就在妈妈背上参加征战，也了不起，是个小小英雄啊！”

“点点非常乖，妈妈上前线，她不哭，只是对她妈妈说：‘妈妈，你要早点回来哟，点点等你。’经常弄得团长眼泪汪汪的，让人看到心里难过。”

“点点，来，让姐姐抱抱，以后叫我红梅姐姐好吗？我们都很喜欢你。”向红梅上前抱起点点，在她脸上亲了亲，对她说。

“好的，红梅姐姐。”

“点点真乖！”

“那以后不叫你贾班长，我也叫你贾妈妈了。”

“好啊，我有这么漂亮的一个闺女，福气啊！”

“你三十多岁了，没有孩子吗？”

贾凤莲沉默不语，停了好一阵才说：

“哎，别提了，命苦。

“红梅呀！我和你一样，家里穷得叮当响。在我 8 岁那年，天大旱，赤地炎炎，颗粒无收，缴不起租、纳不起苛捐杂税不说，全家人没有吃的，开始采食豆苗，后来吃草根根、白泥巴，父母把快要饿死的我送到一富裕的刘家当童养媳。虽然到那家可以不饿死，但每天如牛马一般地劳动。苦熬了 10 年后，我生下了一个儿子，可丈夫天天吸鸦片烟，吸到最后就剩下一把骨头架架。我25岁那年，他就因吸鸦片而死了。这下我可遭罪了，婆婆天天骂我是个'克夫鬼'，不断地折磨我，我是看到儿子还小，忍了。儿子渐渐地长大，一次儿子病了，婆婆硬说我不但克夫还克子，要断他们家香火，要把我赶出家门。我说我走可以，但儿子是我生的，我要带走，可那家人把我打得遍体鳞伤，把我赶走，还说从此以后不准我见儿子。娘家父母早已饿死了，就在我无家可归时，红军来了，我就投奔了红军。现在可好了，我有家了，有那么多好兄弟姐妹，我算是活出头了。"

"贾妈妈，没想到你也受了那么多苦，以后遇到好人再找一个男人。我听团长说我们独立团的女战士是可以结婚的，现在红军来了，建立了红色政权，世道不同了，妇女翻身了，婚姻自由了嘛!"

"你这个小丫头，管宽了点儿哈!"说完笑着用手指头在她额上戳了一下。

向红梅当班长了，连里来了些新人。

新来的排长叫廖荣华，个头大，丰腴而又年轻，看上去20岁出头，圆脸蛋红润润的，眉毛很黑，长条的双眼闪动着爽直的、热乎乎的目光，爱笑，说话嗓门儿大，声音干脆利落嘎嘣脆。

王桂英神秘地在向红梅耳边说：

"红梅，你不知道我们这个排长可是不简单啊，之前是游击队的妇女连连长。听说她有个外号叫'鸡公'。"

"呵！怎么不叫'母鸡'而叫'鸡公'?"

"我听说她10岁就去给别人当童养媳，那小丈夫还抱在怀里。拜堂时那家人弄了个鸡公来和她拜堂，说是这叫嫁鸡随鸡。10岁的她成为这家的强劳力，白天有做不完的重活累活，晚上还要照料这个小丈夫，只要他哭闹，婆婆对她不是打就是骂。当地有人就唱道：'十岁姑娘一岁的郎，抱个鸡公来拜堂，早起晚睡抱上床，睡到半夜他叫娘，你说是儿不是儿，你说是郎不是郎。'她在这家苦苦熬了好几年，一次挨打后她跑回了娘家，结果公公婆婆带了一帮人到娘家要人，数落她父母不懂家教，连嫁鸡随鸡、嫁狗随狗的规矩都不懂……"

"后来呢?"

"有一天她上山砍柴，遇见了游击队，那队长还是她娘家的一个亲戚，叫李春生，按辈分她该叫叔。李春生给她讲了些革命道理，希望她能投奔革命，脱离苦海。于是她就参加了游击队，因为勇敢泼辣，当了游击队妇女连连长。她性格开朗，对连里的战友很好，战士们知道她的经历，加之早上叫大家起床时，嗓门儿特别大，所以给她起了个外号'鸡公'。对这个外号，她也不介意，总是笑哈哈地答应。"

"这个廖排长真好啊!"

班里的战友这几天互相认识，讲述着自己的经历，如同亲姐妹一般。唯有一个叫梁红英的小战士从没见她笑过，也不说一句话，天天闷在那里，不管别人问她什么话，她只会木然地发一个音"嗯"。

夜里，她常从梦中惊醒，哭着叫着喊妈妈。她撕心裂肺的哭声，让大家心痛不已。问她怎么了，她也一声不响。

她看上去也只有十四五岁，很瘦，脸色苍白。一双大眼睛深深地隐在一层阴影里，忧郁而悲伤的眼神，失去了青春的光彩，看得出来是由于经常哭泣的缘故。嘴角的弧线显示出她内心有多么痛苦。大家都非常关心她，可她就是一句话不说。可在连里军事训练时，她练得最狠，大家都休息了，她一个人还在拼命地练。

"梁红英，你不会笑吗?"

"嗯!"

"你咋是个闷葫芦呵!"

"嗯!"

"排长，她是怎么啦?"向红梅实在忍不住了。

连长走来，对大家说的一席话，让所有人都惊呆了。

梁红英 13 岁时就跟随她母亲一道参加了苍溪游击队，是苍溪妇女营的战士，母亲是营教导员。

一天，苍溪县保卫局，还有红军一个连及游击队妇女营共 500 多人向通江方向转移。途中走到一个三岔路口时，正犹豫该向哪条路走时，一个衣衫破烂的老头儿给他们指了一条路，并说要给他们带路。不料，这老头儿将他们带进一条深沟峡谷之中，四面都是高山，谷底有一条河，感觉阴森森的。

“老乡，这是什么地方，这是什么河?”

“这条河叫扫塘河，前面有个小镇叫扫塘镇。哎，说是镇，其实就是有那么十几间茅草房。”

行进了一天，大家又渴又饿。快到镇上时，保卫局长决定到这个镇上歇脚、造饭。

队伍顺当地走进了小镇，镇上清风雅静，不见一个人影，但每家的门又都是大开的，房屋里面的床上都坐了一个打扮一模一样的“老太婆”。正当大家疑惑、奇怪时，各家各户的门突然一下紧闭了，带路的老头也不见了。

“不好，有埋伏，我们被那个坏蛋老头引进敌人的伏击圈了!”

红军连长指挥队伍向镇口突围，可整个镇都被敌人的机枪严密封锁着，顿时四面八方枪声大作，还没回过神来的战士们一个个倒下……突围的战士没能冲出去，都牺牲了。

梁红英的妈妈也中弹了，她立即将跟在身后的女儿拉到跟前，将她压在自己身下，用最后一点力气对女儿说：

“丫头，趴下别动，任何情况下都不要动……报仇!”

母亲死了，那双瞪着的大眼停留在女儿的脸上，殷红的鲜血顺着女儿的脖子往下淌……

小姑娘吓得浑身发抖，瞬间她被剧烈的恐惧包围了，她用双手抱住妈妈的头，摇着、喊着：“妈妈、妈妈……”

忽然，传来一阵叫喊声。

“赶快看看，那些没死的给老子补上一刀!”

躺在妈妈身下的小姑娘，把脸紧紧地贴在妈妈脸上，不敢动弹。

死亡像一阵风似的吹灭了生命，战士们最后的呐喊声从胸口迸发出来，眼里愤怒的目光瞬间给扑灭了，一个个年轻的生命被投入了永恒的黑夜，500多名战士全部牺牲，少数被俘的人也被敌人当即杀害。扫塘镇血流成河，尸横遍野，扫塘河顿时变成血色的河。

四周一片寂静，小姑娘不知自己是死了还是活着，仿佛自己已堕入万丈深渊。

当红军队伍赶来时，每个战士见此悲壮的场面都泣不成声，在清理尸体时，发现了埋在母亲尸体下还活着的她。

连长话音刚落，一阵静默后，姑娘们都大哭起来。

“姑娘们，我们不哭，红军女战士也只流血不流泪。我们都是从苦难中走过来的，梁红英的仇也是我们的仇，现在我们唯一要做的是刻苦训练，平时多流汗，战时少流血，随时准备投入战斗。”

5

打败了敌人的“三路围剿”后，红四方面军又接连取得了仪南、营渠、宣达三次战役的胜利，与王维舟任总指挥的川东游击队会师，红军和根据地大发展，川陕苏区已发展到东起城口近郊，西抵嘉陵江沿岸，南起营口、达县，北到陕南之镇巴、宁强，总面积 42000 余平方公里，辖 22 个县和 1 个特别市的苏维埃政权。红军队伍扩大到 5 个军，共 8 万余人，还有 15000 余人的地方游击队和数十万人的赤卫队、少年先锋队等群众武装。

革命根据地的发展和壮大，红军队伍的迅速壮大，使敌人十分恐慌。

1933 年 10 月，军阀刘湘受蒋介石委任为四川“剿匪总司令”，对红四方面军进行大规模的“六路围攻”。这次出动的不是“三路围剿”的 38 个团 6 万余人，而是 110 个团 20 余万人，还加上大大小小的土匪、地主武装。

大军压境，刚立住脚的红四方面军采取了“收紧阵地，诱敌深入”的方针。红军主力集中优势兵力，分东西两线作战。

总部给妇女独立团的任务是：负责苏区的治安、运送伤员和弹药、打击土匪和地主武装。一时间上上下下都处于战备状态。

妇女独立团成立后，装备有了大的改观，几乎人手一枪。向红梅分到了一支小马枪，十几发子弹，第一次亲手摸到这个铁家伙，她十分兴奋，爱不释手，连睡觉也抱着。

“这枪是你男人？”班里最泼辣的战士陈兆凤笑着说。

“你这个凤辣子，说什么呢！难道你不喜欢你的枪？”

“光爱还不够，关键是要打得准才是，有本事战场上咱们比比？”

“比就比，谁怕谁呀！”

向红梅说是说，背地里可没少下功夫。除了正常训练外，只要有时间，她总是悄悄地练瞄准。

姑娘们加紧进行军事训练，一个比一个能吃苦，人人都较着劲儿，生怕自己落后了。

在全团射击比赛中，向红梅可真的是百发百中，获得第一名。大家称她是“神枪手”，可她却说“是不是神枪手，上战场才晓得”。

天刚麻麻亮，睡得正香的姑娘们被一阵紧急集合号声惊醒，大家十分麻利地全副武装来到操场，只见张团长一脸严肃地站在那里。

“同志们，我们没有和男同志一道去前线作战，但我们的任务仍然十分艰巨。现在，龟缩在山里的土匪以为出头的日子来了，纷纷蠢蠢欲动，十分猖獗，特别是清风寨……昨天，清风寨的土匪下山暗杀了我们两个乡苏维埃主席和总医院的一个战士，手段十分残忍。我们现在一定要提高警惕，加强巡防警戒。总部命令我们妇女独立团端掉清风寨这伙土匪。清风寨地势险要，易守难攻，从现在开始，各营各连做好准备，加紧攻寨的训练，随时准备战斗。同志们，有没有信心拿下清风寨？”

“有！”声音坚定而高亢。

清风寨坐落在一个悬崖绝壁的平台上，那是座仿佛用刀从上到下劈开的山，两山之间只有一道狭长的裂隙，一条小道在裂隙中穿过。清风寨的前边是悬崖，后面是一座高山，一条水流湍急的河从山脚下穿过。平台四周都修有碉堡，还有明里暗里的瞭望哨。清风寨的土匪头子叫马进财，此人长了一副麻脸，人们称之为马大麻子。他和当地大地主刘锡侯（人称刘阎王）勾结在一起，纠集了一大批地痞、流氓，组成了一个土匪团伙，横行乡里，欺压百姓，无恶不作。马大麻子的势力越来越大，已经扩大到川陕两省，向他进贡的人也越来越多。可是红军来了后，分了他的地，断了他的财路。他对红军是恨之入骨，但又无力与强大的红军对抗，无奈之下只好龟缩在清风寨，可这个马大麻子朝思暮想要找红军报仇。现在听说刘湘带大队人马来“围剿”红军，马大麻子和刘阎王如打了鸡血，一下子兴奋起来。他在山寨里兴奋地转来转去，心里打着如意算盘：“我趁势继续扩大自己的势力，扩大地盘，等刘湘把红军消灭或赶走，自己的机会就来了，我仍然是这里的土皇帝。”

马大麻子派人从山下抓来一些劳工，给他加固山寨，劳工干完活后又强迫他们当土匪，谁不干就被杀掉，丢进万丈深渊。

刘阎王见马大麻子招兵买马，顿时也兴奋起来，连忙请来圣母教、红灯教的“神兵神将”，将他手下的团丁弄在山里大练刀枪不入的“神功”。

为了讨好马大麻子，他还把欠他钱和租子的农民，强行押上山交给马大麻子当土匪抵债。

“马爷，听说你要扩大队伍，我给你送人来了。”刘阎王讨好地说。

“好好好，怎么还有些娃娃?”

马大麻子坐在堂屋上方的一个太师椅上，得意地奸笑着，满脸的麻子笑得挤到了一堆。马大麻子不常笑，但笑的时候，形状是狰狞可怕的，两片嘴唇一张开，不但露出那黄黄的牙，还露出他那牙床肉，在他鼻子四周也会起一种像猛兽一样的粗野的皱纹。

“马爷，别看他们是娃娃，可有气力了，只要马爷好好栽培，今后可了不得哟!”刘阎王谄笑着说。

马大麻子一下收住笑，凶巴巴地说：

“你们给我好好听着，山寨有山寨的规矩，新来的必须杀人见血才有资格在我手下干，所以我先训练你们几天，然后你们就得下山杀人，要杀的人到时再告诉你们，下去吧!”

夜色十分平静，四周漆黑一团，月亮也不知躲到哪里去了，这里所有的远山、丛林、土丘、房屋都罩在一片黑茫茫之中。

已是深夜时分，整个大巴山都在静静地安睡。风儿不刮了，树叶不响了，独立团的女兵们都进入了梦乡。

忽然，几个黑影在妇女独立团的营房里窜过。

“谁？站住！”站岗的战士一声大喊。一声枪响，紧接着是急乱的脚步声。

“土匪来了！”从梦中惊醒的战士们显得有些紧张慌乱。红梅抓起身边的枪，和班里的战友冲了出去……

突然，一排子弹打过来。

“大家不要惊慌，卧倒！”排长廖荣华大声喊着。只见团长带着战士追赶着土匪，土匪见红军人多势众，急忙往营房门口跑去。

“快，快！我们绕过去堵住他们！”廖荣华带着全排人从营房侧面包抄过去。

她们跑过去后，迅速堵住了大门。

“不许动，举起手来！”廖排长那大嗓门一吼，顿时将几个土匪给镇住了，乖乖地举起了双手。

虽然有几个土匪已经跑掉了，不过还是抓住了几个。她们将几个土匪押到团部。

在灯下一看，这几个土匪蹲在地上，吓得瑟瑟发抖，有两个土匪看上去还是孩子。

“你们都站起来说话！”

“你叫什么名字？多大了？”张团长指着一个满脸稚气的孩子问。

“我叫狗娃子，今年 14 岁了。”

“你小小年纪，为什么要当土匪杀人？”

“长官，我是被逼的。”

“谁逼的？”

“刘阎王和马大麻子。我们家欠了刘阎王的钱。”

“为什么欠钱？欠多少？”

“欠多少我不知道，听我妈说是借刘阎王的高利贷，因为我老汉儿（川北人称父亲为“老汉儿”）抽大烟，几年下来利滚利，根本就还不起。刘阎王要我上山去马大麻子那儿当土匪抵债。长官，我不想当土匪，也不愿杀人！”说着说着这狗娃子扑通一声跪下，放声大哭了起来。

“长官，如果我不干，刘阎王说要杀我妈和老汉儿，我是被强押到清风寨的，马大麻子逼迫我们新来的要先杀人，否则就要杀我们。”

“你们几个也都是被逼的吗？”

“是的、是的，我们哪想当土匪嘛，都是缴不起租、还不起债没办法被那刘阎王逼的。”

“那你们现在还想回清风寨当土匪吗？”

“不愿意、不愿意！打死我也不干了。”几个人脑袋摇得像拨浪鼓似的。

“那好，你们先在这里住下，听我们红军战士给你们讲些道理，然后再说怎么办。”

早上，团部会议室，排以上干部正在开会。

张团长一脸严肃的神情，大家心里都明白将有重要的战斗任务。

“同志们，我们的主力红军正在进行反敌‘六路围剿’的万源保卫战，这次战役是关系到川陕革命根据地生死存亡的一次决战，是我们红军粉碎‘六路围剿’中决定性的一战。如果我们万源保卫战失利，红四方面军就将被迫出川北，川陕革命根据地就必然要被国民党摧毁，那么，20 多万敌军就会夹击长征途中的中央红军，中央红军就有被敌人吃掉的危险。所以，万源保卫战，不但关系到红四方面军的生死，更关系到整个工农红军的命运、中国革命的前途。为此，总部命令我们妇女独立团，不但要搞好救护伤员和物资运输工作，而且一定要消灭清风寨的土匪……”张团长的话音刚落，干部们兴奋不已，个个摩拳擦掌。

“早就憋着一股劲儿，一定要把清风寨这个土匪窝子给端了。”廖荣华站起来大声说。

“对，一定要把清风寨拿下！”大家七嘴八舌地说着。

吴政委对大家说：

“同志们，清风寨地势险要，易守难攻，山寨在马大麻子和刘阎王的多年精心经营下，异常坚固，据说马大麻子还口吐狂言，说红军要想攻破他的山寨，简直比登天还难，他认为红军是一群由黄泥巴脚杆组成的乌合之众，不堪一击。现在，我们的主力红军正在对付敌人的‘六路围剿’，总指挥的策略是收缩阵地攥紧拳头打击敌人，可敌人以为我们被他们打败了呢，马大麻子正得意忘形，我们要趁他自满松懈之时，一鼓作气拿下清风寨。”

张团长接着向大家下达任务：

“前些天我派侦察员去清风寨进行了侦察，结合抓获的几个土匪对山寨情况的描述，绘制了这张地图，大家围过来看看，我们绝不能硬攻，必须奇袭智取。下面我布置战斗任务：二营、三营从正面牵制敌人的大部分力量，动静整得越大越好。我带一营从后面越险插入，力争在中心开花，以最快速度消灭马大麻子。总指挥还特地派了一个兄弟团的战友来策应我们，现在大家下去做战斗准备，今夜行动，争取在拂晓前打响。大家还有什么问题吗?”

“没有，保证完成任务!”

战士们个个有条不紊地准备着。

“排长，我们一营是跟团长一起作战吗?”向红梅一边擦拭着自己的枪，一边问廖排长。

“是啊！你害怕不?”

“不怕，就是特别兴奋。”

“打起仗来，可别丢人现眼啊!”大家都笑起来。

“不会的，排长你就放心吧!”

黄昏临近，团长挨个儿检查了大家的装备，然后抬起头看了看天空，天快黑下来了。她知道这是一场恶仗，是她单独指挥妇女独立团作战，她知道自己身上的担子和责任。

“同志们，出发!”她坚定的语气鼓舞着每个战士。

那个被俘的狗娃子决意要参加红军，他要求由自己带路去攻打清风寨。这个获得了新生的小男孩，高兴地走在队伍最前面。

天渐渐暗了下来，夜色像阴霾一般浓重起来，苍茫的大地在黑夜的遮盖下，变得越来越模糊了。黑沉沉的山野，一片寂静，只有那寒风在悄然地刮着，草丛中偶尔发出一声虫鸣。战士们急行在狭窄的山道上，背着的武器、弹药，不时发出轻轻的相互碰撞的声音，急行的脚步声在凝重的空气中发出钝重的回声。

翻过一道山岭，又是一道山岭横在眼前，深谷、悬崖，队伍在陡峭的山路上缓慢地攀爬着、前行着，姑娘们喘息的声音此起彼伏，她们的身影在夜色中时而显现，时而隐没。

虽已是初冬，可姑娘们的头发、内衣早被汗水浸透。气喘吁吁的向红梅感到喉咙有些发干发痒，她急忙用手捂住嘴，把咳嗽死死地压在嘴里。

队伍从山梁上下来便是一条河，河面不宽，河水静静地淌着，在夜色的浸染下，发出一阵阵寒气。头上还冒着热气的女战士们一个牵着一个，悄然下水蹚过河。此时，月牙儿从云中走了出来，仿佛是给这支队伍照亮，一片清弱的光洒在姑娘们的身上。

队伍蹚过河后，迅速来到一座陡峭的山前。这是清风寨侧面的一座山，据前几天的侦察，山上面没有发现土匪活动的迹象，因此队伍只要翻过这个山，再过一个山梁就可抵达马大麻子的据点。

山很陡峭，爬起来非常吃力，有时几乎是贴在岩壁上一步一步地挪动。与此同时，独立团二营、三营的战士正急行在去清风寨正面的山路上。总部派来接应的那个团的战士从南面急行，堵住马大麻子唯一的退路，一张围攻清风寨的大网正在形成。

团长带着一营的战士们悄悄地靠近山寨，她们已经来到山寨的墙下了，大家依墙而立，将上了膛的枪紧紧地握在手上。已能听见上面岗楼上执勤的团丁来回走动的脚步声，听到两个团丁凑到一起低声地嘀咕声，一会儿他们的声音变大了，骂骂咧咧地说：

“狗日的马大麻子，前两次打仗时说给我们的银圆到现在都没兑现……”

不一会儿，团丁和土匪换岗，两个土匪向寨墙边走过来，其中一个土匪伸出头往下面看了看。

“这固若金汤的山寨，还用得着守?”说完他打了个呵欠，缩回到山寨里去了。

见土匪消失了，团长命令一营战士迅速向山寨背后移动。正在这时，寨楼上的团丁和土匪吵了起来，互相骂着。

“你狗日的，上次输了钱都还没给老子，今天又输了，给不给?”

“输了咋的？每次都是你赢，你搞了什么鬼?”

“放屁！你再胡说，看老子怎么收拾你!”

……

寨楼上的敌人正在为赌钱吵得不亦乐乎时，一营战士趁势迅疾来到山寨后墙，墙下有一个下水道，一股臭烘烘的污水从里面流出来。团长蹲下身子看了看，问身边的狗娃子：

“狗娃子，你知道这个下水道可通到哪里？”

“这个下水道我看见过，可通到土匪住的地方，人钻得进去。”

“那好，我们就从这里进山寨。”

“长官，不，团长，让我先钻过去吧，相信我！”

“好吧，一班跟上……”

钻进这下水道，里面是一片黑暗，脚下蹚着臭水，洞小的地方只能弯着腰往前走，不一会儿就看见一丝亮光，快到下水道出口了。走在前面的狗娃子轻轻推开一块石板，慢慢探出身子，灵巧地爬了出去，战士们一个接一个爬了出来，神不知鬼不觉地来到了土匪的鼻子底下。

战斗即将打响，只等团长下命令了，姑娘们既紧张又兴奋，握枪的手已开始冒汗。

这时，隐蔽在清风寨正面丛林中的二营和三营，按作战要求，由二营长带着全营战士悄悄地来到了山寨正门。正门上方有一个碉堡，她们悄悄地来到了碉堡下方，各自找好了掩护点，等待命令。天快破晓，二营营长按照行动部署，举起枪朝天开了一枪。清脆的枪声划破拂晓的天空，凛冽的空气顿时紧张了起来，碉堡里的土匪一下乱成一团：

“红军来了！红军来了！”

几个土匪从碉堡里冲了出来，还没弄清方向就被二营的战士送上了西天。碉堡里的人再也不敢出来，躲在里面朝外面乱放枪。

此时，山寨正门外突然枪声大作，仿佛无数的机关枪在扫射，这是三营的姑娘们在铁皮桶里放鞭炮，那声响与机关枪声极其相似，土匪们吓得到处乱窜。

“马爷，不好了！红军打上山来了！”几个土匪急忙跑去向马大麻子报告。

“胡说！红军能够打进来，简直是笑话，你们以为我这里是啥地方？看你们吓成那样，一群废物！”

马大麻子从床上坐起来，向前来报告的土匪大声吼叫。

“马、马爷，是真的，红军真的打进来了！”一个土匪颤抖着说。

“吓死不如把你打死！凡是慌张的就是这个下场。”马大麻子顺手给了这个土匪一枪，此人立即倒在地上。

马大麻子此时已经听到了枪声，他带着一帮人往枪声密集的寨门走去。

此时刘阎王也听到了动静，带着一帮睡眼蒙眬的团丁跌跌撞撞地从寨子后院朝正门处跑过来。刘阎王没有惊慌的样子，他和马大麻子一样，认为红军要从正面打进来是不大可能的，这里是天险，绝对的易守难攻。

正当马大麻子、刘阎王和清风寨众多的土匪涌向山寨正门时，从下水道钻出来的一营战士在团长的带领下，正在往寨墙上攀登。

寨墙上巡逻的两个土匪，听见前门动静如此之大，正伸长脖子朝前面张望着。

一个冷得将手揣进袖子里的土匪说：

“这么冷的天，红军从正门想打进来，这叫自己找死！”

“是我，才不这么干呢，要攻就从后面攻上来。”另一土匪回应道。

两个土匪还没回过神来，最先登到寨墙上的廖排长和另一个战士已摸到他们身后，一人给了一刀，两个人就再也不能说话了。这时一排战士顺着放下的绳子，踩着墙体的石缝迅速地往寨墙上攀登。正在这时，一个土匪从寨墙里冒了出来，一看墙上站着这么多红军，这阵仗，让他顿时傻了眼，于是他吓得大喊：

“红军来了！红军来了！还是女的……”话音未落，他就见阎王了。

可他的大声喊叫，惊动了里面的土匪，几个土匪提着刀向红军靠近，向红梅所在班跟在廖排长身后，与这几个土匪遭遇，顿时搏斗起来。互相用刀砍着，金属和金属碰撞着，发出叮叮当当的声音，还有刀锋划破棉布和肌肉发出的吱吱的声音，土匪粗鲁的咒骂声，在寨墙上混为一体。

墙头上，一个土匪正要把刀朝向红梅头上砍去时，团长一枪将土匪打死，土匪滚下寨墙。可这枪声，惊动了更多的土匪，十几个人蜂拥而上，大家就不用刀了，开枪把冲在前面的几个撂倒，后面的急忙往后退。

山寨正门负责佯攻的二营，立即集中机枪，向山寨密集扫射，掩护几个战士将炸药包放在山墙边，只听得一声巨响，正面山墙炸出了一个大缺口，几挺机枪对着缺口猛打。

寨墙内的马大麻子和刘阎王会合在了一起。

“这红军怎么说来就来了呢？一点儿征兆都没有，真他妈遇见鬼了！”马大麻子一脸茫然。

“不怕，我们集中火力向红军猛打，用火力压住他们，等到天大亮了，凭借自己熟悉的地势，把红军吃掉。”刘阎王一副很有底气的样子。

正当他们集中火力向山寨正门的红军猛打的时候，一个团丁慌慌张张地前来报告，说后山发现了很多红军，正在猛攻后院。这下可把这二人吓得不轻。

“红军是怎么上来的？天上掉下来的？”此时，刘阎王有些惊慌。

“不、不知道，就是看见……到处都是红军。”团丁浑身哆嗦着。

“妈的，后院如果失守，我们连哭的地方都没有了。”马大麻子气急败坏地吼着。

“马爷，你攻打前面，我带领人马去后院，清理这些‘共匪’。”

刘阎王带着团丁向后院奔去，边跑边高声喊：

“兄弟们，活捉红军一人赏大洋一百，打死一个赏大洋五十……”

一营的战士们在后院全部攀上墙头正朝下走，看到一大群团丁涌过来。

“打！”张团长大吼了一声。

战士们向团丁猛烈射击，只见跑在前面的团丁纷纷倒下，后来的人直往后退。这些团丁们哪见过这种阵仗，一个个趴在地上抱住自己的脑袋，有的干脆躲了起来。

天大亮了，马大麻子看见寨门外，漫山遍野都是红军战士，大吃一惊，他仿佛听到了末日的丧钟敲响，可这个恶贯满盈的土匪怎能善罢甘休，他开始了歇斯底里的最后疯狂：

“兄弟们，我们要不惜一切代价守住寨门，打死一个红军赏五十个大洋，活捉一个赏一百个大洋……”

土匪们激动起来，向二营、三营的红军猛扑过来，但他们的每次冲锋都是来送死的，大洋也只有到地狱里去找了。

马大麻子见势不妙，只好边打边退，而红军是步步紧逼，最后将马大麻子逼到一个角落里。

“同志们冲啊，活捉马大麻子！”二营长大喊。

战士们冲了过去，土匪们纷纷倒下，气急败坏的马大麻子做了最后的挣扎，他顺手抓过一挺机枪，正要向冲来的红军扫射，可他还没来得及扣动扳机，就被红军击中倒地，在地上装死的马大麻子伸手去拿身边的一支枪时，二营长给他补上了一枪，正好打在他的脑袋上。

在寨子后院，一营一连的战士们压住刘阎王团丁的火力，掩护二连战士攻打山寨的内门。

“红梅，你这个神枪手要弹无虚发，只要寨墙上的敌人一露头就让他脑袋开花。”

“是，排长！”

团丁刚一露头，马上就被击毙，团丁们吓得不敢轻易露头。

这时二连战士扛起一根大圆木，冲过去使劲儿地撞着寨门，正在这时，一个团丁头目不露头，突然从上面扔下几个手榴弹，几个红军战士牺牲了，紧接着几个战士冲上去继续撞门。

万分着急的廖排长举起机枪向团丁猛烈扫射，一班的神枪手们也弹无虚发，团丁们再不敢动弹了。

寨门给撞开了，一营和消灭了马大麻子的二营、三营战士们会合，她们仔细搜查残匪，绝不让一个土匪漏网。

而躲在后院的刘阎王，一下占据了有利地形，拼死顽抗。于是，全团集中火力向刘阎王占据的房屋射击。

“团丁们，我知道你们很多人是被逼得来当土匪的，红军宽待俘虏，只要举手投降就可以活命！”团长向屋里喊话。

一些团丁慢慢举起手从屋里爬出来，红军停止射击。此时屋内没有动静。

“难道里面刘阎王和团丁都被击毙了？”大家正这样想着。

突然，屋内鼓声大作，一群脸涂鸡血、赤裸的胸口上画着朱砂符，身上只穿着一条裤衩的人，从里面冲了出来。他们装扮一致，一手拿枪，一手拿着大刀，一边吆喝着“刀枪不入、刀枪不入！”一边凶神恶煞地挥着刀向红军扑来。红军立即向这伙“刀枪不入”的人开枪射击，这些装神弄鬼的人一个个倒下，死得很难看。可这些人真的不怕死，前面的人倒下，后面的人继续冲过来。这时，廖排长发现楼上一个女巫样的人，正在那里作法，手敲着鼓，嘴里念念有词，指挥着那些向前冲的团丁。

“红梅，把那个妖怪灭了!”

“是!”

枪声一响，那作法之人应声倒下，鼓声停了。鼓声一停，那些团丁们顿时散了，他们被红军团团围住，只能垂死挣扎。

“团长，没看见刘阎王!”

“他跑不掉的，大家分头搜!”

原来刘阎王躲在楼上，他见红军快搜到跟前，突然向一个向他走来的战士开枪，这个战士牺牲了。这激怒了姑娘们，所有火力对准这个刘阎王藏身的楼房。顿时楼板被打穿，木屑飞溅，不一会儿楼上便没有了动静。上前查看，这个刘阎王身上是马蜂窝一样的弹孔，这回他真的是去见阎王了。

太阳从苍茫的山巅后面升起来，它那最初几道霞光的温暖，让女红军战士们感到一种甜美的倦意。欢乐的阳光已经把这个清风寨的峭壁染上了黄澄澄的颜色。

兴高采烈的红军女战士清理着这个土匪窝子，战利品可不少，枪支、弹药、布匹、银圆、粮食、马匹……

“烧了这土匪窝子，炸掉所有的要隘、碉堡，绝不让欺压百姓的土匪死灰复燃!”

一夜没合眼的姑娘们，背着重重的战利品，一路欢笑，一路歌，时而回望那浓烟滚滚的清风寨。

6

接下来的好几天，独立团的姑娘们都沉浸在胜利的喜悦之中。

妇女独立团开了一次隆重的庆功会。当向红梅听到团长念自己的名字时，她一下愣在那里，不敢相信自己会立功。

“向红梅!”团长大声又念了一遍。

“是我吗?”

“当然是你，快上去!”廖排长使劲儿推了她一把。

“在这次奇袭清风寨战斗中，我们团这位神枪手向红梅弹无虚发，可立了大功了。”

“团长，不是我打得准，是我那小马枪好，是它立了功!”

队伍里发出一阵笑声。

“这枪是掌握在你手里，它是听你指挥呀!”

“那是!”

奖品是一块香皂、一条毛巾和一个搪瓷缸子。

向红梅双手颤抖着从团长手里接过奖品时，已是泪流满面。这可是她从没有过的奢侈品啊!

随后团长念到的名字有：

王桂英、廖荣华、梁红英……

妇女独立团打掉了清风寨马大麻子、刘阎王这支土匪武装的消息在红四方面军和整个川陕苏区被传得沸沸扬扬，有效地镇住了那些小股的土匪和地主武装的气焰，他们要么就向红军缴械投降，要么就龟缩在山上，不敢轻举妄动。

红四方面军反“六路围剿”打得很艰苦，主力红军三十军、九军阵地遭到敌人猛烈进攻，每天有一二十架飞机轮番轰炸，40 多门迫击炮不停地轰击，虽然守住了阵地，但红军也有大量伤亡，不得不收紧阵地，向后转移。

拿下清风寨后，妇女独立团又奉命到前线转运伤员。寒冬腊月，川北山区，细雨蒙蒙。那种细雨，使人无法辨别的极细的雨，不断地向人飘过来，不久就沾湿了人的衣服，冰凉直渗透到骨头里。

道路泥泞湿滑，姑娘们抬着伤员艰难地、一步一滑地行走在山间小道。

“两位小妹妹，把我放下，别抬了……”担架上的红军战士对滑倒在地的向红梅、李敏华恳求着。

“不行，我们一定要把你抬到医院去。”

“我伤得很重，知道自己不行了，我只求你们一件事……”

“你说，什么事？我们一定替你办！”

“我有个姐姐，叫刘和润，是妇女工兵营的指导员，请你们告诉她，弟弟刘和安牺牲了，不后悔……”说完，他轻轻地闭上了双眼。

“刘和安同志！刘和安同志！你不能死……”两个姑娘摇着他，喊着，哭着。

天很黑，激烈的战斗暂停了下来，惊心动魄的血腥的战场一片寂静。女战士们在阵地上轻声地呼喊着：

“还有伤员吗？”

向红梅突然感到心怦怦直跳，不由自主地摸了摸揣在衣服里的小铜镜，此时此刻她想起了杨文辉。

“他牺牲了吗？他又受伤了吗？他还活着吗？”她感到害怕，怕在这个阵地上看到他。

“你叫什么名字？”红梅将一个腿部负伤的战士扶上担架时问。

“我叫王良，三十军二六三团……”她既希望此刻听到的是杨文辉，但又极不希望是杨文辉。

“杨文辉，你可要好好地哟！”向红梅将王良扶上担架时，心里默默地念着，祈祷着。

整整三天三夜，妇女独立团的战士们去时抬着前方需要的补给，回来时抬着伤员。几百个伤员被她们安全地送到了医院。她们每个人的肩膀都磨起了血泡，雨水、汗水、泥水浸透了军装。炊事班给每个人发的几个玉米面馍，让雨水泡成了玉米糊。

“这可好，不用喝水也能咽下去！”排长廖荣华笑着、吃着。

“排长，我这一坐下就起不来了，困得要死！”

“李敏华，大家还叫你‘小飞机’，怎么飞不起来了？平时你可跑得比风还快，别装熊了，起来！”

李敏华顺势在地上躺下，再也不想动了。

“敌人来了！”

话音刚落，只见李敏华像弹簧一样蹦了起来。“在哪儿？在哪儿？”引得大家一阵好笑。

完成任务回到营房后，累瘫了的姑娘们倒头便睡着了，整整一天一夜没有动静。

“开饭了，有红烧肉哟！”贾妈妈扯起喉咙喊着，可没有人来吃饭。她拿起铜盆挨个儿房间敲打着，喊着。

“起来！吃饭了，吃了再睡嘛！”贾妈妈摇晃着红梅的身子。

“嗯、嗯、嗯，吃吃……”可就是坐不起来。

转眼到了春节，敌人过年了。红三十军的将士们趁敌休整之机，选择有利地形，向敌右翼发动局部反击。八十八师的二六五团、二六八团、二六三团则在黑沉沉的夜里，冒着蒙蒙细雨，踏着泥泞的山路，神不知鬼不觉地依次向马鞍山前进。凌晨三点钟左右，突然对盘踞在马鞍山之敌发动攻击，三个小时全歼刘湘的嫡系郝跃庭旅的两个主力团，击毙了郝跃庭。夜袭马鞍山之敌后，红军战士们又投入打援的战斗，敌增援部队约有两个团兵力，他们以强大的火力进行疯狂反扑，英勇的红三十军将士全力投入战斗，经过两个小时激战，全歼了增援之敌。

与此同时，红九军迅速向敌纵深发展，占领了毛坝场，攻克敌第三师师部所在地胡家场。全体指战员英勇作战，歼敌第三师第七旅大部，并活捉了第九旅旅长张邦木。红九军又迅速掉头西进，占领池溪场，逼近位于马渡关的敌第八旅右侧。

此时，总部命令在战斗中付出了很大代价的红军主力部队进行短暂的休整，为至关重要的万源之战做准备。

开春后，敌人的“六路围剿”展开了第三期总攻，企图在东线夺取万源，西线进占南江、通江，而后东西线相向合围，消灭红军。

刘湘第三师四五个团的兵力向我大面山阵地进攻，飞机、大炮不断地轰炸，紧接着是步兵猛扑……四天四夜，敌人仍没有攻下红军阵地。第五天，敌人以七八个团的兵力，再次向大面山红军阵地猛攻，飞机轮番轰炸，大炮、山炮不停地轰击红军阵地，此时的战场浓烟滚滚，炮声震耳欲聋，尘土飞扬，一片火海，血肉横飞……

红军二六八、二六三团的指战员面对穷凶极恶的敌人，坚定、勇敢、大胆、沉着。当敌人飞机轰炸、炮弹轰击时，他们稳如泰山地守住阵地，当敌兵冲过来时，他们勇敢出击，不慌张，不猫腰，端着枪直往前冲，这种不怕死的大无畏精神，让冲上来的敌人惊恐万分。将敌人打退后，他们转移阵地时不慌不忙，十分沉着，让敌人不敢贸然追击。在这场恶仗中我军虽然有力地打击了围攻之敌，但有七八百名红军指战员血洒疆场。

红军西线部队撤出江口、长池、南江，转移到贵民关、观光山、得胜山一线。东线部队撤至万源城以南，西经镇龙关至刘坪一线。收紧阵地过程中，红军利用敌人立足未稳之机，在东线的庙垭场，西线的杀牛场、新座子、甄子坪等地，有效地进行了多次阻击和反击战斗，给敌人以沉重打击。

东线之敌第三师师长许绍宗，指挥该师全部及第二、四、五三个旅，连续向镇龙关、石窝场、高白寨一线猛攻，企图从红军东西线接合部打开缺口，直下通江。他们没料到遭到红军的顽强抵抗，激战了六天，红军没让敌人前进一步，仅在镇龙关就歼敌4000余人。刘湘的三期进攻均遭到重大挫折，损失兵力3万多人，这引起了各路军阀的强烈不满，敌内部矛盾重重。

到了5月中旬，“剿共”总司令刘湘为了缓和各路军阀间的内部矛盾和部署第四期总攻，在重庆召开了六路总指挥参加的会议，并拨出300万银圆和300万发子弹接济各军阀，还决定调教导师、暂编第二师和边防军陈兰亭师参加“围剿”作战。到这时，敌“六路围剿”总兵力达140多个团。

很快，敌“六路围剿”的第四期总攻开始了。他们首先集中50多个团的兵力，重点猛攻万源城至通江城北一线红军阵地，随后又以8个旅的兵力以万源为目标全线猛攻。

敌人在东线进攻，想夺取万源，切断川陕通道，将红军消灭在通江以北地区。

方面军领导们知道，如果万源失守，红军就有被逼出川北的危险。为了创造战机，以少胜多，更好地集中兵力打击敌人，必须主动撤出通江城，退却到根据地后部，扼守东起万源以东的甄子坪，西经大面山、孔家山、南天门、插旗山、火嵌子山、鹰龙山，向北沿小通江河东岸至碑坝一线，布防在一二百里的范围内，并迅速依据山势的制高点和险要地形，修筑工事，筑起十几道堑壕盖沟，并设置层层竹篱、鹿寨、木城等防御物，准备了大量的滚木、礌石。

不久，敌人开始了以万源为主要目标的全线进攻。第一路向川陕边界的两河口推进；第二、三路攻取得汉城；第四路和总预备队攻取竹峪关；第五、六路企图攻占万源及其以西地区。此时，刘湘发出奖惩条例，以3万大洋作为夺取万源一带红军主阵地的奖金，并规定擅自放弃阵地者处死，师长、旅长在所属三分之二兵力投入战斗而不亲临现场指挥者，亦处死。

敌人这下是拼了死命，穷凶极恶、疯狂至极，向万源外围红军阵地发起猛烈的攻击，先仍是以强大火力轰击，随后是人海战术，一轮一轮地冲锋。

而红军“以一当十，以十当百”，只用少量兵力置于一线，凭借险要地形和层层工事，“一夫当关，万夫莫开”，大量消耗敌人，主力部队则在二线养精蓄锐，时时准备打阵前反击、打近战、打夜战、搞夜袭。打了20多天，敌人在万源地区先后发动了五次大规模进攻，死伤无数，未获得任何进展。

总部命令妇女独立团配合红二六四团坚守鹰龙山阵地，阻击和牵制敌人的中、右纵队，以保证主力红军不腹背受敌。女战士们第一次与主力红军配合作战，个个兴奋不已。

张团长做战前动员，她精神饱满，眼神坚定，铿锵有力地对全团战士们说：

“同志们，我们撤出通江，是为了回到通江，这次作战是关系到我们根据地和红军生死存亡的战斗，我们一定要和二六四团的兄弟战友们守住鹰龙山，人在阵地在，绝不让敌人前进一步。大家有没有信心？”

“有！有！有！”气势雄壮的声音久久回荡在空中。

鹰龙山，远远望去，山峰像一只巨大的雄鹰昂首而立，静静地凝视着天空。从侧面看，山峰下端像一条巨龙盘卧，托着鹰头。不知是何时，人们便将这个山峰取名为鹰龙山。

鹰龙山地势险要，山上地势更险的地方有一座庙，叫阴灵庙。居高临下的阴灵庙下方不远处，就是鹰龙山的要道吞梁口。两位团长侦察完地形后，立即做了战斗部署，在阴灵庙一线阵地修筑堑壕，设置障碍物，将居高险要的阴灵庙作为守住鹰龙山的主阵地。

次日，“六路围剿”的中、右路敌人分三路向鹰龙山扑来，妇女独立团一营和二六四团一个排先在吞梁口与敌人接上火，然后迅速撤回到阴灵庙，凭险据守，诱敌深入。果然，敌人追至阴灵庙下，遭到红军战士猛烈打击，只得退到吞梁口下面。

两位团长知道敌人不会善罢甘休，会更疯狂地进攻，他们决定由妇女独立团打伏击，二六四团坚守主阵地。

晚上，妇女独立团趁黑夜悄悄地潜伏在吞梁口和阴灵庙之间两边的山坡丛林中。二六四团据守在阴灵庙阵地上。

夏天的丛林，闷热难耐，更可怕的是成群结队的蚊子肆无忌惮地围攻着姑娘们。这些像战斗机似的蚊子在她们耳边嗡嗡乱叫，大家挥舞着双手不停地驱赶着这些讨厌的家伙，可完全无济于事，手刚一停下，成群的蚊子又哼哼哼、嗡嗡嗡地叫着，更疯狂地扑过来。为了不发出任何声音，不能使劲儿拍打它们，更不能咒骂这些小东西，只有让它们肆虐，姑娘们满脸、满身都是红疙瘩，奇痒无比。

天亮了，吸饱了血的蚊子一下都不见了，丛林明亮了起来，小虫子在草丛中爬来爬去，鸟儿在树梢亮开嗓子高声唱着、叫着，晨风在丛林中轻轻地飘来飘去，让人感到一丝丝凉意。

果然，敌人一大早就开始用重兵攻打鹰龙山，当他们气势汹汹冲到阴灵庙下时，守在阴灵庙阵地上的二六四团倚险向敌人发起有力攻击，同时埋伏在吞梁口、阴灵庙两侧的妇女独立团对敌人展开了两面夹击的攻势。恶仗从早上一直打到了中午，敌人不但没有前进一步，还死伤无数。

突然，二六四团团长对敌人大声喊：

“白军兄弟们，我们的援兵正从你们后面赶来，到时你们可是进不得退不得哟！”

这一招还真灵，敌人得知红军援兵马上赶来，怕被截断退路，慌作一团，纷纷向山下逃窜。

妇女独立团奉命返回阴灵庙，一路上收获颇多。

“没想到，守这一夜值了，捡到了这么多武器弹药，敌人也真慷慨啊！”

大嗓门的廖荣华身上已背了若干支枪和不少子弹，边走边说着笑着。

“肚子好饿，蚊子把我的血都快吸干了，不知贾妈妈饭煮好没有?”

“红梅，我们打赌，贾妈妈一定弄了回锅肉……”

“这庙子里怎么可能有肉，有碗干饭我就满足了。”

一进庙里，饭菜已摆在地上了，真的是干饭，还有泡咸菜呢。

张团长端着碗，边吃边向大家布置着任务。

“同志们，敌人知道上了当，不会甘心的。现在我们必须守住鹰龙山，绝不能让他们跨过去。吃完饭大家轮流休息，一营先值守，二营、三营休息，大家就在堑壕里睡觉……”

火辣辣的太阳，炫惑人目地照射着山头的阵地，晒得人头皮刺痛，堑壕被烤得像个大蒸笼，炎热的暑气让人窒息，感觉呼吸都困难。倒在堑壕里便睡的姑娘们将帽子摘下盖在脸上，挡住刺目的太阳光。不一会儿就传出轻轻的鼾声，顶着酷暑进入梦乡。

没有一丝风，四周万物都安静了下来，唯有树上的蝉时不时发出“吱啦、吱啦”的叫声。值守阵地的一营战士，警惕地观察着周围的动向。

“来，姑娘们喝口水。”贾妈妈提着桶走了过来。

“这水真甜，是山泉吧?”

“难道这山顶上还有井不成?这阴灵庙后面有一股山泉，古人聪明，没有水就不会在这里建庙了。”

“你们就不晓得了嘛，古人说山有多高，水就有多高。”

“胡秀英，快过来喝水，你这个‘小喜鹊’怎么不叫了?”

“我好困，头晕……”脸色苍白的胡秀英话还没说完，“咚”的一声就倒下了。

“她中暑了，快、快，掐人中……”大家手忙脚乱地把她抬到树荫下。

贾妈妈从围腰的一个兜里掏出几片树叶，在手里揉了揉，放在胡秀英鼻孔处。

“这是什么东西?”向红梅低声问。

“这是藿香叶，可治中暑的草药。”

“贾妈妈，你这围腰可是个百宝箱啊!花椒、海椒、盐巴……还有草药，还有什么?拿出来看看!”向红梅伸手去摸贾班长的围腰。

“不能看!如果你现在来月经了，我可以给你一点儿草纸……”贾妈妈贴在向红梅的耳根旁说了一句悄悄话。

“你真是我们的妈妈啊!”向红梅脸一下红了。

不一会儿，胡秀英醒了过来，大家这才松了口气。

下午，天上的乌云突然迅速地向鹰龙山上空聚拢来，不一会儿工夫，完全遮住了太阳，密布的乌云使得天色黯然失色，瞬间，倾盆大雨从变黑了的天空中倾泻下来。闪电一道接着一道，像一条条浑身带火的赤练蛇，飞过天空，接着“咔嚓嚓”的巨雷在低低的云层中滚来滚去，整个山峦都在抖动。堑壕里雨水已漫过小腿肚，战士们身上衣服全湿透了，雨水顺着身子直往下淌……

“嘿，老天爷叫我们免费洗澡，好好洗洗。”

乐哈哈的廖荣华仰着头，让雨水向自己的脸上冲下来。

“你这个‘鸡公’，现在可是个落汤鸡了，还雄赳赳的呢!”刚好连长刘喜莲走过来。

“连长，这天上的水比什么水都干净，你也该好好洗洗了!”“就是，就是!”大家都点头称是。

夏天的雨说来就来，说走就走，一阵狂暴的雷雨后，太阳又从乌云中钻了出来，还是那么火辣。

“这里没有男人，大家把衣服脱下来拧干，晒晒，不然容易得病。”

“廖排长，要是这时敌人来了怎么办?”

“这还用得着问，打呀!”

“那我们就是真的赤膊上阵了，敌人看见我们这个样子，以为是天兵天将呢，可能都要吓得尿裤子了。”

“哈哈哈……”

妇女独立团的姑娘们和二六四团的战友们在这鹰龙山坚守了整整五天五夜，打退了敌人多次进攻，消灭敌人 1400 多名，缴获了大量武器弹药。而红军只有很少伤亡。

7

转眼到了秋天，历时十个月的反敌人“六路围剿”取得了最后胜利。虽保住了根据地，但军民付出了伤亡两万余人的沉重代价，十个月艰苦卓绝的战斗，已让红军指战员、游击队员疲惫不堪。

为打破敌“川陕会剿”计划，红军总部在清江渡会议上制订了“川陕甘计划”，决定红四方面军的主力开始由东线向西线收缩，相继集中于旺苍及苍溪之间，并进行为期三个月的休整。在反“六路围剿”作战中锻炼成长起来的妇女独立团，也奉命转移到旺苍坝休整。

旺苍是个小县城，虽然小，但却是陕西、四川的咽喉要道，地处米仓山南麓，北部群峰雄踞，与陕西南郑、宁强县接壤，南边崇山突兀，腹部丘坝相间，嘉陵江、渠江水系的八条河流经该县，还有无数交错的支流小溪。传说早在新石器时代，已有先民在这里劳动生产，几千年来生生不息。

旺苍坝，这里是黄洋河与东河的交汇处，是出了名的川北古镇，有文昌街、王庙街、龙潭街三条主要街道，还有几条小巷。一大片房屋都是清代建筑，是旺苍最热闹的地方。红军迁到旺苍后，旺苍坝就是川陕省政府及红四方面军的总部所在地。

反“六路围剿”取得胜利后，各游击队的妇女独立营、连的女红军都纷纷集中起来，和妇女独立团进行整编。1935 年 2 月，方面军总部决定成立妇女独立师，下设两个团，原来的妇女独立团为一团，另组建的一个团为二团。

直接隶属方面军总部的妇女独立师师部就驻在龙潭街一个三角地带的四合院里。两个团的战士们的主要任务是学文化和军事训练，几个月的休整、训练，让姑娘们个个英姿勃勃，健壮而精神。

向红梅和班里战士平时都爱往炊事班跑，说是去帮忙干活，其实都想去和贾妈妈说说话，去逗团长的小女儿点点。

红梅从怀里掏出小铜镜，在太阳下晃着，小点点追逐着那小小亮光跑来跑去，高兴得手舞足蹈。

“红梅姐姐，你把那个小镜子送好不好?”

“其他什么东西姐姐都可以给你，就这个镜子不能给你，因为它对姐姐非常重要。”

“不嘛！我就要这个。”

“点点乖，姐姐上街去给你买个比这个好看的镜子好不好?”

“点点，听话，要不然以后姐姐不来陪你玩了。”贾妈妈过来劝着点点。

“红梅，告诉我，这镜子是怎么回事?”贾妈妈在红梅耳根边轻声问。

“贾妈妈，反‘三路围剿’时，我不是抽到总医院去了嘛，负责护理腿受了伤化脓的二六五团伤员杨文辉，我、我……”

“哦！我知道了，你用嘴吸了他腿上的脓、救了他一命的那个战士送给你的?”

“是，他说这是他母亲留给他的唯一的东西。我答应他，只要我人在镜子就一定在，等以后不打仗了，我们都活着，我再还给他。”

“你这个傻丫头，人家是喜欢上你了，我想他妈妈是想他把这个镜子传给她的儿媳妇呢!”

“贾妈妈，你说什么呢?”向红梅脸一下红到耳根。

“从那分手后，一直没有见面吧?”

“是，他们一直在第一线和敌人打仗，也不知他牺牲没有，受伤没有……”

“你心里一直惦记着他，是吧?”

“是。”

“红梅呀，你现在又长高了，越来越漂亮了，再见面，这个小杨不知有多喜欢你呢!”

“贾妈妈，看你说到哪儿去了，我们不是那样的。”

“好好好，不说了，贾妈妈只是希望你这个苦命丫头有人疼、有人爱。”

“我知道。”

转眼又过年了。

整个旺苍坝热闹非凡，家家户户贴对联，川陕省政府的鲜花队、儿童团在街上游行、跳舞，红四方面军文工队在古戏台演出精彩节目，除夕夜火炮放得震天响。

方面军总部给妇女独立师两个团送来不少年货，除夕那天各团吃了团圆饭，有香喷喷的腊肉、香肠、扣肉、红萝卜、青菜……初一放假一天，姑娘们个个打扮得漂漂亮亮、干干净净地上街玩，街上摆满各种小吃和各色各样的商品，她们看得眼花缭乱。平时发的津贴大家都没有机会用，今天可全都揣着上街了。

“这个小镜子多少钱一个？”向红梅看见一个杂货摊上有个很好看的小圆镜。

“十文。”

“我买了。”

“我看见你有个很漂亮的铜镜，你还买呀？一个照脸，一个照后脑勺？”排长廖荣华在一旁“挤对”向红梅。

“我是买来送给点点的。”

“对呀，我也该给我们团最小的‘战士’送点儿啥礼物才对？”

“这个小手帕很好看，你就买这个吧。”

“嗯，不错，就买这个。”

“那边有吹糖人的，我给她买这个，既好看又好吃。”“小喜鹊”胡秀英做出一副很得意的样子。

过年了，小点点穿着一身花衣服，头上扎着一个蝴蝶结，像个小仙女似的，着实可爱。小姑娘一下收到那么多过年礼物，高兴得在坝子里又蹦又跳。

过年前的 1935 年 1 月 20 日，红四方面军就接到中央电示：“集中红军全力向西进攻”，以策应中央红军北上。刚过完年，红四方面军立即准备全部渡过嘉陵江西进。

为迷惑和调动嘉陵江沿线的守敌，方面军总部立即抽调 12 个团在徐向前的指挥下向陕南出击，创造在苍溪南北地区渡江的有利条件，并策应已进至陕南商县一带的红二十五军。总部命令妇女独立师一团全力配合这次出击。

妇女独立师一团担负着这次出击的运输任务。团里给每个战士发了个背架子，去时运输弹药、粮食，架设电话线，回来时运送伤员。

从旺苍到陕南前线，没有路，全是高山密林，仅有从山上荆棘丛中踩出来的山间小径，几乎全是爬山下坎，好在每个人手上拿着一个“丁”字形的背架“撑子”，像一根拐杖帮着行走，累了歇气时这个东西可撑住背架子。

“休息一下，嘿！我们现在是名副其实的‘巴山背二哥’了!”累得气喘吁吁的廖荣华笑着，将撑子垫在身后，支撑着背架子。

“排长，不是‘背二哥’，是‘背二姐’!”

“不对，是‘背二妹’!”

“也不对，是‘巴山背二嫂’!”

“班长，你什么时候成为二嫂了，那二哥是谁？老实交代!”

“我们大巴山背‘背架子’的都叫‘巴山背二哥’，现在‘二哥’都在前面打仗，我们女战士当然全都是‘二嫂’啰！所以就叫‘巴山背二嫂’了噻!”

这时走在后面的二连，传来一女战士的歌声：

“哎，背二姐来背二姐咧，哪个叫你女娃子背那多?”

“哎，我背一百不算多咧，为了前方打仗的二哥哥。”另一女战士接过去唱着。

“真好听，我也会唱。”

“快唱，和她们比试比试。”

“天麻麻亮就上山，背着背架去前线，肚子又饿口又干，唱个山歌当早饭。”

“你的山歌真好听，我的山歌多得很，葫芦罐里装豌豆，慢慢滚出给你听。”

……

一阵欢笑一阵歌，姑娘们个个都鼓足了精神。

妇女独立师一团配合向陕南出击的同时，旺苍坝囤积了大批军用物资，需要在方面军主力强渡嘉陵江前夕尽快向西转移，这个任务交给由各县游击队妇女独立营和连组成的妇女独立师二团。从旺苍坝至苍溪西边的永宁铺相距140里，途中山峦重叠，崎岖难行，每个人背着沉重的军需物资前行。时逢连日下雨，山路泥泞，战士们一步一滑地艰难前行，有时几个人牵着手，有时只能手脚并用爬行，到了永宁镇，每个人都变成了泥水人。就这样，她们当天去当天还得返回旺苍坝。

完成了出击陕南任务的妇女独立师一团，返回旺苍坝后，又马上接到了新的任务。

驻扎在旺苍庙儿湾的红四方面军总医院，有1000多名伤病员急需向西转移。总部给一团下的死命令是：将伤病员从庙儿湾转移到苍溪王家坝、永宁镇，在任何情况下，不许丢下一个伤病员。

总医院告诉团长，医院里有五六百重伤员必须用担架转运，医院没有几副担架。

“到哪里去找几百副担架？”大家都犯了难。

团长在连以上干部会上斩钉截铁地下了死命令：

“各营、各连马上把人分组，体力差的四人一组，体力好的三人一组。各组立即自制担架，明天必须完成，后天一早去总医院抬伤员。”

向红梅、梁红英、陈兆凤、李敏华四个分为一组。刚宣布完分组名单，只听高嗓门儿的廖排长大声喊道：

“走，上山砍木头、砍竹子去！”

全排战士拿着刀跟着排长上了山。半天工夫，每个人背着竹子、小杉条、青㭎树棒、葛藤等摇摇晃晃地从山上下来。

四合院顿时变成了担架加工厂，砍竹竿、刮树皮、编藤网……一个个动作麻利得很，天黑时，几百副担架全部完工。

团长和政委十分感慨：“你看，这些从小在山里劳动、受苦受累的四川妹子真是不得了，一个比一个能干，一个比一个手巧，这么累的活儿她们边做边笑边唱，乐观得很。”

“同志们，现在你们可以试试自己做的担架如何。”

“梁红英，上来躺下！我们也试试。”梁红英乖乖地躺在担架上。向红梅和李敏华抬起来就在坝子里转了一大圈。

“感觉怎么样？躺着还舒服吗？”

“还行！”

“你这个‘闷葫芦’，就不能多说几句？”

“很好，舒服！”

院子里大家你抬我，我抬你，一片笑声，好不热闹。

这几天炊事班可忙坏了，贾班长她们要为全团战士和伤病员准备路上吃的干粮，烙了多少饼，切了多少酸菜，她记不得，她只是想把每个战士的粮袋子里装得满满的。140 多里山路，抬着伤员，不吃饱怎么走得动。

天刚亮，全团人马整整齐齐地扛着担架来到庙儿湾红军总医院。向红梅走到廖排长跟前：

“排长，我请个假，去中医部看一下我爷爷，马上就回来。”

“去吧，快去快回！”

这时的总医院，一片紧张繁忙，医生护士正忙着为伤病员做转移出发的准备，换药、打针、发药、叮嘱……

杨大山正在为一个重伤员准备药。

“爷爷，爷爷！”

“哎呀，是丫头，好久不见了，长高了好多，也长漂亮了。”

“爷爷，我好想您，有几次还梦见您呢。”

“爷爷好福气，有这么个乖孙女惦记，真好啊！”

“爷爷，这次西进，听说路途很远，您还会跟医院一起走吗？”

“当然要一起走，红军医院就是我的家嘛。”

“你年纪这么大，吃得消吗？”

“没问题，我这把老骨头硬朗得很呢，你就放心吧！”

“这一走，又不知什么时候能见面了，爷爷您一定要好好保重身体哟，有机会我再来医院看您。现在我要去抬伤员了，爷爷再见！”

望着向红梅远去的背影，杨大山眼睛湿润了。

“多好的姑娘啊！”

重伤病员一个接一个被抬上了担架。

向红梅的双眼一直在伤员中扫来扫去，心脏扑通扑通地直跳，此时此刻，她希望在这里能看到杨文辉，可又特别不希望看到他……

她没看到杨文辉的身影，向红梅忐忑不安，心更是悬在半空中。

“难道他已经牺牲了?”

“红梅，发什么呆？快！队伍出发了。”陈兆凤着急地催着。

天刚亮开，担架队伍出发了，团长、政委、营长们抬着担架走在队伍前面开路。长长的担架队，像一条巨龙蜿蜒在崇山峻岭之中，缓慢地运动着。

担架上的伤员看上去有 20 岁左右，他的腿让敌人的炮弹炸伤了，腹部也中了弹，看见自己被向红梅这几个十几岁的小姑娘抬着，他总是皱着眉头，感到非常别扭和不安。

“几个小妹妹，真是难为你们了，看我一个大男人让你们抬着，我、我真的不好意思躺在担架上。你们就把我放下来吧!”

“你说什么呢？你是为革命负伤，如果你没受伤，我们才不会抬你呢，你是不是看不起我们?”陈兆凤对担架上的人做出假装生气的样子。

正抬着担架的李敏华气喘吁吁地说：

“凤辣子，你、你别这么说，如果我是一个男人，也、也会这样想。”

“同志，你叫什么名字？哪里人？多大了？是哪个团的?”李敏华连珠炮式地问。

“我叫石瑞林，南江人，今年 21 岁了，我是二六五团的，万源保卫战负的伤。”

“哦哟！二六五团？那是有名的夜老虎团啊!”

“是，是。”

“你是二六五团的，那你认识不认识一个叫杨文辉的战士?”向红梅急切地问。

“认识，他是我们团侦察连的一个班长。你认识他?”

“那他现在怎么样？没负伤？还是……”

“没负伤，也没牺牲，现在我们团在苍溪，我真想回去，真想和他们在一起。”

向红梅一直惦念的那个人终于有了消息，心里悬着的那块石头算是落了下来。

“‘小飞机’，来，让我来抬，你歇会儿！”这时的向红梅很兴奋，感到浑身都是劲儿。

“你才换下不一会儿，我可以再抬一阵。”

“路还远着呢，得悠着点儿。”向红梅替下了李敏华。

山势越来越高，山路陡峭，坎坷不平，要么树大林深，要么荆棘丛生。为了跟上大队伍，姑娘们你追我赶。抬前面的一个劲儿地往前赶，抬后面的看不清路，扯扯绊绊，想快也快不起来，好几次都差点儿把担架上的伤员摔下来。

这时，廖排长一下喊了起来。只听抬前面的人喊：

“前面一个拐呀！”

接着后面的人应道：

“前摆后不摆呀！”

接着：

“前面下坡坡呀！”

“后面慢慢梭（四川方言：向下滑）呀！”

“前面下坎坎呀！”

“后面拖到点呀！”

……

“这个办法好，凤辣子快编号子，我们也吼起来。”

“路上有个牛屎堆。”

“大跨一步不吃亏。”

梁红英一下笑出声来。

“红英，你也来一个！”

“好吧！”

“肚子咕咕叫得凶。”

“想到吃饭就轻松。”

“怎么，饿了？”

“我都快饿死了，都中午了，也该吃饭了吧！”

正说着走在前面的排长大声喊：

“到前面的树林子就休息，吃饭！”

“排长的耳朵也太尖了，太神了。”

树林里，大家放下担架，拿出干粮和水。

“石同志，吃饼！”陈兆凤把一个饼和一缸水递给担架上的石瑞林。

“我、我不想吃。”

“为什么？你是哪里不舒服？”

石瑞林摇着头，一脸痛苦的表情。

“排长，这个伤员不吃东西，不知为什么。”陈兆凤拉着刚走过来的廖荣华悄声说。

“小石同志，你哪里不舒服？”排长低下身子问道。只见石瑞林用手指着自己的下腹。廖荣华一下明白了他的意思。

“你是想小便？”

石瑞林点点头。

“你是怕几个小姑娘看见你那个……不好意思？”

石瑞林又点头。廖排长上前帮他排了小便。

“你现在是重伤员，我们有责任护理，有什么就说出来，没有什么不好意思的。”

“姑娘们，护理好伤员，是我们的任务之一，没有什么害羞的。要主动问，如果他们不负伤，屙屎屙尿还要你们管？”

大家扑哧一下笑出声来，弄得那石瑞林红着脸，不好意思地也笑了。

后面的路越走越难，队伍也渐渐拉开了距离。姑娘们个个都已累得筋疲力尽，虽是初春天还凉，可汗水已湿透了她们的衣裳。向红梅发现自己的鞋帮和鞋底已分了家，露在外面的脚丫子被路上的石头擦破了，正流着血，走一步都疼痛难忍。

向红梅从担架上换下来后，她把外衣脱下，撕成布条，把脚给包上。她发现梁红英和陈兆凤的脚也在流血，便把布条分给她们。

“把那烂鞋子甩了，用这个把脚包上，捆紧点儿！”

前面廖排长又给大家鼓劲儿了：

“前面大转弯呀!”

“扶好担架杆呀!”

在她后面抬担架的人接着喊:

“陡上又加陡呀!”

“越陡越好走呀!”

……

“路上有坑坑呀!”

“脚要长眼睛呀!”

……

“天上一朵云呀!”

“地下展展平呀!”

……

“前面亮晃晃呀!”

“地下水凼凼呀!”

……

“平阳大坝好呀!”

“扯起脚板走呀!”

吼着号子的姑娘们，精神头十足。

团长被战士们此起彼伏的号子声、歌声深深地感动，她对担架上的伤员激动地说:

“你看，这些四川女娃子就是豪放，什么艰辛、痛苦的事在她们口中都能唱出精气神儿来。”

“你们打清风寨土匪的事，我早就听说了，打心眼儿里佩服，今天算是看到了名不虚传的妇女独立团。听到她们的号子、歌声，仿佛我的伤都好了许多，太了不起了。”

天黑时，伤员终于被安全地送到了目的地。

春天的嘉陵江，水流不急，河面宽的有100多米，窄的只有七八十米。红军主力三十军、三十一军、九军将从苍溪塔子山、鸳鸯口、阆中以北的涧溪口强渡嘉陵江，而妇女独立师一团在渡江前，分别在江东岸的燕嘴口、猫儿跳等地向对岸的守敌喊话，吸引敌人注意力，迷惑敌人，瓦解他们的士气。

独立一团一营就在燕嘴口，江面不宽，对面敌人说话都能听见。

“白军士兵们！请你们出来，我们有话跟你们说……”廖荣华的大嗓门发挥了作用。

“你们不要耍花样了，想哄我们把脑壳伸出来，好让你们在上面钻洞洞！”一个操四川口音的人回话了。

“白军士兵们，红军说话算数，保证不开枪，出来嘛！我们摆一摆龙门阵。”

“你们这些女娃子，当什么红匪嘛！过来吧，给我们当太太，我们这里好享福啊，有钱花，有肉吃，有大烟抽。哈哈……”

“白军士兵们，我知道你们大多都是穷苦人，过去都是受军阀、地主压迫剥削，现在军阀要你们拿起枪来打自己的兄弟姐妹，你们下得了手吗？好好想想吧，你们当炮灰，替他们卖命，还得意得很。”

对面不作声了。

半夜，居然有两个白军士兵悄悄浮水过来，找到红军说要投诚当红军。廖荣华把他们带到连长刘喜莲那里。

“长官，你们说得对，我们是被他们抓壮丁抓去的，不是我们想打你们。”

“如果你们想回家，就回去吧，红军给你们两块银圆路费，如果想留下当红军，我们欢迎。”

“长官，我们不回去了，被他们再抓去，活不成啰！”

“我们红军队伍不兴叫长官，大家都是兄弟姐妹，都叫‘同志’，你能告诉我对面守敌有多少兵力、火力吗？”

“江对面沿江都部署了兵力，我们这里只有一个营，没有炮，但有机枪、手榴弹，营长叫李三，这个人心狠手辣，你们一定要小心啊。”

“谢谢你们提供的情况，我们就是要消灭这个心狠手辣的敌人。”

渡江准备期间，各部队都采用各种方式摸清西岸敌情，并建立了渡江突击队。造船工作在一个十分隐蔽的地方紧锣密鼓地进行着。

方面军总部从渡江先遣突击营中派了一位叫石玉环的女战士到独立一团，

让她训练指导渡江行动。

人如其名，这个石玉环身材健美修长，面如羞月，眉如笔画，眼似银杏，黧黑的脸庞焕发出坚韧的光芒，全身充满青春的活力，一头短发在江风吹拂下飘来飘去。石玉环从小父母双亡，跟随以打鱼为生的姑父在船上长大，不但水性极好，划船也是一把好手。姑父是习武之人，打小就教她武功，聪明过人的她，到15岁时就练就一身好功夫，那些地痞流氓都不敢惹她。参加红军后，又学会了各种军事技能。她来到独立一团后，立即组织大家进行渡江训练，十几个会水的女战士在她指导下，很快掌握了划船本领。

3月27日，嘉陵江东岸是如此的安静，红军所有部队不吹号，做饭不冒烟，严密封锁消息。

3月28日晚9点，渡江战役开始。红四方面军总部发出了“急袭渡江”的命令，各部队悄然进入各渡江地点。

嘉陵江沿岸400余里，分若干渡口，红四方面军开始了大规模的强行渡江。

红三十军为渡江主力，在苍溪南塔子山附近强行渡江，总部炮兵营配置在塔子山上，掩护红三十军实现重点突破。红三十军渡江成功，消灭守敌后，直奔剑门关。

红三十一军居中，从苍溪北鸳鸯口渡江，向昭化、广元推进，打击邓锡侯和阻击甘南胡宗南部南下，保障右翼安全。

红九军居左，从阆中以北涧溪口渡江，消灭守敌后，又消灭阆中、南部之敌，保障左翼安全，随后与红四军向梓潼方向进发。

红四军为第二梯队，待强渡成功后，从苍溪渡江，然后向南迂回协同红九军消灭南部之敌后，向梓潼方向进发。

妇女独立师一团与一部分主力红军在燕嘴口渡江。凌晨，战士们悄悄上船，向江对岸划去。在离对岸30米左右时，突然传来急促的枪声，敌人发现了红军在渡江，子弹、手榴弹在船边掀起水浪，船摇晃得很厉害。石玉环紧握双桨，奋力向前划，船上的战士向对岸开枪还击。就在这时，一颗手榴弹在石玉环的船头炸开，只见石玉环身子一震，军装下摆被弹片撕开，鲜血直涌，接着肚子里的一坨肠子掉了下来，她咬紧牙关，用手把掉出来的肠子硬塞进肚子，然后拉了拉衣服，将腰上的皮带紧了紧，双手握住桨继续用力向前划了起来。石玉环身上的血一直不停地在流着，船上的战士都全力向岸上敌人开枪，无一人发现她已身负重伤……

船终于靠岸了，战士们个个猛虎般地向敌人扑去，石玉环微笑着向女战士们挥手告别，她用双手捂住腹部，使出最后一点儿力气，想跳上岸，可她没成功，她倒在了船上。

当部队渡江成功，消灭守敌后，独立团的姑娘们回头看见雾蒙蒙的江面上，一条船在江心打旋，石玉环一动不动地躺在船上。

“玉环姐姐！玉环姐姐！”女战士们撕心裂肺的呼唤声久久地回荡在嘉陵江上。

8

成功渡过嘉陵江的妇女独立师一团，立即随红三十军及红九军一部迅速向剑门关推进，全力攻下剑阁县城后，妇女独立师一团奉命与三十军八十九师驻守剑阁县城。

两天后，敌人开来一个旅的兵力，妄图夺回县城。打了几个回合，红军将进攻的敌人打退了。虽然县城是守住了，但是，仍然被敌人围困着。两支部队的指挥员商议决定主动出击，彻底消灭他们。

“师长，由我们一团派侦察兵先去摸清敌人情况，女同志侦察更容易些。”

“那好吧！”

侦察连的战士们个个鬼精灵，她们化装出城，不一会儿就抓回来一个“舌头”，经团长审问，完全掌握了敌人的布防、火力部署及下步计划。两支部队分工，由妇女独立师一团偷袭敌旅部，八十九师打击分布在周围的敌人。

第二天傍晚时分，天麻麻黑时，女战士们悄悄向敌旅部靠近。没想到红军会主动出击的敌人，大小官员此时正在过鸦片瘾，红军女战士们突然向敌旅部发起进攻，在机枪重火力掩护下，战士们奋不顾身地冲进去，猝不及防的敌兵纷纷举手投降，成了俘虏，少数负隅顽抗的，立即倒在女战士的枪口下。很快结束战斗，彻底摧毁了这个旅的指挥部。

其他敌人也被八十九师指战员全部解决。

在押解战俘时，连长刘喜莲听到一个俘虏嘀咕着：

“老子今天栽在这些共产婆子手里，真他妈倒霉！”

“你当了俘虏还胡说八道什么？”

“他是谁？”刘喜莲问此人身边的一个俘虏。

“报告长官，他是我们旅长。”

“哦！旅长大人，败在女人手里不服气是不是？还需不需要较量较量？”

“不敢、不敢！”

这回独立团收获可大了，缴获了大量的武器弹药、军用物资。全团装备又更新了，每个战士都有了一支汉阳造的小马枪，每个战士分得五弹夹子弹和三颗手榴弹。

妇女独立师一团奉命一直向西。一路上，国民党军队、土匪、地方民团没有停止过一天的围追堵截，时有飞机轰炸。

从中坝出发，过了官渡进入北川，便是大山区，山高坡陡，悬崖峭壁，河流深涧，长长的队伍艰难地行进在山间的羊肠小道上。遇到悬在几丈高空中的竹索吊桥，人走在上面，吊桥左右摇摆，不停晃去晃来，若不小心掉下去，湍急的河水会立即将人吞没。吊桥看上去很不结实，一次过桥的人不能太多，几乎都是蹲下身子，慢慢爬过去。

与此同时，妇女独立师二团则返回庙儿湾一带，掩护川陕省委机关撤离旺苍，协助总医院、兵工厂等转移到嘉陵江以西。而后，为保证部队粮食供应，她们在广元、苍溪一带走家串户筹粮，很快筹得 14 万斤粮食。

而妇女独立师一团行进在江油与北川交界的苦竹沟时，突然与从绵阳赶过来的敌人遭遇。

此时，眼见越走越近的敌军，团长知道，敌我短兵相接，勇者胜。于是她立即下令："卧倒！"

队伍齐刷刷地趴在苦竹沟后山坡的灌木丛中。

对方似乎也发现有情况，一大群敌兵警惕地端着枪慢慢向后山坡靠过来。

"吹冲锋号！"

"打！"团长发威了。

女战士们如上了弦的箭，猛冲过去，顿时杀声震天，枪声四起，廖荣华手中的机枪如狂风怒号，已分不出点数。敌军被这突如其来的阵仗弄得晕头转向，慌忙扔手榴弹、开枪还击……

当英勇无比的女战士们冲到他们跟前时，他们纷纷举手投降。

战斗中有七名女战士光荣牺牲。姑娘们含着泪把七个战友埋在这苦竹沟，在她们坟前用竹片立了个碑，上面写着："革命胜利了！"

战士们行着军礼一一与这七个战友告别。

按总部命令，妇女独立师一团继续向伏泉山、千佛山前进。

转眼，离开川陕苏区两个多月了。

初夏，山坡上金灿灿的油菜花由黄色变成灰绿色，麦子由绿慢慢变黄。山林郁郁葱葱，枝繁叶密，春天的嫩绿瞬间变成色泽浓重的深绿色。

红四方面军庞大的队伍在这大山区打打停停，艰难地向西推进。

而伏泉山、千佛山这个西进的要道，被敌人重兵把守，且占据有利地形。红军总部决定突破这道防线，否则，不但不能与中央红军会合，还有可能困在这里被敌人吃掉。

于是，总部集中了红军主力正面进攻，同时命令妇女独立师一团在敌相对比较弱的左翼西大垭口发起进攻，以牵制敌人。

西大垭口实际是在一个山梁上，如果硬攻会付出很大代价。派出侦察员反复侦察后，团长决定智取西大垭口。

"一营、二营，天黑后悄悄从左、右往西大垭口两侧迂回，绝对不能让敌人发现，天亮前埋伏在山上。三营拂晓时从正面向西大垭口发起猛攻，声势越大越好，把敌人的注意力吸引过来。埋伏在山上的一营、二营趁机从左右夹击敌人。"团长召集全团战士进行战前动员。

夜里，战士们出发了，在侦察员的带领下，悄悄地爬行在伏泉山、千佛山左侧的大山上。

天上缀满了闪闪发亮的星星，蓝色的雾气笼罩着山林，周围静极了，几只萤火虫在姑娘们眼前飞着，在淡淡的夜色中画出了几道微弱的亮光圈。空气中弥漫着各种灌木、中草药、树叶腐败的味道，林中虽有一些小昆虫“吱吱、丝丝”的叫声，但声音是那样的微弱，而这时，唯一能听见的是队伍在山林中穿行时发出的“唰唰”声。在山上爬了整整一夜的一营战士们，悄悄地来到了西大垭口左侧，埋伏在守敌的鼻子下面。每个人的衣服都湿透了，汗水、露水已分不清了，山顶上的凉风吹来，姑娘们不由得打起寒战。

疲惫的夜，笼罩着这山和周围的一切。一阵短暂的黑暗过去，东方接近山峦的天边现出了鱼肚白，仿佛沉重的天幕被慢慢拉开，由南向北蜿蜒起伏的山峰慢慢现出了清晰的轮廓，屹立在山顶的树木、山坡上的灌木丛也摆脱了模糊的背景，显露出大致的身影。

大西垭口正面，三营突然向山上发起了猛烈的攻击，还在梦里的守敌慌乱中进行反击……

当敌人全力对付正面的进攻时，埋伏在敌人鼻子下面的一营、二营突然从左右两侧向大西垭口的敌人冲杀过去，三面受到攻击的守敌顿时慌了手脚，只有乖乖投降。

千佛山、伏泉山被红军拿下，打通了西进的道路，红四方面军大队人马顺利通过了北川峡谷，进入茂县、理县等羌、藏地区。

红四方面军总医院的队伍也陆续通过伏泉山、土门镇。

已是总医院中医院副院长的杨大山，拄着一根棍子，一步一步向前挪动，他走得那么艰难。离开旺苍时他已感冒了，加之渡江行军劳累，还要照顾伤员，他显得十分疲惫。发着低烧的他走得非常吃力，不时地停下来咳嗽喘气，那干裂的嘴唇在咳嗽时颤动着。一个小战士轻轻搀扶着他。

“杨院长，坐下歇会儿吧！”

“好吧！”

杨大山有气无力地躺在路边地里的麦捆上，看上去是那么瘦削虚弱，布满皱纹的脸上没有一点儿血色，唯有那双眼睛还发着光亮。

总医院队伍行进到茂县时，杨大山已无力行走，只能躺在担架上了。

理县一个藏民的转经楼内，躺在床上的杨大山已奄奄一息，可他心里仍然牵挂着伤病员。

“……那个伤员腿已化脓，每天要记着给他敷药……”

“杨大山同志，你现在的任务是休息、治病，我们都盼望你快点儿好起来，红军伤病员需要你呀！”

总医院院长坐在床沿一边安慰着他，一边对正给他打针的医生说：

“你们要想尽一切办法医治，他是川陕地区著名的老中医，71 岁参加红军，在总医院他没日没夜地工作，还要亲自上山采药，他是累病的啊！”

一天下午，杨大山突然从床上坐起来，他要身边的小战士给他穿好军装，戴上红军帽。然后他对小战士说：

“小同志，你知道不知道妇女独立团是否驻扎在理县？如果在这里，麻烦你去告诉一下我孙女，我想见见她。她的名字叫向红梅。”

傍晚，向红梅急匆匆地来到杨大山跟前，穿戴着整洁红军服的杨大山静静地躺在那里。向红梅扑上前去，伏在他身上放声痛哭。

“爷爷，你是怎么啦？你身体一直不是很好吗……呜呜呜……我劝你这么大年纪了，就别跟大队伍走，你就是不听。你是医生，你说什么药能治好你，我去找。”

“丫头，爷爷能见上你一面，已经很满足了……看到你现在这么能干，我就很放心了。记住，永远跟着红军走……”

“爷爷，从你救下我那天起，我就把你当成我的亲爷爷，你是我在这个世上唯一的亲人，你不能不要我，不能丢下我……呜呜呜……”

“丫头，别哭，爷爷喜欢看你笑的样子……”说完，杨大山轻轻地闭上了双眼。

“爷爷！爷爷！爷爷啊……”向红梅声嘶力竭地喊着叫着。

魂不守舍的向红梅回到独立团，不吃不喝，不说不笑。

“红梅，怎么啦？谁欺负你了？”排长廖荣华关切地问。

“我爷爷没了，我爷爷……”

说完，向红梅扑在地上放声大哭了起来。

没有人劝她不要哭，也许这一下勾起了梁红英、何福妹、胡秀英这些失去亲人的小姐妹们心中的那个痛，她们也跟着号啕大哭起来。

红四方面军与中央红军在懋功会师后，两个妇女独立团随右路军，顺利通过草地来到阿坝县。

9 月 15 日，妇女独立师一团、二团突然接到命令，要她们随红四方面军主力南下。为什么不继续北上，为什么又要南下，战士们不知道，就连团里的干部们也搞不明白。但她们懂得一条：坚决服从命令。

国民党川军得知红军主力南下，层层布防，阻止红军大部南下。大小金川是敌军防堵的重点之一，当妇女独立师一团、二团到达这里时，遭到敌人的三面围攻，唯一的出路就是突围。而负责掩护队伍突围的一团三营一连的战士们，顽强地和敌人拼杀，为队伍突围争取时间，拼命抵抗了一天一夜，最后没能撤出去的十几名战士，子弹、手榴弹都打光了，被敌人团团围住，一位排长将剩下的最后一颗手榴弹投向敌人后，带着十几个战士跳到奔流的河水中。

敌人被眼前的一幕惊呆了，才知道让他们伤亡惨重的对手竟然是女人，而且还宁死不屈。于是这些兵见人就说他们遇到了会打双枪的“神奇女妖”。

冲出包围的两个妇女独立团很快与主力红军会合，继续南下。

蒋介石得知红军主力南下后，飞往重庆坐镇指挥，这次无论如何定要一举歼灭红军。他指示：胡宗南部北向甘南，对付中央红军；吴奇伟部南下对付红二、六方面军；李抱冰部扼守西康一带；川军主力集中力量，不惜一切代价对付南下的红军主力。

10 月 8 日，南下的红四方面军主力，迅速发起绥崇丹懋战役，经过 15 天艰苦战斗，击溃川军 6 个旅，毙、伤敌军 3000 余人。10 月 24 日，红三十军、红九军二十七师从懋功出发，以迅猛之势击溃杨森残部，翻越夹金山，向宝兴、天全、芦山发起进攻。11 月 1 日，一举攻下宝兴，乘胜进占灵关镇，接连打垮刘湘教导师一个旅一个团的阻击，直逼芦山城下。另一路主力红军攻克西康金汤镇后，继续向天全以西的紫石关、大岗山进发，击溃刘湘模范师的一个旅。11 月 10 日占领天全城，随即向东迂回，协同红三十军、红九军二十七师包围芦山，12 日攻克芦山县城。

短短十几天，南下红军迅速占领了邛崃以西、大渡河以东、青衣江以北和懋功以南的川康边广大地区。随后，决定向名山、邛崃进击，并乘胜东下川西平原。

11 月 13 日，红四方面军主力集中 15 个团的兵力，经五家口向朱家场之敌发起攻击，14 日占领该地，击溃敌暂编第二师的 2 个团。16 日攻占百丈镇，打退敌人 6 个旅的反扑，然后沿百丈通邛崃大路乘胜前进，于下午 4 时，相继占领黑竹、治安场、王店子等地。

蒋介石得知南下的红四方面军势如破竹的阵仗后，大为震惊。为确保川西平原，他令四川军阀刘湘必须阻止红军的攻势，并立即带着顾祝同、贺国光等飞到成都督战。刘湘为了保住自己盘踞的地盘，离开成都，到邛崃前线亲自指挥，并急调其主力王缵绪、唐式遵，以及李家钰等部共 80 多个团，计 20 余万兵力，集结于名山及夹门关、太和场、石碑岗一带，同时还征集了当地的地主、土匪、袍哥武装，组成民团共同协防。

这时蒋介石还命令中央军薛岳部的 6 个师，向南线的雅安、天全集结，准备随时投入战场。

从川陕根据地出来的红四方面军主力，一直没有得到休整和补充，南下后一路征战，与川军连续作战一个多月后，来到了名山县百丈关。

百丈关是雅安、西康至成都的咽喉要道，自古就有“获百丈（关）者，必得成都无疑”之说。要阻止红军主力南下成都，就必须把住百丈关。

19 日拂晓，敌 10 多个旅在飞机、大炮的掩护下，由北、东、南三个方向对红军百丈关地区 10 余里长的弧形阵地发起疯狂进攻。进攻前，刘湘下了死命令：“临阵不前者，一律就地枪决。”

百丈关一带属于小丘陵，地势开阔，非常不利于红军作战，而且红军缺乏重武器、防空武器，敌机的疯狂轰炸造成大量人员伤亡。红军指战员忍着疲劳寒冷，在山谷、田野和松树林中与占尽优势的敌人展开浴血苦战，子弹打光了，就与敌人进行反复的白刃搏斗。有的战士手臂打断了，就用牙齿咬着拉火索将手榴弹拉响，与冲到身边的敌人同归于尽。此时的百丈关是杀声震野，尸骨错列，血流满地。

就这样，多日连续作战，非常疲惫、弹药缺乏的红军将士们，在敌我力量非常悬殊的百丈关，整整打了七天七夜。最后主阵地丢失，被迫撤出百丈关。

红军将士们英勇顽强，仗打得异常悲壮惨烈，虽然歼敌1万多，但红军指战员也伤亡1万多人，两个妇女独立团的战士配合作战也伤亡过半。

红四方面军随即向天全、芦山、宝兴转移，打算让遭受重创的队伍休整过冬。结果，敌薛岳等六七个师投入战场，川军又穷追不舍，此时，粮食、弹药缺乏，已筋疲力尽的红四方面军主力，遭受敌重兵压迫、封锁，南下和东去都已经不太可能了，唯一的出路是西行，翻越雪山，向甘孜方向转移。

两个妇女独立团随主力红军行动，边打边撤。恶劣的自然环境让战士们始料不及，海拔近5000米的折多山，终年积雪，空气稀薄，荒无人烟。穿着单衣的红军女战士们个个冻得浑身发紫，呼吸困难。

山上无路可言，四周的一切完全消失于混沌和微黄的云雾中，云雾中穿来穿去飞舞着白色的雪片，天地融成了一体，到处白茫茫、灰乎乎的，什么也看不见。变化多端的风雪，一会儿让人觉得地平线似乎无比遥远，一会儿似乎又近在咫尺；一会儿右边突然矗立起一道白色的高墙，一会儿又消失得无影无踪；紧接着白色的高墙又出现在面前，而且不停地往后退，然后再次消失。

穿着单衣的红军女战士们个个冻成了僵硬的冰人，有的战士倒下后，再也没起来，活活冻死在山上。

队伍中，几个女战士喘不过气来，冻僵了的腿一步也迈不动了，顿时坐在了雪坡上。团长见状着急地大声喊：

“同志们，坚持住，千万不要坐下去，坐下去就很难站起来了！”

“赶快找几个人，马上组织个啦啦队，鼓鼓士气，一定要同志们坚持下去。”

独立团的营长、连长、排长们把那些体弱的小战士的枪背在自己身上，廖荣华除了自己的机枪外，又背了五支枪。

“廖荣华！廖荣华！快把你们排几个会喊号子的小姑娘叫拢来，给大家鼓动宣传一下。”连长刘喜莲大声叫喊着。

“向红梅、梁红英、‘小喜鹊’、凤辣子你们几个过来。”累得气喘吁吁的廖荣华召唤着。几个小姑娘上气不接下气地走过来。

“排长，什么事?”

“快点儿吼起来，给大家打打气。”

别看那个“闷葫芦”梁红英平时话少，这时她看了廖排长一眼，马上唱道：

“廖排长，不简单，身背五枪爬雪山，不怕山高不怕寒，女子也是英雄汉。”

“好好好!”向红梅她们几个拍手叫好。

“我来唱点儿好耍的!”“小喜鹊”胡秀英笑起来唱道：

“有个财主本姓花，妈要给我说婆家，凤凰不把乌鸦配，我爱红军不爱他。”队伍里传出一阵笑声。

“红梅，快接上!”向红梅想了一下，便和她对了起来：

“刚才唱歌是何人，隔着雪山听不明。你若是要找婆家，我给你当介绍人。”又是一片笑声。

……

本来都走不动的战士们，在笑声中来了精神，鼓起劲儿继续往前行。

一路征战，尤其是百丈关战役后，两个妇女团就已经遭受了很大损失，翻过折多山后，更是减员不少。担负着转运部分药品任务的二团一个连，就仅剩下 20 多人了。

队伍到了甘孜后才得到了一点儿休整时间。红四方面军从渡嘉陵江时的 8 万余人，到现在只有 4 万多人了。整编后，两个妇女独立团减员严重，只好合并成一个团。

1936 年 7 月初，红二、六军团全部集结于甘孜地区，与红四方面军在甘孜会师，制定了共同北上的方针。

9

7月的草地，看上去是如此的美，像是一片绿色的海洋，上面点缀着千万朵各种各样的花。细长的草茎中间露出淡青色的、蓝色的和淡紫色的矢车菊，白色的苜蓿耸出伞形的帽子，在地面上特别显眼。穿过草地的那条河，如一条白色的飘带，落在这绿色的海洋中。河的两岸到处都是红柳林。

可这美丽而荒凉的草地，却有着喜怒无常的怪脾气。你不知道它什么时候会变脸。而且是说变就变，一会儿冰雹，一会儿大雨，一会儿又是火红的大太阳。白天晒得你脸脱皮，晚上又让你冷得发抖。

已是第三次过草地的妇女独立团，一路行军征战，累、冻、饿、困，再加上日晒雨淋，她们身上穿的单衣已是破烂不堪，有的衣服已成布条条了。晚上寒冷，找个地势稍高一点儿的地方，用斗笠、油布、被单一支，三五个挤在一堆，相依相靠取暖。白天衣服打湿了晒干，晒干了又打湿。大多数女战士得了妇女病，已不来月经了，以前脸色红润、英姿飒爽的姑娘们，这时变得像风干了的橘子皮，又黄又瘦。她们一个扶着一个坚忍不拔地往北走。总部领导想了许多办法，在当地老乡那里买了些羊皮，给大多数女战士每人分发了一件羊皮背心。

更严重的问题是没有吃的了。

炊事班长贾凤莲的眉头成天打着结，这口大铁锅里能煮的东西越来越少，眼看部队一天天在减员，她急得直哭。从西征出发，她一直背着这口大锅，外加一把大锅铲。一路上，当敌机轰炸时，她不是就地趴下，用锅来保护自己，而是将锅卸下，趴在锅上，用自己的身体去保护锅。战友们对她说："贾妈妈呀贾妈妈，你真是好样的，炸弹来了人家是顾头不顾尾，可你是顾锅不要命！"她却笑哈哈地说："全团这么多人，没有锅咋个做饭？总不能饿起肚子打仗嘛！"

现在锅里能煮的东西没有了，炊事班的战士们天天出去找豆苗、灰灰菜、树叶……在锅里煮成汤，撒上一把青稞面，然后在自己围腰口袋里掏出一点点金贵的盐巴，这已是最好的美食了。再以后，青稞面也没有了，只有野菜树根。

“贾妈妈，这不是羊皮吗？是不是可以煮着吃？”向红梅脱下身上穿的羊皮背心交给贾班长。

这可难为了贾妈妈，她把羊皮背心在火上一抖，那里面的虱子噼噼啪啪掉在火里，发出一阵烤肉味。

“真香啊！要是你们把这些虱子再养大一些，真可以煮成肉汤了。”

“贾妈妈，别说了，我们都要流口水了。”

贾妈妈把羊毛刮干净，用水把羊皮泡软，煮熟后分给大家吃。

“羊皮好，羊皮妙，羊皮是咱救命宝……”“小喜鹊”嚼着羊皮笑嘻嘻地唱着。

快要走出草地时，羊皮也没有了。只有野菜、草根煮着吃，那野菜、草根、草秆尽是筋，直刺喉咙，实在难以咽下，勉强咽下去，有时又从胃里翻上来。生病的人也越来越多。为了生存，所有的战士一边向前行进，一边找着、挖着野菜。

“小喜鹊”胡秀英看见不远处有几株大黄，叶子长得茂盛，于是急忙走过去。还隔十几米的地方，她突然发觉自己的脚下突然失去了支撑，悬空摇晃着，烂泥立刻像一把软钳子似的夹住了她的胯骨。瞬间，她感到了恐惧，心里头一阵尖锐的疼痛。她使出全身的劲儿，想站稳脚跟，可下面没有坚实的泥土，双脚反而缓慢地、非常缓慢地陷入泥浆，她两只手胡乱地抓挠着泥浆，这只“小喜鹊”喘息着在浓稠的泥浆里蠕动，而那几株大黄离她是那么近……

“救命啊！……来人哪！……救命！……”

孤零零的惨叫，在无动于衷的黑褐色泥沼上空回荡。她声音慢慢嘶哑下来。失望的她昂起头凝视着这美妙蓝天，她向往着这片碧空，乞求老天爷……向往着，坚信不疑。

隐隐约约听到有呼救声的向红梅，突然发现“小喜鹊”没了身影，立即向“小喜鹊”跑过去，廖荣华、王桂英、陈兆凤也闻讯急忙跑来。只见胡秀英只有大半个脑袋露在外面，她嘴里不停地吐着泥浆。

“‘小喜鹊’！‘小喜鹊’！我们来救你了，坚持住，求你了，别下沉了！”

向红梅一边哭叫着一边要走过去拉她，排长廖荣华忙一把拽住她：

“你这样不但救不了她，而且连你也会搭进去。”

万分着急的廖荣华突然急中生智：

“快快！大家把裤子脱下来，连成一根绳子，抛给她，我们使劲拖……”很快绳子做好了，可“小喜鹊”不见了，只有一顶红军帽子浮在泥浆上面。

“‘小喜鹊’，好妹妹……”姑娘们哭成一团，久久不肯离去。

胡秀英从小母亲去世，9 岁被父亲送到恶霸地主赵疯子家当丫头，从此便开始了地狱般的生活。每天干着成人的活，稍有不慎便会遭受地主婆拳打脚踢，瘦弱的身体到处是伤。一次，因打烂一个粗碗，地主婆罚她跪在碎玻璃上，碎玻璃一点点地往肉里钻……她跑过几次，都被抓了回去，等待她的是更残暴的伤害，她熬了整整 6 年。1933 年 5 月红军来了，赵疯子一家跑了，胡秀英藏在一个水缸里，被红军发现。红军治好了她身上的伤，15 岁的她参加了红军。获得自由和新生的她，活泼开朗，小巧灵活，战友们非常喜欢她，都叫她“小喜鹊”。

胡秀英在她生命的最后一瞬看见的阳光——温暖而又光耀夺目，这个心里充满阳光和希望的姑娘，一直坚信自己是只可爱的小喜鹊，可以在蓝天自由地飞翔……

团长张国兰身体已非常虚弱，总部找了匹马，让她和小女儿点点骑马前行。眼看战士们一个个倒下，张团长心如刀割。

“贾妈妈，把马杀了吧！”

“团长，那你怎么办？”

“我找根棍子，可以慢慢走，点点只好又交给你了啊！”

看见那马乞求而可怜的眼神，贾凤莲无论如何都下不了手去杀死它，自己反而哭了起来。

“还是我来吧！”张团长拔出手枪，朝马头开了两枪，马应声倒下，四条腿在草地上蹬了几下便不动了。

每个人分得巴掌大一块马肉。

“真香啊!”向红梅舍不得一下吃完，一次只咬一口。

小点点躺在贾妈妈背着的锅里，睡着了。张团长拄着棍子跟在她们后面。

傍晚，一直发着高烧的“闷葫芦”梁红英，突然一头栽倒在地上，爬不起来，她只恍惚地听到战友们呼喊着她的名字，又仿佛听到母亲的呼喊声……她使劲儿想睁开眼睛，可没有一点儿力气了，想张开嘴说话，可嘴不听使唤。

“红英，红英！你醒醒！醒醒啊!”向红梅、陈兆凤、李敏华摇着喊着，可梁红英仍然一动不动。王桂英用手在她鼻孔处试探了一下，然后摇着头难过地说：

“没有气了，她牺牲了。向她告别吧!”说完，她脱下军帽。

向红梅没有哭，呆呆地看着躺在地上的梁红英，喃喃地念叨：

“红英，这下你可以见到妈妈了，你们母女终于团圆了，有妈妈真好啊!”

“向红梅，你怎么啦？别吓我们，醒醒啊!”看着向红梅像丢了魂似的，陈兆凤吓得使劲儿摇着向红梅。这一摇，向红梅才一下哭出声来。

大家把梁红英抬在旁边，搬了些草皮盖在她身上，算是垒了个坟包安葬了她。

下半夜，突然雷声大作，狂风暴雨夹着小小冰粒，铺天盖地落下来。没想到，这凉冷的雨水从草皮的间隙中灌进了小小坟包，冰凉的雨水降下了梁红英的体温。她呼吸到了冷冷的空气，竟然慢慢苏醒了过来。她动了动身子，发现自己还活着，于是，咬紧牙用自己全身的力气推开压在身上的草皮，挣扎着坐了起来。

“红梅姐、红梅姐……”她呼喊着。

听到动静的战友们睁开眼一看，吓了一大跳。

“鬼、鬼！梁红英你那么快就变成鬼了啊!”惊呆了的陈兆凤冲着她大声叫喊。

“凤辣子，我不是鬼，我还活着，我口渴，想喝水。”回过神来的战友们围了上来。

“‘闷葫芦’，你真的还活着？太好了，太好了!”向红梅紧紧地抱着梁红英，喜极而泣。

贾妈妈立马烧了些开水，递给她喝。

“你这个丫头真是命大，上次你妈妈救了你，这次是老天爷救了你。大难不死，必有后福啊!”

独立团从甘孜出发，经过一个多月的艰苦跋涉，于8月初终于走出了草地，到达了包座地区。队伍得到了短暂的休整和补给。

8月中旬，红四方面军发起了岷洮西战役。妇女独立团除一营护送伤员外，其余的全部配合红三十军八十八师攻占腊子口。腊子口守敌是国民党新编十四师鲁大昌的一个营，红军刚发动攻势，这个营便缩回了岷山县城。

“怎么回事？鲁大昌会这么轻易地放弃腊子口?”团长疑惑不解。这时接到总部命令，要他们密切监视鲁大昌的动向。

可令所有人没有想到的是，护送几百名伤病员过腊子口的妇女独立团一营，却遭到一队土司骑兵的突然袭击。

一连负责开路。连长刘喜莲带着一个排走在前面，指导员和副连长各带一个排在两侧警卫。

突然，一队凶悍残忍的马队挥舞着马刀，“呵呵！呵呵!”地狂叫着冲过来，一下冲乱了一连的队伍。姑娘们迅速向马上的敌人开枪，人掉下马，马却在山坡上狂奔着，嘶叫着。当敌人冲到跟前，只能展开白刃搏斗，互相砍着。当敌人发现阻挡他们的是一群女人时，更是疯狂无比，长长的马刀劈得女战士们血肉飞溅。女红军手里宽厚的大刀，也砍得敌人哇哇直叫唤。一时间枪声，砍杀声，咒骂声，金属与金属的碰撞声，刀锋划破衣服、皮肤肌肉的哧哧声，短促的呼吸突然阻塞的声音，恐惧的尖叫声，肉体倒地声，石头滚动声，响成一片。

连长刘喜莲冲在最前面，与敌人展开拼死搏斗。她的头部太阳穴上斜着被马刀削下一片皮肉，肉皮像一块红色的破布挂在腮帮子上，鲜血顺着脸颊向身上流去。

满脸是血的刘喜莲高声喊着：

“同志们，敌人已经支持不住了，和他们拼了，决不让一个敌人接近我们的伤员!”

几个敌人闻声转向刘喜莲。刘喜莲即刻成了敌人攻击的主要目标，她被敌人团团围住，胸部、肩膀都中了刀。看见连长被敌人围住，负责警卫的廖荣华冲过来大声一吼:“杀、杀、杀!”

瞬间大刀向敌人背后砍去，向红梅、王桂英也冲过来解围，砍倒好几个敌人。

这些土司骑兵被这群不怕死的女红军镇住了，剩下的人慌忙逃窜。

腊子口一片寂静，唯有轻风微拂。七十几位红军女战士倒在了血泊中，闭上了她们青春而光彩的双眼。死亡像狂风似的吹灭了生命，把这些美丽的姑娘们投进了永恒的黑夜。

连长刘喜莲双眼半合半睁，毫无生气地凝视着腊子口上方的天空，军服前胸有一汪鲜血。廖荣华小心地解开军服，贴着她的胸口听，她久久地听呀，听呀……向红梅在她身后浑身打战，默默地咬着双拳。王桂英流着泪轻声叫着:

“连长，你醒醒，醒醒呀!”

廖荣华看见连长胸口上中了好几刀，左肋骨被砍断，左乳房上有一狭窄的刀眼，另一刀眼在左乳房下，正中心脏。她小心翼翼地抚平粘在连长身上的血衣，替她把衣领整好，扣起扣子……她想替她合上双眼，可是没有办到。

“连长，你放心吧，伤员一个都没有损失，敌人已经被打跑了……”廖荣华已泣不成声。

10

队伍继续向北。经哈达铺、大草滩继而包围了岷县，与驻守在岷县的敌军鲁大昌部展开了激战，最终歼敌2000余人，攻占了岷县。在这里休整几日后，红四方面军从左路迅速占领漳县、渭源、通渭，向会宁、静宁地区挺进。红二方面军从右路经西和、武山之间东去，连克成县、徽县、康县、两当，突破天水和盐关间的封锁线，越过西兰公路进军会宁、静宁。

红一方面军于10月2日攻占了会宁县城。

会宁县不大，但自古就是军事重镇、交通要道。10月9日，秋高气爽，风和日丽，会宁城的大街小巷都打扫得干干净净，到处都飘扬着红旗，在县城南门红一方面军的战士们还搭起了欢迎红二、四方面军北上的简易彩门。他们一边唱着刚学会的《红军三大主力会合歌》，一边在街上贴着欢迎的标语；他们腾出了干净的房子，准备了可口的饭菜，站在南门口等待着，翘首眺望着……

历时一年零七个月长征的红四方面军指战员，拖着疲惫不堪的步伐，向会宁前进。

红四方面军的战士们得知马上要和中央红军会师了，回到党中央直接领导之下，十分激动，个个打起精神，加快了前进的步伐。

"同志们辛苦了！你们是四方面军的吧？"

"是啊！是啊！"

守在南门外的一方面军战士迎了上去……双手握着、拥抱着、哭着、笑着、说着……

县城到处是一片欢腾。

妇女独立团驻扎在一个大院和一排土窑里。刚住下，一方面军的战士送来粮食、肉、菜、柴草，还有一些衣服、袜子、鞋子。

"我们听说你们妇女独立团很了不起，打仗很勇敢，个个都是巾帼英雄。"

"不敢当！不敢当啊！我们要向你们老大哥学习！"

听到这样的赞扬，姑娘们脸都红了，感动得泪流满面。

"一方面军的同志送来了肉，我这个背了一万多里路的锅今天要开光了，煮肉打牙祭啰！"贾凤莲高兴地忙碌了起来。

在这里休整时，姑娘们洗头、洗澡，缝补着破烂的军服，一个个收拾得干干净净、精精神神的。

只见一个穿着整洁、英俊潇洒的红军战士来到妇女独立团驻地门前，站在门口的陈兆凤向他问道：

"同志，你是哪个部队的，你找谁？"

"我找妇女独立团的向红梅。"

陈兆凤一边吃惊地打量着这个人，一边朝屋里大声喊：

"红梅姐，有人找你！"

"凤辣子，别开玩笑了，找我？有谁来找我嘛？"

"我！"一个男人粗犷的声音。

好耳熟的声音。向红梅一下惊呆了，急忙从屋里冲了出来。

"杨文辉！"

"真的是你吗？你还活着？"向红梅从头到脚面打量着杨文辉。

"还活着！红梅，你还好吧？"杨文辉边说边朝向红梅走过去。

"快，快进屋吧！"

好奇的陈兆凤正要跟着杨文辉进屋，被贾妈妈一把拉住。

"别进去，你在这里站岗，不许任何人进去！"

"为什么？"陈兆凤不解地看着贾妈妈。

"你这个小丫头，别问了，以后再告诉你，你就乖乖地站在外面守着。"

"哦！我知道了，保证完成任务！"陈兆凤会心地笑了。

杨文辉这个在战场上不怕死的坚强战士，见到向红梅时，既激动，又显得那么拘谨。手足无措的他，身心顿时被她那美丽的双眼吸引了去，感到无比的快活、温暖，那是一种其他任何人所不能给他的生命的激荡。站在她面前，他感到从未有过的幸福。

"红梅，你长变了，也长大了不少，也……"杨文辉语无伦次地说着。

向红梅看到他时，不知为什么，脸一下红到了耳根，心扑通扑通直跳，这是她从来没有过的心灵体验，既不好意思，又是那么的甜蜜。

"你也长壮实了，再没受伤了吧？每次到前线抬伤员，我都担心你……"向红梅似乎也不知道说什么。

"红梅，我们明天就要渡黄河西去，我不知道你们妇女独立团会到哪里，所以特意过来看看你，我、我怕再不来见你会后悔一辈子，还有……还有，我心里一直有句话想对你说。"

杨文辉说话的声音颤抖着。

“啊！明天就要过黄河？你想对我说什么？”

向红梅用期盼的眼神看着杨文辉。

“红梅，等革命胜利了，如果我还活着，我……我要娶你为妻，我杨文辉这辈子是非你不娶。不是因为你救了我感激你而娶你，是我真的……真的很喜欢你，请你答应我。”

杨文辉结结巴巴说出的话，让毫无思想准备的向红梅有些惊慌失措，顿时心怦怦直跳，那隆起的胸脯急促地起伏着，仿佛她的心瞬间被彻底融化掉了，好半天未回过神来。

看着杨文辉深情而渴望的眼神，向红梅被深深地感动了。

“我、我答应你……”

向红梅含情脉脉地回答他，她显得那么高兴，那么温柔，又那么羞涩。

兴奋不已的杨文辉情不自禁地上前用颤抖的双手握住向红梅的手。

“我太幸福了，谢谢你红梅，即使我明天就战死沙场，也死而无憾，因为我心里有我爱的人和爱我的人，我知足了。”

向红梅的一双手任他使劲儿地握着。她觉得那双粗糙的大手，是那样的有力，是那样的炽热，又是那样的暖和，一股强烈的暖流，瞬间通过了她全身。从他的眼神里，她看到了坚毅刚强、沉着从容，还有那种特殊的男人气概。这是所有的女人都期盼的、爱情赖以巩固的可靠保证……

“红梅，我能抱抱你吗？”

向红梅微笑着扑到了他的怀里，杨文辉紧紧地抱着她。此时此刻，两个恋人感到了从没有过的激动和幸福。而杨文辉眼里却饱含着泪水，他知道这也许是他今生今世唯一的一次拥抱自己心爱的人。多么奢侈的幸福啊，他希望时间就此停住。

向红梅把肩膀靠在杨文辉的肩膀上，在他的耳边轻声地说：

“文辉，我也向你保证，今生今世，非你不嫁。”

“好！我们一言为定。”他的语气是如此坚定。

想到从此自己不再孤单，想到从此以后有人疼有人爱，感到无比幸福的向红梅已是泪流满面。

杨文辉捧起她的头，用手轻轻地抹去她脸上的泪水，心疼地看着她。

向红梅睁起又黑又大的眼睛，情深意浓地看着杨文辉。

“文辉，我这不是做梦吧？是真的吗？”

杨文辉把向红梅的手紧贴在自己的胸口，深情地说：

“是真的，红梅，我爱你，今生今世、来生来世都爱你。我今天就让你住在我这里，永远也不让你离开。”

“我也要你住在我的心里，不能离开。”

两个人紧紧地拥抱着，谁也不愿先松开。

杨文辉要走了，他是那样的依依不舍。

“文辉，你等等！”

向红梅转身拿出一个瓷盅递给杨文辉。

“我没有什么东西给你，这是我们团打清风寨时，我立了功得的奖品，你拿着！”

“太好了，谢谢你红梅，我会天天双手捧着它喝水，就如同双手捧着你一样。你放心，只要我在它就在。”

向红梅送走杨文辉，她久久地站在路口，直到看不见他的踪影。

红军三大主力会师前，鉴于敌情变化，中央军委即考虑提前执行“宁夏战役计划”，以三个方面军合力夺取宁夏，打通苏联，取得军事物资援助，扩大根据地，以实现西北抗日的新局面。命令红四方面军的三个军等部队执行此计划。

红三十军奉命开至靖远大芦子地区赶造船只，做渡河的准备。

会宁人的住宿以土窑为主，木结构房子很少，可听说红军要渡黄河，老百姓拆掉仅有的木房、门窗，甚至把给老人准备的棺木都送来给红军造船，把羊皮筏子、牛皮筏子送到三十军驻地。会宁县的木匠、铁匠闻讯后，带着桐油、石灰纷纷赶过来。

10 月 24 日夜，红三十军集结在靖远虎豹口渡口，准备强渡黄河天险。黄河对岸是敌马步青的河防部队韩起禄、马禄两个骑兵旅，在靖远黄河以北的十多个渡口修筑了碉堡，严密把守，号称是坚不可摧的黄河防线。

夜里，一线苍白的微光照在河面上，汹涌的河流混沌一片，那么沉重、黯淡，急匆匆地向前流着，一眼望去似乎是浮动的大幅轻幔。成千上万的条条流水，忽隐忽现的漩涡，永远在那里出现而又永远化为一片。

河边，一字排开了十几条木船和羊皮筏子、牛皮筏子。山坡上，排列着机关枪、迫击炮，红军射手们全神贯注地盯着河北岸。河对面不时闪过敌哨兵的几道手电筒光，偶尔听见他们为自己壮胆的喊叫声。

担任强渡黄河任务的前卫部队是红三十军八十八师的二六五团，在河边整装待发的战士们，个个精神抖擞，信心十足。为了减少伤亡，打算先进行偷渡。

二六五团是出名的夜老虎团，杨文辉已是团侦察连的一个排长。他们静静地等待着行动的命令。

"汪汪、汪汪……"

突然，附近的一条狗狂叫起来。杨文辉一个箭步冲上去将狗按倒在地，另两个战士跑过来绑住狗的嘴，周围顿时又恢复了寂静。

师长第一个上船，几十条船和皮筏悄悄地渡河了。

船到河心时，北岸的敌人发现河里有动静，大声喊：

"口令！口令！"

见没有理会，敌哨兵又用手电筒向河中晃来晃去。红军战士们沉着地使劲儿地向前划船，到离北岸只有 50 米时，守敌发现河面上全是红军，吓傻了的哨兵惶恐地大喊大叫：

"红军过河了！红军打过来了！"

顿时，碉堡里的敌人向河里拼命射击，子弹在河面上激起大大小小的水花，船在河里剧烈地摇晃着，战士们不顾一切地拼命向前划着。此时，对面红军阵地上的机枪、迫击炮发挥了威力，敌碉堡顿时哑了。在红军的火力掩护下，渡河部队以迅雷不及掩耳之势，突破敌人一个团守卫的河防阵地，并迅速向沿岸的敌军发起猛烈进攻。

敌人严密防守的黄河天险被红三十军攻破，接着红九军、红五军顺利渡过黄河。

两天后，妇女独立团要随总指挥部渡河。

妇女独立团一营护送来的几百名伤员要留在会宁养伤，已是连长的廖荣华心里总是惦记着他们，于是她对营长说：

“营长，连里的同志们都想去看看这些伤员，道个别，安慰他们一下。这些伤员听说为护送他们，有 70 多名女战士牺牲，他们心里一直沉甸甸的，总感到愧疚。”

“好哇，我和你们一道去。”

部队医院的坝子里，已经有很多人了，都是来与留下的伤病员道别的。伤病员因不能跟队伍一起渡河而难过，只见送的人在哭，留的人哭得更伤心。红五军董军长也在这里，只见他含着热泪安抚着他们：

“同志们，离开队伍心里难过，我很理解，我相信纯朴善良的会宁人民能够善待你们的，留下来好好养伤治病，当儿子、当女婿都可以，等你们伤好了，我亲自来接你们……”

伤病员们流着泪，点着头，依依不舍地望着离去的战友。

伤员们一下看到妇女独立团的同志们来了，异常激动。

“伤员同志们，我们马上要上前线了，来看看你们……”廖荣华有些哽咽，看着这些伤员，仿佛看见了刘喜莲连长和牺牲的战友们，她的泪水止不住地往下淌，向红梅、陈兆凤等几个小姐妹更是哭得稀里哗啦。

“妇女独立团的姐妹们，我们心里有愧啊，本来该我们男人来保护你们，结果，你们为保护我们，牺牲了那么多好姐妹，我们真的很羞愧……”一个大个子伤员哭着说。

营长上前拉着他的手说：“好兄弟，你不要这么说，我们是战友，是生死与共的亲兄弟姐妹，你们为革命流血负伤，保护你们是我们的任务，也是我们的责任，你们千万不要有心理负担，我们只想对你们说：希望你们好好养伤，争取早日回到队伍。”

10 月 26 日，妇女独立团和总部机关一起过河。已是排长的向红梅，带着全排人上了几个羊皮筏子。八个吹得鼓鼓的羊皮筒子，上面固定上木板条，一个老船工拉着筏子上的一根绳子，叫姑娘们快上。大家你看我，我看你，向红梅第一个上去，脚一踏上去，筏子就不停地晃荡，她差点儿掉进河里，急忙蹲下。老船工知道这些女娃都是四川来的，不会水，没见过这个东西，急忙说：

“不怕、不怕，来，我拉你们上去。”

姑娘们在老船工的帮助下都上了羊皮筏子。

浩浩荡荡的黄河，此时竟像煮沸了的一锅开水，翻腾着狂涛声，巨浪扑面而来。羊皮筏子在滔滔的黄河水面上，像一片片树叶漂来漂去，一会儿沉一会儿浮，坐在上面的人心惊肉跳。姑娘们不敢看河水，紧紧地闭着眼睛，相互紧靠着，双手紧紧扣住木板条间的缝隙，生怕被晃下去。

老船工笑眯眯地说：

“别怕！别怕！我从小就生长在黄河边，一辈子都是用这个羊皮筏在黄河上行走，有我在，你们千万别怕啊！”

老船工笑着唱了起来：“门前的黄河水啊，洗过那光脚丫，河边的胡杨林啊，玩过那过家家，河上的羊皮筏哟，载我走天涯……”有趣而豪爽的歌声，让向红梅她们放松了许多，脸上露出了笑容。

老船工镇定地站在羊皮筏子上面，把住舵，皮筏子在波涛中宛转自如，像是一条蛇灵活地行走在草丛中一样。皮筏向下游漂流了好远才慢慢靠近对岸。

上岸后姑娘们给这位慈祥的老船工恭敬地敬了一个军礼，老船工笑眯眯地向她们挥手，嘴里念叨着：“远方来的姑娘们，一路平安！祝你们好运啊！”

红四方面军三个军两万多人渡过黄河后，立即向沿岸防守的敌人展开了猛烈进攻，马步青骑兵第五师望风而逃，溃不成军。红军势如破竹，接连拿下靖远吴家川，景泰尾泉、脑泉，北进一条山。很快红三十军占领了一条山大部分村寨。

妇女独立团配合红九军进入一条山南的锁罕堡、大拉牌一线。很快，在锁罕堡以北的一个堡寨，将敌马禄旅的600余人团团围住，红军指战员从四面向寨堡冲去。

“冲啊！杀、杀、杀！”这让敌军胆寒的喊杀声，在堡寨空中震响。茫然无措的敌人，几乎没有丝毫的抵抗，就被击溃了。妇女独立团缴获了30头骆驼和大量物资。

一条山战斗，是红军过河后同马家军进行的第一次大的较量，结果以敌人节节失利告终。

可是，接下来战局发生了急剧变化。宁夏马家军头目马鸿逵、马鸿宾兄弟急抽调几个旅的兵力，昼夜兼程地援助宁夏通往内蒙古的交通要道定远营，防备红军北进。蒋介石和西北“剿匪”军第一路总司令朱绍良，也探明河西红军的主攻方向，频频电令甘、青、宁军阀，不惜一切代价，阻止河西红军北进内蒙古，与苏联联通。于是青海马步芳部的援兵蜂拥而至，在景泰一条山、秀水、荒草渠、石窝、大拉牌等地，向红军疯狂反扑。河东的敌人也齐头并进，全力向北压过来。河东红军主力与敌酣战，已不可能移兵北上，策应河西红军进取宁夏。此时，敌军一部已进至靖远、打拉池、中卫等地，与宁夏之敌靠拢，敌军切断了河东红军与河西部队的联系。

根据形势的变化，党中央和中央军委认为“宁夏战役计划”暂时已没有执行的可能，并立即制订了新的“作战计划”，要求渡过黄河的红军，在甘肃河西走廊创建根据地，打通通往新疆的道路，以便与苏联取得联系，并正式将河西红四方面军改为中国工农红军西路军。

从川陕根据地出发，经过一年多的征战，妇女独立团只剩下几百人了。于是西路军总部从妇女工兵营、总部机关等抽调了一些女战士充实妇女独立团，并改名为红西路军妇女抗日先锋团，人员达到1200人，由王泊媛担任团长。向红梅仍在一营任排长，原班里几个小姐妹分别到了二营、三营担任班长。

西路军坚决执行党中央指示，向西挺进。妇女抗日先锋团随西路军主力撤离一条山。

一天清晨，先有间隔不匀的两三下步枪射击声，紧接着就是炮声、机枪声，大批敌人疯狂地朝妇女抗日先锋团驻扎的堡寨扑来。战士们边打边向西边撤退。一营一连断后，负责掩护全团撤离，连长廖荣华带着全连战士依托堡寨中的一个土围子做掩护，阻击敌人进攻。廖荣华的机枪压得冲上来的敌人抬不起头，向红梅的手榴弹在敌群中炸开了花，可敌人的火力也很猛，仗打得难解难分。敌人的冲锋枪冲着廖荣华的机枪猛烈射击，密集的子弹扬起的黄土，遮住了她的双眼，她几乎什么也瞧不见，可是她没有时间去擦眼睛，她使劲儿投出一颗手榴弹，敌人的冲锋枪哑了。这时她才发现自己负伤了，腹部中弹，两条腿也完全不听使唤了。

“红梅，红梅……”向红梅闻声从土围子另一边跑过来。

“连长，你怎么了，你受伤了？”向红梅见廖连长身下全是血。

“没关系，没关系……红梅，估计团长她们早已突围出去了，副连长牺牲了，你快带连里的战士们撤，我来掩护你们，给我多留几颗手榴弹。”廖荣华说话的语气平静而坚定。

“不行，我留下来，你不撤我也不走！”向红梅十分坚决地说。

“傻丫头，我已经不能走了，难不成我们都死在这里？快执行命令，不然就来不及了，快走！”

“我不走，我舍不得把你一个人留在这里，要死死在一起……”向红梅流着泪央求着。

此时四周又响起了密集的枪声。

“快走！红梅，我求你了，别让全连战友做无谓的牺牲，你是我的好妹妹，听姐姐一次好吗？”

“姐姐，我……”

“快走！快走！走哇！”大嗓门的廖荣华瞪大双眼，几乎是在咆哮。

向红梅无奈地把身上的几颗手榴弹放在廖荣华手边，她一下紧紧抱住廖荣华，不肯离去。围过来的战士们都非常难过，都哭了，不舍得离开。

“红梅，快、快！带着她们冲出去！快走哇！”

“好姐姐，你要小心啊！”红梅看了连长最后一眼。

廖荣华倚着土围子，她动了动灰白的嘴唇强笑了一下，吃力地抬起手向她们挥动着。

向红梅知道连长留下来的最后结果是什么，此时此刻她感到从未有过的失落和悲伤，没有连长廖荣华，她感觉到自己是那样的无助。

强忍着泪水的向红梅不舍地看了看廖荣华，带着连里的战士迅速冲了出去，向先锋团的大部队追去。

看着远去的战友，廖荣华顿时感到无比的孤独，这个失去所有亲人，和一个鸡公拜堂受尽折磨的童养媳，此时此刻，是多么的忧伤。过往的经历，像放电影一般一幕一幕呈现在她眼前。失去父母，不会走路的小丈夫，凶悍残忍的婆婆……痛苦、悲伤、羞辱一齐涌上心头。她想起了在红军队伍里的日日夜夜，想起自己的红军姐妹，在她们面前，她可以放声痛哭，尽情倾诉，痛痛快快地大笑……在这个大家庭中，她随时能得到慰藉和温暖，她自己也在这个严峻的战争世界里找到了自我。

向红梅和连里的战士们个个都是流着泪冲出去的。也许，她们再也见不到这个深受她们喜爱的、大嗓门、开朗大方、善良正直、勇敢顽强的连长廖荣华了。她当排长时，是全排战士的主心骨；她当连长时，是全连的主心骨。只要她在，无论有多难、多苦，大家心里总是那么踏实。

没有连长在身旁，向红梅心里空空的，一路上她都默默无语，她和连里每个人心里都沉甸甸地牵挂着连长。

身负重伤的廖荣华忍着疼痛，守在这土围子里，静静地等候着敌人的进攻。敌人发现土围子没有了动静，于是大起胆子围攻过来。

见敌人慢慢靠近，廖荣华的机关枪响了，冲在前面的敌人应声倒下，接着敌人的冲锋枪密集地扫过来，她埋下头躲在土围子后边，等敌人靠近时，她抓起手边的手榴弹，使尽全身力气扔出去，敌人又倒下一片。

半路上，向红梅听到土围子这边传来枪声、手榴弹声，她停下脚步，揪心地朝那个方向望去，心里默默地念着："连长，你挺得住吗？你现在怎么样啊……"

敌人一次又一次地进攻……廖荣华的机枪没子弹了，手榴弹也只剩下最后一颗。敌人的子弹击中了她的肋部，左手臂又中了两枪，她的全部精力已随着鲜血而慢慢流尽了，这时，她仍然是那么平静，只是有点儿惊讶，我才 20 岁啊，难道这就要死去？老天爷，这是多么不近情理，又是多么不可信啊！还没尝到过真正的爱情，还没当过母亲……她用羡慕而留恋的目光看着蓝天，看着墙边那棵苦艾草，看着周围的树，甚至地上的黄土……

敌人快冲到跟前了，她使劲儿将最后那颗手榴弹扔了出去。敌人冲进了土围子，发现让他们付出重大代价的原来只是一个女人。气急败坏的敌人，朝她身上补了几枪，然后惶恐不安地凝视着她那死后还显得如此高傲而美丽的面庞。

"把这个臭婆娘的衣服剥了，捆到那棵树上去，看我怎么收拾她。"一个满脸横肉、眼睛充血的军官大声吼叫着。

廖荣华的尸体上全是血，被残暴的敌人扒光衣服捆在树上。敌军官走过去挥起马刀将她的肚子划了一个大口子，肚里的肠子一下滑落出来。

“给我往里面装石头……”

堡寨里的老百姓都不忍心看下去。一位老太太流着眼泪说：

“这些天杀的不是人，不是人！是畜生，是残暴的畜生，是最可怕的畜生，你们总要遭报应……”

“造孽啊！造孽啊！”

夜里，几个不怕事的村民悄悄将廖荣华放下来，穿上衣服，在土围子边上挖了个坑将她埋了。

11

西路军继续向西挺进。

被红四方面军授予“钢军”称号的红九军，于11月10日拂晓攻占了干柴洼。敌马元海率马彪等四个旅、马全义团及互助等县的民团1万余人在红九军屁股后面紧追。干柴洼四面高山，中间低洼，易守难攻。红九军根据地形特点，在娘娘庙岭山城沟和北面古城子滩修筑工事，转过头来阻击尾随之敌。

马元海在东面山上坐镇指挥，他头戴狐皮帽，身披大领皮袄，身边插一小红旗，不断严令各部队和民团拼死力进攻。此时，甘肃“绥靖公署”主任朱绍良派来三架飞机助战。

打退敌人三次进攻后，红九军军长命令二十七师扼守干柴洼北山阵地阻击敌人，掩护主力向横梁山转移。

横梁山位于干柴洼和古浪之间，山峦起伏，沟壑纵横，地形极为复杂。红九军进至横梁山，敌仍尾追不放，马元海率三个骑兵旅追至横梁山。马元海的骑兵从未打过夜战，红九军英勇善战，机智灵活，又特别擅长夜战，于是与敌人展开夜战。12日，红九军与尾随而来的敌三个骑兵旅及民团激战了整整一夜，成功地阻击了敌人的进攻。此时，红九军的先头部队抵达古浪城郊。

古浪为凉州门户，西通河西走廊直至新疆，东达兰州，南至青海，地理位置十分重要，也是西路军西进的必经之地。驻守古浪的是马步芳属下的马华荣部及民团约1400人。红九军很快攻下了古浪，占领了县城。

马元海率部由横梁山经黄羊川向西穷追。气势汹汹的骑兵，奔驰着，扬起浓烈的黄尘，天地顿时一片乌烟瘴气。行进到龙沟堡时，遇到从古浪溃逃出来的几个满脸血污的伤兵。一个伤兵一瘸一拐地走到马元海跟前："长官啊，红军已经占领了古浪……"

马元海一脸愕然，像是被炮弹击中了一样，半天才回过神来，冲着几个伤兵大吼了一声：

"滚!"

古浪被红军占领，敌马步芳、马步青惊恐万分。正在凉州的马步青惶惶不可终日。他一面向马步芳告急，一面派残部增援古浪。气急败坏的马步芳电令马元海："城存尔存，城亡尔亡。"

同时，他急忙增派兵力，命令部队不惜一切代价夺回古浪城。

马元海不敢怠慢，慌忙向古浪急进，率部绕道黑松驿，进入乱山丛中。他站在山头看见了古浪县城，恶狠狠地命令部队直冲过去，只见人、马纷纷从山坡上蜂拥而下，人牵马，马拉人，尘埃蔽天，声震山野。片刻，大队人马踏开了几十道路口，直奔古浪城西，占据了古浪城西的金家庄一带。

马元海集中两个旅又四个团，加上大批民团，从东北、西南、东南三面向古浪发起了攻势，红九军将士奋起迎战，歼敌约700人。吃了亏的马元海不甘心，第二天他针对红军分兵把口的部署，采用步骑兵合战、迂回穿插的战术发起第二次进攻，蒋介石也派空军第十五中队的三架轰炸机助战。在飞机大炮的掩护下，敌人轮番向红九军阵地进攻。此时，红守卫的红二十七师依托外围工事与敌激战，可外围工事在敌飞机轰炸、大炮攻击下全部被摧毁，红二十七师不得不撤退到城内。敌人乘隙从北关攻入城内，并深入到北街一带，双方短兵相接，展开血腥的肉搏战。此时，红九军军长政委当即命令一部分红军冲出城外，击溃民团。而冲进城的敌人以为红军是撤离，一窝蜂地追出来，结果被冲出城的红军杀了个回马枪，毙敌600多，北街失而复得。

古浪城没有什么城墙，县城街市也是破败不堪。1927 年 4 月 23 日，凉州地区发生了 7.75 级大地震，古浪受灾严重，古浪峡山崩，东西道路阻塞，有着几千年历史的古浪城，房屋全部塌毁，百姓死伤无数。虽然九年过去了，古浪城仍然没有什么城墙，街道房屋仍破败，红九军仅能依托坍塌的城墙与敌人进行殊死搏斗。

第二天，敌人集中了更多的兵力，步兵、骑兵、飞机、大炮全部出动。他们利用骑兵进行穿插分割，切断了红九军军、师、团之间的联系，迫使红西路军各自为战。被分割开来的红军阵地，像屹立在敌骑兵组成的汹涌大海中的一个个小岛，大海淹没了周围的一切，可这些小岛却岿然不动。

敌人迅速向城南的古龙山上涌来，坚守山头的红二十五师一个加强团集中所有火力与敌人拼杀，手榴弹、石块劈头盖脸地朝敌人飞去。当敌人靠近时，红军阵地上飞出去一把把银圆，哗啦哗啦地撒落在敌群中，敌士兵见有银圆飞过来，便不顾一切地抢着捡银圆。此时，红军密集扫射，敌人溃退而去。

敌军官当场枪毙了两个抢银圆的士兵，命令士兵举着大刀，端着长枪，狂喊“作战不退，无令不回”的口号，一批一批往前冲。红军子弹打光了就拼刺刀，刺刀拼弯了就用枪托砸；枪托断了，战士们拼命地和敌人扭打成一团，什么都不想，就是要掐死敌人、闷死敌人，哪怕和敌人同归于尽也不撒手。死亡笼罩着古龙山。红二十五师这个加强团，消灭了不少敌人，但大部分指战员都壮烈牺牲。最终，敌人占领了古龙山。

古龙山头血腥的战场上到处是折断的枪支、大刀，尸体堆积如山，分不清敌我，有的红军战士掐着敌人的脖子把敌人压倒在身下，有的死死地同敌人抱在一起，有的战士嘴里还咬着敌人的半只耳朵……这悲壮而残酷的战场，红军不怕死的精神，让那些打扫战场的敌人不由得心生恐惧。

古龙山阵地被敌人攻陷后，敌人集中全力攻城，他们穿插到红二十七师背后，从水门关冲入城内，情况十分危急，红九军机关的所有人员全都投入了战斗，将敌人堵了回去。可此时，敌一队骑兵突然冲了上来，切断了红军的退路，同时后面的敌人纷纷从北门、水门关突进城来，古浪城的大街小巷全部变成了你死我活的战场。敌骑兵挥舞着马刀，在街上横冲直撞，见红军就砍，红军机关工作人员、伤病员、医护人员几乎全牺牲在敌人的马刀下。

敌人越来越多，快涌到军指挥所了。红九军的指挥员和参谋人员一起向敌人冲了过去，在鼓楼洞、杨家牌坊一带和敌人反复拼杀，在众多来势汹汹的敌人面前，在临近死亡的时刻，指挥员们表现出的不是沮丧和气馁，身经百战的他们，眼神里充满坚韧和自信。他们要与敌人做最后的拼杀。正在这时，红二十七师击破了敌人的分割，杀开了一条血路，从北门、水门关过来接应，敌人顿时受到内外夹击，一时乱了阵脚，红军抓住战机，发起全面反攻，杀得敌人慌忙逃出城去。

接近黄昏的时候，炮声、枪声沉寂下来，除了零星的几声冷枪冷炮外，暂时平静了下来。一片寂静似乎主宰了充满血腥的古浪县城，能听到的仅有匆匆忙忙的脚步声、呻吟声。

冬天的阳光早落了下去，暮色衔悲而来。古浪血战，加上干柴洼、横梁山战斗，红九军虽重创了敌军，但自己也损失惨重，伤亡 2400 余人，一批排以上的，包括师团干部壮烈牺牲，红九军元气大伤。此时，为了保存实力，红九军决定连夜突围，伤员尽量带走，可不能带走的重伤员怎么办？万般无奈之下，军领导做出了痛苦万分的决定：将重伤员留下。他们把重伤员集中在几间民房里，每人口袋里放 3 块大洋……没有人说话，大家默默地道别。

重伤员们心里都明白，突围出去对他们所热爱的红九军是何等重要。伤员们不停地说：

“军长、政委，战友们，你们赶快走吧！别管我们了，我们不后悔，相信我们，决不给红军丢脸……”

英勇善战的钢军将士们，心如刀割，只好挥泪离去。

红九军政治部还给敌指挥官写了一封信，希望敌人不要杀害留下的重伤员。其实，天使给魔鬼写信求善，完全是徒劳的。每个人心里都明白，这些重伤员最后的命运是什么。

马元海部占据了古浪城。穷凶极恶的马元海无比猖狂，大喊要为死去的兄弟报仇。顿时，古浪城一片火海，橘红色的火舌直向上蹿，大街小巷一片杀声，留下的红军重伤员全部被他残忍杀害。

正当敌军主力被红九军牵制在古浪山区一带时，西路军右翼的红三十军、红五军、总部、妇女抗日先锋团迅速向西疾进，很快攻克永昌、山丹。

深夜，强行突围出去的红九军撤出古浪，在红三十军二六八师的接应下，也进入永昌。

此时，中共中央、中央军委来电命令西路军总指挥徐向前、政委陈昌浩：

“你们的任务应在永昌、甘州、凉州、民勤地区创立巩固根据地，一部向古浪、土门方向活动……”

西路军坚决执行中央指示，停止了西进，以永昌、山丹为中心建立甘北根据地。

永昌、山丹地处河西走廊的蜂腰部位，北临古长城外的大沙漠，南靠祁连山，东西狭长，南北宽不及百里。西路军便扎营在东起凉州四十里堡、西至山丹 300 里的狭窄地带。这里人口稀少，居住分散，贫瘠落后，又长期在反动军阀统治下，要在这里建立根据地实在不易。

发动群众、宣传群众、组织群众成为妇女抗日先锋团在这里的主要任务，全团指战员分头挨家挨户去宣传发动群众。

向红梅带着排里的几个战士向一户人家走去。

“大姐，我们是工农红军，是穷苦人的队伍……”向红梅向一户人家的女主人说。

“你说甚?”女人瞪大眼问。

“排长，她听不懂咱四川话。不过，我也听不明白这甘肃话，全是卷着舌头说话。”一个女战士嘟囔着。

“那我们先帮她干活，然后连比带画试试。”

“姐姐，我姓向，今年 18 岁，你呢?”向红梅边干活边学着这里人发音的声调说。女人似乎听懂了一些。

“我 32 岁，姓王，叫王彩霞……”

“我看你也是穷人家，以后，我们就是姐妹了。”

“好得很啊!”

……

一天、两天、二十几天……红军对当地百姓秋毫无犯，凭着严明的纪律、和蔼可亲的态度，终于赢得了群众的信任。12 月上旬，苏维埃永昌县政府、山丹县政府相继成立。

坐镇凉州的马步青看到红军在永昌、山丹一带驻扎下来不往西走了，又听说红军要在永昌、山丹建立革命根据地，还要成立什么苏维埃政府，气得暴跳如雷：

“他妈的，说好了只是路过此地，借道而已，要我以大局为重，停止内战，一致抗日，全他妈是假话……”

马步青急告马步芳。

永昌临近西宁，红军在这里建革命根据地，直接威胁到马步芳的老巢。这里是马家军阀统治的地盘，是马家的王国，绝不允许外来人占据一寸土地。

“他奶奶的，杀了我这么多兄弟，我还没报仇，现在竟敢得寸进尺，在老子头上动土，看老子怎么收拾这帮共匪。”马步芳在房子里转来转去，气焰嚣张地狂吼。

他指示副官：

“快，通知各部，马上召开紧急军事会议。”

这时，蒋介石得知后也来电：

“过河之匪既已消灭过半，趁此声威，督率所部务于两星期内将其扑灭。”

收到蒋介石来电的马步芳如打了强心针，兴奋不已。于是，他迅速将前线七八万人马全部调集于凉州郊区，任命马元海为前线步骑兵总指挥，马彪为骑兵总指挥，马朴为骑兵副总指挥，令他们立马行动。瞬间几万敌军直扑永昌、山丹。

蒋介石派胡宗南部的杨德亮旅急忙赶赴凉州做预备队。

大兵压来，狭窄的河西走廊顿时乌云密布，连空气都是紧张的。

12 月的河西走廊，天寒地冻，刺骨的寒风呜呜地叫着，好似虎吼；枯草落叶满天飞扬，不时可以听到树枝的折裂声；黄尘蒙蒙，混沌一片，分不出哪里是天，哪里是地。

先锋团的姑娘们衣着单薄褴褛，有的还是单衣赤脚。在山丹走村串户时，好心的大姐、大嫂、老奶奶看到这些南方来的女孩冻得浑身发抖，给了她们一些衣物、鞋袜、破毛毡、破布条……只要能取暖，大家都捆在身上。向红梅把一条破麻袋上面掏个洞，将头钻进去，用一根绳子捆在腰杆上。她把鞋让给排里的小战友，自己用破布条将脚裹起来。

“排长，你看，我何福妹手里再拿个碗，像不像个讨口子?”姑娘们看着身上的装扮，互相取笑。

“何福妹，等革命胜利了，姐姐我一定给你做件大花棉袄，把你打扮得像个仙女。”

“好哇！好哇！我等着，你说话得算数啊!”

“一言既出，驷马难追，算数、算数!”

小姑娘的眼睛笑得像豌豆角。

七八万骑兵、步兵和飞机、大炮来势汹汹地向永昌、山丹扑来，面对数倍于己的优势之敌，红军将士们没有退缩。

山丹遭到敌三个旅的围攻。妇女抗日先锋团配合红九军在红沙岩子阻击敌人进攻。红沙岩子全是红土、红岩石，光秃秃的，山上一切都冻得硬邦邦的，无法修工事，只好找一些有利地形上的岩石做掩体。

枪声噼噼啪啪震耳欲聋，向红梅的机枪靠在岩石边上向冲上来的敌人猛烈射击，敌人被一次次打退。退下去的敌人一次又一次地发起新一轮进攻，冲锋枪对着向红梅她们这里的岩石不停射击，碎石飞溅起来划在姑娘们的脸上，划出一道道血口子，用不着去擦，因为流出来那点儿血，一下就被冻住了。

夜里，站在山岩上看得见敌营的灯火，隐约听得见敌人的喧嚷。可红沙岩子一片寂静。夜里，特别的冷，姑娘们冻得直哆嗦。

“排长，我脚不听使唤了，我站不起来了!”何福妹一脸痛苦的样子。

“来，我拉着你，起来走动走动。”向红梅拉起何福妹，把她冰冷的手放在自己嘴边不断哈着热气。何福妹一拐一拐地在山岩边慢慢移动着。

“同志们，起来走走，活动一下，不然会冻坏的，明天还要和敌人拼呢!”向红梅一个一个地拉着姑娘们起来。

这时，贾凤莲领着炊事班的同志挑着桶上来了。

“贾妈妈，这黑灯瞎火的，你们上来干什么?”向红梅看见贾凤莲，急忙迎了上去。

“我熬了点儿辣子汤，给你们驱驱寒。”

“你哪儿找来的辣子?”

“在山丹一户人家，我看见他们门前挂了好多辣椒，我说我买一点儿，他们就都卖给我了。我还在县城买了些盐巴呢。”

“贾妈妈，你真好，谢谢你啊!”

“傻丫头，你给我客什么气，打仗的时候多长一只眼睛，当心点儿。”贾凤莲在向红梅耳边小声嘀咕。

“同志们，多喝一点儿暖暖身子。”贾凤莲给向红梅这个排盛了好几碗，然后向其他连排走去。

“真好喝啊!”热乎乎的辣子汤有盐有味，喝下去全身发热。碗在大家手里传来传去，一人一口，生怕一下子喝完了。

一到白天，敌人就吆喝着发起进攻。一发炮弹落在阵地前，何福妹把脸藏在石头后面，双手捂住耳朵，枪滚到了一边。几个战士被炮弹片击中，鲜血浸在红沙岩上，分不清哪儿是血哪儿是土。

被炮弹震晕了的向红梅立即清醒过来，她清楚，敌炮击后立马是步兵冲上来，她来不及去看受伤的战士，端起枪朝下面射击……

打了20来天，妇女抗日先锋团和红九军将士们像钉子一样钉在这红沙岩子上。

接到总部下令撤出山丹时，向红梅这个排，只剩下两个班了。

西路军撤离永昌、山丹时，妇女抗日先锋团已不足1000人。总部决定将妇女抗日先锋团化整为零，分散到各军。此时，向红梅已担任连长了，她们连所在的一营随西路军总部行动，二营随九军行动，三营随五军行动。

要分手了，在三营担任班长的梁红英急匆匆地跑过来，紧紧拉着向红梅的手：

“红梅姐，我马上随五军走了，去高台，真舍不得分开，不知道还能不能再见到你。”

看到梁红英眼泪汪汪依依不舍地看着自己，向红梅心痛极了，将她紧紧地抱在怀里。

“好妹妹，你可是命大福大啊，死了几次阎王爷都不收你，我们一定会再见的，一定会的，你自己小心点儿啊!”

向红梅见梁红英衣服破烂单薄，连忙把身上那件麻布袋子衣服脱下来，穿在梁红英身上。梁红英一下扑在向红梅怀里，呜呜地哭了起来。

向红梅已是泪流满面，她不知道此时要说什么，她也不知道自己能不能活下来。她用手拭擦着梁红英脸上的泪水，对她说：

“好妹妹别哭了，相信我，我们会再见的。队伍出发了，快走吧！”

向红梅庄重地给梁红英敬了个军礼。

望着梁红英的背影，向红梅心里非常难过，她知道战争有多残酷，知道西路军现在的处境有多危险，此时此刻，她的心如刀割一样地痛。

“好妹妹，在川北你妈妈保护了你，在草地老天爷救了你。老天爷啊，求求你再保护一下这个好姑娘吧！”

向红梅抬头望着天，心里不断地默默祈祷着。

12

1937 年的元旦，河西走廊异常寒冷。

妇女抗日先锋团三营随红五军在这天拂晓攻克临泽，占领了高台。

高台县南北高中间低，形如马鞍，是古丝绸之路和欧亚大陆桥的咽喉要道，也是西进新疆，北入内蒙古的战略要冲，号称“河西锁钥，五郡咽喉”。

高台也是这次西路军西进的重要军事要点。高台被西路军拿下后，立即开仓放粮，一群群衣服褴褛、贫病交加的老百姓，手里拿着空空的粮袋子，在街上排起了长队。妇女抗日先锋团的女战士们将玉米、小麦分发给他们。

“你们是天兵天将啊！感谢红军妹妹，这个冬天我们有救了……”一个头发花白的老大娘，眼泪汪汪地对正给她口袋里装粮的梁红英说着。

“大娘，我们红军就是穷苦人的队伍，我和你一样都是穷苦人。”

“红军好，红军，好人啊！”

大娘嘴里不停地念叨，背着粮袋颤颤巍巍地走了。梁红英望着她的背影，心里好一阵难过。

放粮进行了整整三天，老百姓非常拥护红军，连当地的民团大部分也向红军投诚，红五军将他们收编，组成“抗日义勇军”。

在妇女抗日先锋团三营配合红五军攻克临泽、占领高台的同时，西路军总部、红三十军也撤离永昌，沿祁连山北麓，取道马大营滩，昼夜疾驰西进，进驻临泽县沙河堡以南的倪家营子。总部及妇女抗日先锋团一营进驻临泽县城。

欲置西路军于死地的马步芳，岂能让红军占据西去的要道临泽、高台？于是，即令马元海部的骑兵、步兵、炮兵、民团两万余人，先将西路军分割包围，切断高台、临泽之间的联系，后又令马彪、马朴、韩起禄、韩三成四个骑兵旅和炮兵两万余人向高台发起进攻。

高台的城墙实际上只是个大的土围子，高不过两丈，墙顶上最多只能并排走两个人，城墙也只有单人射击，既不易隐蔽，又很难组织火力。红五军军长下令在城外修筑工事，堵塞东、西门，想办法加宽加高城墙……

红五军军长董振堂，不到40岁，身材高大魁梧，一张勇敢的国字脸，宽广的额头下有一双火热而又镇定的眼睛，还有一双强壮的大手，声音浑厚洪亮。战士们对他十分敬重信赖，无论多残酷的战斗，只要听到他那具有磁性的声音，看到他那炽烈而镇定的眼神，战士们顿时会充满信心，英勇拼杀。

妇女先锋团三营的战士们立即找来麻袋，装上沙土，扛上城墙，再泼上水，城墙立即变成冰墙。城里的老百姓得知后，没有麻袋，便主动将家里的木箱、木柜等物品抬到城墙上，再填上沙土、泼上水让其冻住，以加宽城墙。

当得知红军战士每支步枪只有13发子弹、每挺机枪只有100发子弹、每人只有两颗手榴弹时，全城的木匠、铁匠都行动起来，连日连夜赶制双刀、梭镖、铁叉、铁棒、木棒。

一个大娘扛着一把锄头，拿着一个木叉走过来。

“家里就这两个东西可能对你们有用，我送来给你们。”梁红英一下认出了这个来领过粮食的大娘。

“大娘，您……”

“姑娘，是你啊！收下吧。我老了，要不然我会跟你们上城墙呢！”

“谢谢大娘，您好好保重！”

接着，又有不少老百姓主动将家里的锄头、木叉、大刀送来。

平静了几天的高台，顿时乌云压城，几万疯狂的敌人向高台扑来。

红五军指战员先依托城外的工事抗击敌人，抗击数日，红五军伤亡很大，最后被迫退入城内。

敌切断了红五军与西路军总部的联系，红五军只好孤军奋战，拼死坚守。退进城后，战士们沿城墙每隔两米挖个单人散兵坑，白天黑夜都有人把守。妇女抗日先锋团三营全部登上城墙作战。7 天中，敌人先后发起 30 多次进攻，在城墙四周架起梯子轮番攻城，都被打了下去。

寒夜，白天猖獗猛烈的枪炮声、厮杀声戛然而止，四周一片漆黑，只有那刺骨的寒风拼命地刮着，风声像一个临死的人在呻吟，高台笼罩在庞大的梦魇中，城里的所有街道空无人迹，连狗也不叫了，默默地蜷缩在角落。

城墙上，妇女抗日先锋团三营有十几个战士牺牲，姑娘们含着泪整理着她们的衣服，擦去她们脸上的血污，将她们从城墙上抬下去。

梁红英班只剩下四人，在牺牲的战友面前，她没有流泪，也许经历过太多的血腥战场，见到太多的死亡，她麻木了，她知道自己也会死去，流泪是没有用的，因为她知道眼泪是这个世界上最没有用的东西。她静静地坐在城墙边，望着南方，望着自己的家乡，可那里已经没有一个亲人了，她想起了妈妈，心里默默地念叨：

“妈妈，女儿没有给你丢脸，也许很快我们就要见面了，只是我现在在遥远的西北，你在四川，我要走多久才能见到你啊！妈妈，我每天都在想你，你在那边还好吧……”

城墙下，受伤的敌士兵在不断地哀号，在深夜里这声音显得非常刺耳，也特别凄惨。

“我饿、我痛、我冷……救命啊！”

鬼哭狼嚎的声音此起彼伏，让大家心烦。

“营长，给他们丢点儿吃的可不可以？”梁红英向营长报告。

“那就丢点儿玉米饼给他们吧。”

“白军士兵们，给你们送点儿吃的，我们知道你们也是穷苦人出身，别为他们卖命了！”

红五军的士兵们也给他们丢下了一些食物，下面顿时鸦雀无声。

一个操着甘肃口音的士兵突然大胆地对城墙上说：“感谢红军不杀之恩、救命之恩……”

接着是抽泣的声音。

严冬的早晨，格外寒冷，凛冽的寒风直往红军战士们单薄的衣服里钻，没有什么东西可以往身上裹了，身子不由自主地打战抖动着，冻僵了的双脚已麻木，大家勉强能站起来，在城墙上走动走动、跺跺脚。

几天攻不下城的马元海、马彪、马朴气急败坏，天刚亮就集中全力向高台发起强势攻击。他们得知把守着城西南角的“抗日义勇军”，是被红军收编的当地民团，于是开始主攻城西南。“抗日义勇军”中一些人看见马元海、马彪兵力雄厚，来势汹汹，开始产生动摇并叛逃。马元海、马彪部乘虚而入，从西南角冲进了城。马家军的骑兵挥舞大刀在城里乱砍乱杀，许多平民百姓倒在了血泊中，高台大街小巷血流成河。冲进城的马家军步兵们举着火把见房就烧，高台城顿时变成一片火海……

红五军的将士们在城里与敌人展开面对面拼杀，人和马像个大漩涡似的搅在一起，漩涡中心的红军战士们嗖嗖地挥动着手上的大刀，只见马背上的敌人像被劈开的树枝似的从马鞍上倒下来，发出令人毛骨悚然的尖叫声。顽强不屈的红军战士们与成倍的敌人拼杀着，一些红军战士被马刀砍得血肉模糊，但仍然奋勇还击着敌人，直到他们用尽最后一点力气……

马蹄在倒下的红军将士们身上任意践踏，殷红的鲜血像泉水般迸溅出来，染红了高台的大街小巷……

这时，一个高大的身影带着一批战士出现在城墙上。

“军长！”城墙上的战士们全都站立围了上来。

“同志们，情况非常严峻，也许我们会流尽最后一滴血，但我们一定要战斗到底！为革命牺牲是光荣的，请相信，革命一定会成功，平等、自由、幸福的日子一定能够到来……”军长的拳头在空中坚定地挥动着，战士们个个热泪盈眶。

“同志们，准备突围出去，城北是一片荒草地，离北山不远，敌军兵力相对薄弱一些，大家朝城北突围。”

20日清晨，敌人已从东、南两边冲上城墙，堵住了正向东北方向突围的红军，已没有子弹的红军战士一排排倒下，董振堂军长也不幸中弹坠落城墙下。

“军长！军长……”

战士们声嘶力竭地呼喊着。

“别管我了，快冲出去！快冲出去！”董军长用尽最后的力气命令战士们。

城墙上顿时杀声一片，红军战士与敌人进行着最后的拼杀。女战士们也和敌人展开了白刃搏斗，刀刃卷了就用石头砸，同敌人扭打在一起时，就用拳头击、牙齿咬。

一个女战士被敌人压在身下，刀正向她头上扎下去，正在这时，梁红英拿起枪托向敌人脑袋砸下去，脑浆溅了女战士一脸。而梁红英身上连中了敌人三刀，她倒下了，鲜血染红了她身上披的那破麻袋，突然，她东倒西歪地站立起来，摇摇晃晃地朝敌人走去，鲜血不停地往下流，走一步脚下就是一摊血，她一只手把麻布袋里仅有的一颗手榴弹紧握在手里，边走嘴里边不停地念叨着什么，仿佛又是在轻声地叫着什么人——是在叫妈妈，叫红梅姐，还是……

走到敌人跟前时，她拉响了手榴弹。

城墙上堆满了红军尸体，有的还紧紧地握着手榴弹，弹体上沾满了敌人的脑浆；一位女战士的嘴里还衔着敌人的一只耳朵；有的战士死死地掐着敌人的咽喉，把敌人按倒在地上；有的女战士手里还抓着敌人的一把胡子……在英勇的红军战士身边，也躺着成堆的敌人。

高台城东北一带的房屋被烧成了废墟，残垣断壁中有一些余烬还在燃烧，几十具已烧得面目全非的百姓尸体，横着竖着躺在地上。城中巷战的街头，没有一家不是空的，没有一家不是弹痕累累的，整个街上没有一个活着的人，也没有一只活着的动物。死的人，死的马，横七竖八地躺满街道，血流成河，血腥气扑鼻。上千名红军战士战死在这里，尸体堆里穿灰色衣服的红军身边一定有穿黄衣服的敌人，那是何等惊心动魄的惨烈场面啊。

在攻陷高台的同时，敌人一个旅将临泽重重包围，并展开猛烈攻势。妇女抗日先锋团一营及总部、后勤等部门的战士，不分男女老少都战斗在守城第一线。子弹打完了，就用石块、瓦块、冰块当武器。

贾凤莲挑着两桶滚烫的面糊来到守城前沿城墙。

“红梅，快用这个东西把敌人烫下去!”说完将手中的两个瓢递了一个过去。

“贾妈妈，真有你的。”两个人将滚烫的面糊往下泼去。敌人被烫得哇哇叫，直往后退。

三天三夜过去了，敌人虽未攻下城，但红军早已没有了弹药，伤亡十分严重，仅女战士就有400多人阵亡。

更严重的是，高台被敌人攻陷后，马元海又率所部及马步銮、马禄旅等大批步骑兵回过头来围攻临泽。情况十分危急，这时总部命令临泽守城红军立即设法突围。

天黑时，城墙上的红军战士们静悄悄地撤离，妇女抗日先锋团的战士们刚撤到城边，被敌人发现，顿时枪声大作。正在这时，红九军的同志们赶过来接应，女战士们才顺利地沿着一条河沟跑出了城。

河沟早已结冰，跑在又硬又滑的冰面上，一步两滑，不停的有人跌倒。贾凤莲滑倒了，她背上的铁锅砸在冰上发出叮咣声，她几次想爬起来都没成功。向红梅闻声，回过头看见躺在冰上的贾妈妈，急忙跑过来：

“贾妈妈，把这破锅丢了吧，现在是拼命突围的时候，后面的敌人紧追不放，你命都没有了，锅有何用?”边说边将贾凤莲拉起来。

“你为什么不丢下枪？没有子弹了也不丢？因为这是一个战士的武器，这锅是我的武器，一样不能丢啊!”向红梅佩服地点点头。

敌人越追越近，身后枪声密集。可女战士们伤亡很少，跑在后面的战士听到那些放枪的士兵们说：

“今天运气好，前面追的全是女兵，要抓活的，弄回去给咱们当老婆多好……”

发着淫笑的敌兵于是乎都在朝天放枪。

可赶来接应的红三十军的战士们，对他们可不会朝天放枪，冲在前面的敌人一个个倒下，后面的敌人见势不妙，转身就跑。

这时，临近分娩的吴秀英政委由团里的卫生员小王扶着，艰难地走在队伍的后面。肚子一阵又一阵剧痛，吴秀英用一只手托着肚子，另一只手拿着刀，虽是寒冬，可她已经是大汗淋漓。裤子已被破了的羊水湿透了，她不能走了，突然一下蹲了下来。

“小王，孩子要出来了，你帮帮我。”吴秀英脸色苍白，有气无力地躺在冰河上。

向红梅赶紧跑过来，把政委的头放到自己怀里，紧紧地握住她的手。

“政委，我看见孩子的头了，你再用点儿力气。”小王用手托住婴儿的头部，十分激动。

“政委，加油！政委，加油！快了、快了！”向红梅不停地给吴秀英打气。

吴秀英已经没有力气了，她最后用力的时候，大汗淋漓的脸有些扭曲变形。

“哇！哇！哇……”婴儿啼哭的声音在夜空中飘荡。

“政委，生了！是个男孩儿，好可爱！”向红梅高兴得大声叫了起来。

小王从破损的药箱里拿出一把剪刀，将脐带剪断，将仅有的一点儿药棉拿出来包在婴儿肚子上，然后脱下自己的衣服将婴儿包起来。

“我听到婴儿的哭声了，一定是政委生了。”陈兆凤停下脚步。

“我也听见了，一定是政委生孩子了，我们回去接应一下。”几个人转身往回跑，途中碰见贾凤莲也在往回跑。

“这小宝宝好乖，像他爸爸。”

“不对，像他妈妈！”

吴秀英抱着儿子，刷白的脸上露出痛楚的笑容。

“可他永远也见不到他爸爸了。”

大家知道吴政委的丈夫是红五军的熊师长，高台战役中军长、师长都牺牲了。听她说到孩子的爸爸，大家都沉默了。

“政委，你感觉怎么样？我们背着你走吧！”向红梅扶起政委，要背她，可吴秀英说自己能走。

向红梅扶着她，一步一步朝倪家营子走去。吴秀英产后流了不少血，加之又冷又饿，刚走到一个村子的村口就晕倒了。大家把她抬到附近一户人家里，贾凤莲赶忙给她煮了一点儿热粥喝下，她才慢慢苏醒过来。

天寒地冻的夜里，离总部所在的倪家营子总共不足 10 里路，妇女抗日先锋团的姑娘们个个跑得上气不接下气，单薄的衣服全被汗水浸透。向红梅她们抬着虚弱的政委最后到达了倪家营子，大家一齐拥了过去。

“政委怎么啦?”

“政委受伤了?”

“我们团添丁进口了，政委生了一个男孩儿。”

“好可爱，让我抱抱……”姑娘们个个母性大发，婴儿在她们手中传来传去，舍不得放下。

13

21 日，西路军全部集结于倪家营子。

倪家营子位于祁连山北麓，南北长 16 里，东西宽 3 里，南高北低，往南 10 多里便是绵延千里，高耸入云、常年积雪的祁连山，东、西、北三面是荒凉的戈壁滩。倪家营子算得上当地比较大的一个村子，人口相对密集，粮食也比较丰富，在这个长方形土地上，分布着大大小小的土围子 100 多个，就像散落在棋盘上的棋子。每个土围子内住着一户或几户人家，地主或有钱人的土围子占地较宽，黄土筑的土围墙厚达三五尺，墙高两丈多，远看像城墙，里面有垛口和望楼，当地人叫屯庄。而一般人家的土围子，墙就薄了许多，也没有那么高，更没有望楼、垛口，因此，就不叫屯庄而叫庄子。庄与庄之间隔着田野、沟渠和林子。村子里只有几口井，这里的人都是用涝池蓄水，人畜共饮，几乎家家户户都修有涝池。

西路军集结在这里，住满了下营子全部、上营子北部 3 个屯庄和 43 个庄子。三十军、九军分别驻扎在西南方和东北方，两军阵地相接，并纵深梯次配置，构成一个椭圆形的防御圈，凭垒固守。

西路军总指挥部住在大地主李成基的大屯庄，妇女抗日先锋团住在靠总部不远的一个庄子里。

这庄子比其他庄子要大一些，庄门前有几棵白桦和榆树，像几把大伞立在门口，庄里住了四户人家，都沾亲带故。四户房屋都是土坯房，墙体很厚，四根粗得出奇的木柱支撑着整个房子，虽然看上去有些粗糙，但相当结实，院中有一个较大的涝池，四户人共用。每家门前都放了些农具，屋旁用粗的木栅围了个小羊圈，家家屋下都挂着一串串红辣椒，一派农家风味。

妇女抗日先锋团此时只剩下几百人，三营从高台突围出来的只有几人，后编入一营一连。两个营分别住在四户人家，向红梅一连和炊事班住在一户姓陈的家里。陈家有一位老奶奶和她的儿子、儿媳，还有一个孙女，10 岁左右，长得十分可爱。

“大娘、大哥大嫂，我们是红军，穷苦人的队伍，现在暂时住你们家，打扰你们了，对不住啊!”

向红梅让全连队伍整齐地排在陈家门前，自己进屋和房主人打招呼。

“哎呀，都是女娃娃，女娃也当兵打仗? 听口音你们是南方人吧?”

“我们都是四川人。”

“听说红军要来，这里的地主们都跑了，我们没跑，是听说你们红军不打人、不骂人、不抢东西、纪律严明，看来这是真的。只是没想到红军里还有那么多女兵。”儿子陈富贵憨厚地笑着。

“女娃们快进屋，外面冷!”大娘边说边向屋外的战士们招着手。

他们腾出了两间大房子，向红梅分配一排和炊事班住一间，二排、三排住一间。

“屋里真暖和啊，连长，我好困好困……”刚走进屋的何福妹顺势倒下，瞬间便睡着了。狂奔了一夜的女战士们疲惫至极，挨个儿紧靠着，挤了满满一屋，呼呼大睡起来。

向红梅坐在门口，身子靠在门框上，却没有闭眼，只有这时她才能静下来想心事。从高台突围出来的同志那里得知三营战友几乎全部牺牲，而她最牵挂的梁红英妹妹也牺牲了，她感到胸口一阵阵痛，心里念叨着：“‘闷葫芦’啊!

‘闷葫芦’！我的好妹妹，你怎么就没突围出来呢？你知道吗，姐姐好想你……也不知你见到妈妈没有？高台离四川通江很远，你可认识路？”

向红梅从衣服口袋里掏出那面小铜镜，拿在手里轻轻地抚摸着：

“文辉，你还活着吗？受伤了没有？你想我了吗？你千万要活着呀，我好想你。你知道吗，我多盼望你娶我的那一天……那天，我要穿件好看的红衣服，你还是穿那灰色的军装，你穿军装很好看，显得那么精神、英俊；那天，你要紧紧地握着我的手，紧紧地抱着我；那天……可是，现在的情况有多么严重，我不知道我们会不会活到那一天，如果我牺牲了，来生你可要记得娶我。”

向红梅把小铜镜贴在胸口，靠在门框上进入了幸福的梦乡。

尾追西路军的马元海、韩起功的骑兵、步兵队伍紧接着向倪家营子扑来。红三十军、红九军阵地炮火轰鸣，敌人先用猛烈的炮火轰击红军阵地，炮火一停，敌兵像羊群似的猫着腰，在敌军督战队的威迫下冲了上来，掩护他们的轻重机枪疯狂叫嚣着，弹雨横飞。红军战士们沉着地盯着敌人，不露声色，当敌人冲到离阵地20来米时，一声号令：“杀！”战士们像猛虎扑食似的跳出工事，挥舞着大刀，手榴弹像雨点似的飞落在敌群中，敌军抛下满地尸体，狼狈逃去。

敌军并不甘心，又一次炮轰，红军工事被炸坍塌了，但战士们把弹坑当工事，等敌人冲上来，一个个从弹坑里跳出来和敌人拼杀。先炮轰，再冲锋……一天反复多次，可敌人没有占到便宜。

这时，西路军总指挥部致函马元海，寻求“双方停战，共同抗日”。马元海不理，西路军再次致函马元海：“派代表商洽一切。”马元海将西路军的函电告国民党西北“剿匪”第二防区司令马步芳。马步芳随即回电：

“红军此时已山穷水尽，设此诡计缓我进攻，仍即聚集重兵，勿稍放松，以免失机。”

接到电报的马元海、韩起功立马调整兵力，召集民团，组织了七万三千人的队伍，骑兵分别编成花马营、黑马营、红马营，将倪家营子团团围住。

敌人采取人海战术，先炮轰，然后步骑兵集团式冲锋。倪家营子前沿阵地一时间浓烟滚滚，人喊马嘶。步骑兵交错，刀枪并用，梯队式轮番冲锋。

红军战士子弹缺乏，只有等敌人冲到跟前后，憋着一股子劲的战士们大喝一声，猛冲出去，与敌近距离搏斗。战士们挥舞着大刀、长矛、木棍和从敌人手里夺过来的马刀，一刻不停地砍杀着。刀和刀相拼发出叮叮当当的声音，就像铁匠在打铁，不到一会儿工夫就有一批敌人倒下，有的已经死去，有的受了重伤，身体还在一阵阵痉挛。冲在前面的花马营敌骑兵，像被劈断的树似的一个个从马背上倒下来。红军敢拼命不怕死的气势让敌人感到恐惧，虽轮番进攻，最后都被迫退了回去。

十几天的轮番围攻，红军将士们无日不战。子弹没有了，战士们干脆将步枪架在一边，手里只拿着大刀、长矛，这时为了求生只有拼。

妇女抗日先锋团一营负责到前沿阵地运送伤员。当向红梅带着全连战士来到阵地前时，眼前惊心动魄的景象，让她心惊胆战。狂风呼啸的血腥战场上到处是折断的枪、矛、大刀，阵地上人尸和马尸堆积如山，尸堆上还不时戳起一只只手、脚和马蹄。一股股血腥味刺得她直想吐。

女战士们在尸堆里找寻还活着的伤员，可红军战士大多牺牲了，他们身上多是被马刀劈的。

向红梅发现一个战士嘴里还发出轻微的哼哼声，她俯下身子，仔细地听着，压在敌人尸体下的这个战士还活着，他微闭着双眼，几乎就是一个血人。他的头上、脸上、手臂上、胸膛上的血还在往外流，身上被砍了好几刀，刀口处翻出来的肉还在流血，他手里仍紧握着大刀，大刀已砍出了好几处豁口。

“同志，我们是妇女抗日先锋团，来救伤员的，你忍着点儿……”几个战士将他身上的敌死尸搬开。

“连长，他砍死了 19 个敌人，太了不起了，英雄啊!”何福妹一边搬一边数着。

向红梅用手擦着战士脸上的血迹，泪水滴到了他的脸上。

“好妹妹，别……别动我，让我躺着，我好累、好困，我想好好睡睡……”

战士用最后的一点儿气力恳求着，随即便长眠过去了。

向红梅和战友们向他敬了个军礼，然后纷纷摘下帽子……

在另一边，一个撑旗手靠着旗杆站立着，看上去这个旗手只有十几岁，是个满脸稚气的小男孩。向红梅走过去，发现他身体有些僵硬，已经牺牲了，可他双眼睁得大大的，怒视着前方。他的衣服被刀砍得支离破碎，破衣片在寒风中摇曳着。已经看不出他身上到底中了多少刀，但在他脚下，却留下了8个敌人的尸体，而这些敌人身上的伤口不是刀砍的，而是被旗杆戳的。

向红梅将他放倒，用手抚过他的双眼，让他闭上眼睛。

“好兄弟，放心吧！我们会为你报仇的，革命一定会成功的。一路走好。”向红梅在他的耳边轻声念叨着。

向红梅她们在阵地上没有发现几个活着的伤员，战士们大都战死了。女战士们显得很沮丧，抬回伤员的路上，没有一个人说话。

医院设在大地主李成基的屯庄里，已经有100多位伤员在这里，可是医院没有药品，无法做手术，甚至连包扎伤口的纱布也没有，医生们将伤员的绑腿布取下来当绷带。伤员们都是被马刀砍和炮弹击中的重伤员，因得不到及时医治，不少伤员因伤势过重而死去。

伤员们躺在地上，大多半开半闭着眼睛，有首长过来看望他们时，他们也只是惨然一笑，没有哼哼唧唧，没有抱怨，没有提任何要求，他们只是默默地忍受着。一个伤员，腹部被弹片击穿了好几个洞，血都快要流干了，一盏小油灯照着他那黄纸般的脸，鼻孔里的气息很微弱，且只有出气没有进气，他的生命快结束了。他冰冷的双手拉着首长的手，喘息着说：

“首长啊，大道理我们都知道，我已经快不行了，为革命死算不了什么，可是你们……快……快……”他的声音微弱到听不见了，张着的嘴不能动弹了。

“首长，能想办法找到一点儿布条吗？给同志们包扎下伤口也好啊！”医生眼里含着泪水，沉重地恳求道。

“可，在哪里去找布条啊！”首长难过地在心里念叨。

夜里，倪家营子是如此的寂静，只听到狂风怒吼的声音。弹尽粮绝的西路军将士们默默无声，他们担忧着明天，担忧着未来。

向红梅连里，平时再苦也乐观开朗的姑娘们，这会儿都闭声闭气地坐在房间里。

向红梅不知道该对她们说什么，她们都才十几二十岁，多没尝到爱情的幸福和快乐，没有感受到家庭的温暖，还没有当过母亲，甚至没有穿过一件好看的衣裳……也许，明天、后天，她们也都会牺牲、会死去。此时此刻，向红梅想起了刘喜莲、廖荣华连长，想起了“小喜鹊”胡秀英和梁红英……她又看着眼前闷声闷气的姐妹们，心中好一阵难过，好有些不舍。

她又想到了自己，刚感受到爱情的幸福和甜蜜，难道真的是一场梦？难道这辈子我和他真的成不了夫妻？人真的有下辈子吗？下辈子我还会遇见他吗？他还会娶我吗？不过，这辈子我还是要感谢他，他说非我不娶，让我的心中时时有个念想，有个盼头，我真想当一回他的新娘啊，真想为他生个儿子……向红梅在心里默默地向自己诉说着。

向红梅不知道，此时此刻的杨文辉正和“夜老虎团”小分队冒着寒风急行在30里外威狄堡的路上。

马步芳为了“剿灭”红军，急忙从西宁运送来一大批军火，储存在威狄堡附近的白家庄子里，并派重兵把守。红三十军二六五团接到命令，立即组成精干的小分队，夜袭军火库。

天漆黑，风狂吼，小分队的战士们一口气跑了30里，像一把锋利的尖刀，悄然无声地直插敌胸口。白家庄子的土围墙很高，墙上的卫兵端着枪来回走动着。当战士们抵拢墙根时，敌人却完全不知。杨文辉和几个战友搭人梯爬上去，悄悄干掉卫兵，然后放下绳索，小分队的战士们依次拽着绳索攀登而上，直捣敌营，消灭所有守敌后，尽量带走子弹、手榴弹。离开时他们放火烧掉敌军火库，顿时白家庄子火光一片，熊熊大火腾空而起，火仗风势，风助火势，弹药的爆炸声30里外都能听见，几十匹敌战马被烧死，大火一直烧到天明。此时，杨文辉他们小分队早已神不知鬼不觉地回到了倪家营子。

烧了敌人的军火库，极大地鼓舞了红军士气，也极大地刺痛了马元海、马彪。马元海暴跳如雷，气急败坏地狂喊着：

“倪家营子是和红军的最后决战地，生死在此一举，明天务必拿下汪家墩，攻入倪家营子……”

汪家墩，老远看去像一座碉堡，是一个用黄土夯起来的瞭望堡。墙很厚，高三丈有余，东西、南北各长 10 米，四方形墙底厚 1 米，共 3 层，最上一层没顶，只有半人多高带城垛的土墙，顶上可控制四面，第二层每面有个很小的窗子，墩四周还围着一圈矮墙。守卫这里的红三十军二六三团三营九连有 130 多名战士，他们在矮墙上挖了许多枪眼，矮墙外面是一道已干涸了的浅浅壕沟，战士们在壕沟外架设了两道枣木鹿寨。鹿寨外面是一片开阔地，向北 200 多米是三四间土屋，向南不远处有个沟坎，沟坎南面驻扎着敌人。由于汪家墩位于红军前沿阵地的突出部，能够从正面和左右两侧射击敌人，是倪家营子一个重要的防御支撑点。敌人若要用较大兵力进攻倪家营子，非先夺取这个汪家墩不可。

烧毁敌军火库的第二天，天刚泛鱼肚白，汪家墩便遭受到了敌人猛烈的炮击，震耳欲聋的“轰隆、轰隆”声，密集得分不清敌人发了多少响炮弹。整个大地都在抖动，如地震一般，土堡在滚滚烟尘中摇晃着，堡顶上的土哗哗不断地往下落，黄土灰与一团一团的炮烟混合在一起，遮住了半边天。透过烟雾，战士们隐约发现在炮火掩护下，足足两个团的马家军展开队形，向汪家墩扑来。

汪家墩的半堵土墙被炮弹削平，北边土墙被炸开了一个大洞，敌人一窝蜂地冲了进来。敌人炮轰时隐蔽起来的红军战士们，这时冲了出来，子弹、手榴弹齐飞过去，打得敌人抱头鼠窜。敌人是抱定了要拿下汪家墩的决心，所以接二连三地组织冲锋，红军战士子弹很少，到最后几乎就没有子弹了，只能同敌人近身展开肉搏战。连长冲在最前面，他身材高大，砍倒了几个敌人后，他的腿被敌人砍伤，他不得不坐在地上，当一个敌人再冲过来时，他猛地扑上去紧紧抱住敌人的两只脚，敌人转过身子用刀砍他的背，他也绝不松手，这时一个战士跳过来终将敌人打死。

从早晨到下午 5 点，敌人不但没有拿下汪家墩，反而在这里留下了几百具死尸。

九连也伤亡惨重，敌人停止进攻后，向红梅她们赶来抢救伤员时，看到全连 130 多个曾经生龙活虎的战士，现在活着的只有 9 人，其中有 4 人还是伤员。牺牲的战士中有的是拉响手榴弹与几个敌人同归于尽的，他们的手已飞得不知去向，身体被炸得血肉模糊看不清他们的脸庞；有的战士牺牲时还紧紧抱住敌人不松手……受伤的4个战士，每个人手里握着一颗手榴弹，随时准备与敌人同归于尽。

向红梅还从来没有见到过如此惨烈的战场，她的身体有些微微发抖，泪珠不由自主地顺着她那有些低陷的双颊缓缓流淌下来。

在这里生存就是战斗，战斗就是生存，可敬的红军指战员们把智慧、勇气、力量发挥到了极致，为了红军、为了生存、为了胜利、为了人民，他们不畏流血牺牲，用鲜血和生命捍卫着自己的信仰与尊严。

又是一个不眠的夜晚。大年三十的除夕之夜，倪家营子静得让人有些恐惧。天格外寒冷，地主储存的粮食早已吃光，老百姓家的粮也所剩无几，涝池里的冰块也吃完了，不要说是粮食，就连喝水都困难。

妇女抗日先锋团住的房主家，粮食和柴火都没有了，又冻又饿的姑娘们挤在一块儿，把脚伸在对方屁股下面取暖，互相搓着手和脸。向红梅心情沉重地来到炊事班。

“贾妈妈，怎么办？我们会冻死、饿死在这里吗？”

“红梅啊，别怕，天无绝人之路，刚才供给部给我们分来了不少马肉，明天过年，我们打牙祭。”

强装笑脸的贾凤莲宽慰着向红梅。

“敌人虽然死伤很多，但他们还在不断增兵，重重包围着倪家营子，牺牲的同志越来越多，伤员没有医药治疗，连包伤口的布条也没有，即使不被敌人打垮，寒冷和饥渴也会把红军拖垮，我好担心。”

“是的，情况确实很严重，我都不知道该给大家吃什么了，这天寒地冻寸草不生的鬼地方，连野菜也找不到啊！”

“连里战士情绪很低落，有些悲观，我不知道该如何开导她们。”

“从自愿参加革命的那一天起，我就做好了牺牲的准备，我们过去受的罪比死还难受，参加红军哪怕战死，我也心甘情愿。困难是暂时的，我反正相信革命总有一天会胜利。”

“贾妈妈，你知道我是死过几次的人了，我不怕死，只是……”

“红梅，杨文辉现在还活着吗？他可是个好小伙哟。”

“不知道，反正伤员里面没见着有他。”

“他是夜老虎团的，既勇敢又机灵，会没事的。”

“但愿吧!”

向红梅和贾凤莲说说心里话后，心情好了许多，她回到连里后笑着对大家说：

“姑娘们，今天是年三十，来，我们一起唱唱我们家乡的歌好不好?”

“好好好！唱起歌就不冷了。”何福妹脸上露出天真的笑容。

“那你就先起个头嘛!”

“起头就起头。”何福妹想了一下，唱起了川北民歌。

“叫我唱来我为难，妹的心里有些烦；啥时等到心闲时，陪你唱到月儿圆。”

“肚子饿得咕咕叫，想到吃饭口水流，一碗干饭冒儿头，再加一碗回锅肉。”“小飞机”李敏华接着唱起来。

“哎呀，再唱我就流口水了！换个歌!”凤辣子陈兆凤大声说。

“我来给你们唱点儿《扯白歌》。”贾凤莲听到歌声，和炊事班的几个姑娘走到房门口。

“好好好，我们就来扯白!”何福妹拍巴掌。

“正月里来喜事多，听我唱个扯白歌，月亮坝里晒死人，天不下雨闪电多。冬月里来天气短，天上月儿弯又弯，睡到半夜翻起身，太阳照到床面前。腊月里来要过年，一无油来二无盐，腊肉锅里煮啥子，一把糠面打搅团。扯白歌来也不多，烂泥团里鸦雀窝，下了三双六个蛋，出了六个小八哥……”

“笑死我了!”姑娘们笑成一团，何福妹眼泪都笑出来了。

“一棵树上九个丫，屋里有个老人家，养的儿子会识字，养的女儿会绣花。大姐绣的灵芝草，二姐会绣牡丹花，只有我的手脚笨，一挽一个线疙瘩。”

炊事班一个姑娘情不自禁地唱起来。

“红梅，你也唱一个!”贾凤莲朝向红梅示意。

“连长你就唱一个嘛!”

“马桑树儿开红花，养个女儿像菩萨，走起路来不好看，坐下就像一枝花。”

“好好好！”

……

歌声、笑声持续到了正月初一凌晨。

过年，每人分得了拳头大的一块死马肉。

“真香啊！感谢敌骑兵送来的过年肉啊！”

倪家营子已无法再生存下去了，求生的欲望迫使西路军做出转移的决定。

吴秀英看着怀里熟睡的婴儿，内心激烈地挣扎着。

“无论如何也要留下我和丈夫唯一的根，怎么办？真舍不得丢下这个还不满月的儿子，带走……我随时都有可能牺牲，这孩子也活不成。我该怎么办？”

“这陈家大娘和这对夫妇都是老实善良的农民，他们也只有一个女儿，把儿子托付给他们，也许孩子能活下来，不知他们愿意不愿意收留这孩子。”

吴秀英抱着孩子径直去和王团长商量。

“团长，马上要转移了，估计今后我们的处境会越来越残酷，我想留下老熊的这条根，打算把孩子托付给这陈家，你看怎样？”吴秀英说的时候，泪水一直在流。

“我看行，这是让孩子活下来唯一可行的办法，我知道你舍不得，我虽然没有当过母亲，但我也是女人呀！你心中的痛我完全理解，别难过，走，我陪你一起去和大娘谈。”

陈家房里油灯还亮着，她们上去轻轻地敲了敲门，大娘起身开了门。

“啊！是你们呀，快进屋。”

“大娘，我们马上要撤离了，打扰了你们这么多天，真的非常感谢你们对红军的支持和帮助。今天有一事，让我们很难开口。”

“你们还那么客气，有什么事就直说吧。”

“我们政委的孩子还没满月，带他在路上行军打仗，孩子有可能活不成，他爸爸已经牺牲了，他妈妈也要带兵打仗，这孩子……我们想把婴儿托付给你们，不知……”王团长话还没说完，大娘激动地说：

“行、行、行！你们住在我家这些天，我看见你们都是好人，真的是穷人的队伍，孩子交给我，你们就放心，只要我在，娃就在，我有一口气，孩子就一定活着，你们什么时候回来，我把孩子交给你们。”

听了这话，吴秀英上前抱着大娘哭着说：

“大娘，谢谢您，您的恩德如果我这一辈子没法报答，下辈子也要报答。”说完，她将孩子递给了大娘。婴儿似乎有预感，突然醒了，哇哇地哭了起来，吴秀英上前在婴儿的脸蛋上亲了亲，泪珠滴落在婴儿的脸上，婴儿突然不哭了。

“宝贝，原谅妈妈，原谅妈妈!”

吴秀英在大娘手中放下几个银圆，然后毅然转身离开。

大娘望着这些女兵远去，再看看怀里的婴儿，忍不住流下眼泪。

重伤员只有留在倪家营子，托老乡照看。西路军所有部队连夜急行军30里来到了威狄堡一带。

威狄堡由若干个非常分散的庄堡组成，各堡庄相距甚远，互不相连，队伍只好分散住在各堡庄。总部指挥员们发现，队伍这样分散，很容易被敌人分割包围，认为不能驻扎在这里。于是，他们立即决定转回到倪家营子。回到倪家营子后看到的情景，让指战员们痛心疾首。房倒屋坍，人烟灭绝，满目凄凉，到处是破砖烂瓦，看不到一个人影，听不到鸡鸣狗叫。留下来的伤员全部被杀害，他们被剥得赤条条地丢弃在庄上的涝池里，有的伤员和敌人搏斗过，挣扎过，有的死在院坝里，他们的脚骨被砸碎，脑袋被砍下来……

有位老乡悄悄告诉红军：

“是这里的民团头目、大地主李成基干的，红军刚一撤走，他就带着人马回倪家营子，烧杀抢夺，无所不为。早上，听见红军又杀回来，他们便跑了，我看见他们向北跑的，估计跑得不远。”

红三十军夜老虎团派出一个连急忙向北奔去。

“狗日的，老子非宰了这个恶魔不可。”杨文辉和战友们边跑边发誓。一口气跑了好几里，终于在一个干涸的河沟里发现了李成基这伙民团土匪。怒不可遏的战士们扑上去，三下五除二将李成基及同伙全部处决，也算是给伤员们一个交代。

一回到倪家营子，吴秀英急忙直奔陈家院，她想看看儿子，看看陈家大娘。可一到那里，她被眼前的情景吓呆了，房屋被烧了，坍塌的墙壁被烟火熏得黑黑的，墙脚下零星散落着烧焦了的木头。

“大娘！大娘，你们在哪儿?”吴秀英浑身哆嗦，不知所措，脑袋上的太阳穴如同铁锤在敲打着。

原来，李成基领着民团，不仅杀害了红军伤病员，还烧了容留红军驻扎过的房子。

李成基带着民团来到陈家，烧了房子还不算，看见陈家儿媳手中抱着一个婴儿，他知道这家没有这么大的孩子，于是问：

“这孩子是哪儿来的?”

“捡的。”

“哪里捡的?”

“山上捡的。”大娘大声回答。

“胡说！你家住的全是红军女兵，分明是她们留下的种，你还敢说是山上捡的。”

说完，李成基上前从陈家媳妇怀里把婴儿抢了过来，孩子没有哭，只是瞪着眼睛看着这个凶神恶煞的人。这眼神像两把利剑直刺他的灵魂，他气急败坏地将婴儿倒提双脚，用力撕成两半扔进了山沟。这一瞬间，让所有的人目瞪口呆，大娘冲上去抓住李成基的衣领，大声号叫：

“还我孩子！你这个天杀地灭的畜生，我跟你拼了！”大娘卡住李成基的脖子不松手，嘴里不停地骂着：

“你不是人，是畜生、是魔鬼……”

恼羞成怒的李成基一脚将大娘踹开，开枪将倒在地上的大娘杀害。

孩子不在了，大娘也不在了。

王团长从老乡那儿听说此事经过后，心如刀割，她不敢把真实的情况告诉吴秀英。

“秀英啊，别难过了，孩子已被李成基杀害了。”

吴秀英一下晕倒在地，卫生员小王立即掐她的人中，将苏醒过来的她扶起来。

“大娘为保护孩子被李成基杀害，大娘兑现了她的承诺，是难得的好人啊！秀英啊，我们那么多伤员被李成基和民团杀害，我们每个人都非常难过。不过，二六五团的同志们已将李成基和民团全部歼灭了，也算是给孩子和大娘报了仇。”

吴秀英默默地点了点头。

回到倪家营子的西路军情况十分危急，几乎是到了弹尽粮绝的地步了，特别是没有水喝。可恶的李成基将倪家营子的所有水井都填平了。没有水，仅有的一点点粮食只能在锅里炒着吃。每个战士都面临着生死存亡的严峻考验。

妇女抗日先锋团400多人，每天只能分到一桶水，分到连里时每人只能喝到一两口。向红梅每次只打湿下嘴唇，尽量把多的水让给战友们，她的嘴唇裂着口子，不时有血渗出，口腔已溃烂，舌头干得在嘴里打不过转来。

除了没水，更没有吃的，每天贾凤莲发给大家的是一两把炒谷子或炒荞麦，谷壳就像木头渣子一样，卡在嗓子眼儿里咽不下去，而且溃烂的口腔被刺得疼痛难忍，而下面的肚子却饿得咕噜咕噜叫。

向红梅手里捧着炒谷子和荞麦，对全连战士说：

“听我的口令，预备、开始！一、二、三，下去！”大家憋足了劲儿，强咽了下去，可个个眼泪都挤出来了。

“这吃东西比打仗都恼火啊！”陈兆凤苦笑着说。

“连长，我屙尿好痛，里面还有血……”何福妹一脸痛苦地贴在向红梅耳边悄声说。

“好妹妹，我知道你很难受，其实我和好多姐妹也是这样，你别怕，团里会想办法找水的。”

向红梅艰难地安慰着这个连里最小的战士。

团长在老乡那儿打听到，有个地方可以取到冰块，但离敌人驻地很近。

“同志们，我们一定要不惜一切代价把水取回来，不能让我们的战友不是战死而是渴死。”团长斩钉截铁地动员大家。

去取水，不能大队伍行动，只能派小分队去。团长命令一营一连执行这个任务。

黄昏，天阴沉沉，向红梅带着连里的十几个人，悄悄潜行到取水的地方。原来这是一个废弃了的涝池。她们用铲、刀砍着冰块，每个人都背着好不容易敲打出的冰块往回跑，突然，敌人那边发出了吆喝声、拉枪栓的声音。

“卧倒，别动！”向红梅小声地命令大家。

大家憋着气，趴在地上，沉静了好一阵后，李敏华悄声对向红梅说：

“连长，我先跑过去试试，如果没事，你们再跑。”

还没等向红梅同意，她已经起身冲了出去。她猫着腰，飞也似的往前跑，刚跑过敌人前面的那块空地，敌人的冲锋枪响了……

“‘小飞机’呀‘小飞机’，快跑！快跑啊！”

向红梅焦急地念叨着。此时的李敏华已经什么都不顾了，听不见，看不见，只是拼命地跑，敌人的子弹射中了她的后脊梁正中，她一头栽倒在地，鲜血直往外冒，背上的冰块散落一地，她大张着嘴巴和眼睛，只听到她那一声最后的哀叫声变成嘶哑的喘息，可她的两条腿仍像是在奔跑，还在地上乱踢乱蹬着。

空地上一片死亡般的寂静，在这一瞬间，仿佛一切都停止了，李敏华那奔跑的双腿也抽搐得越来越慢了。

向红梅此刻的心脏似乎停止了跳动，她想立即冲过去，刚起身便被战士们拉住：

“连长！你救不回‘小飞机’还会把命搭上啊！”

向红梅的手使劲儿地捶打着坚硬的地，牙齿把嘴皮都咬破了，痛惜的泪水止不住地往下淌。

一直等到半夜，她们才连跑带爬地将冰块运了回去。

向红梅把李敏华背了回去。

看着躺在地上的李敏华，向红梅木然地、一声不响地坐在她身边，紧紧地握着她的手。

痛苦和悲伤啃噬着向红梅的心，她一句话也说不出来，她亲眼看见李敏华在自己的眼前倒下，而痛心疾首的自己却不能去救她。

“李敏华，我的好妹妹啊，你千万别走哦！请你千万别走！”

可是周身冰凉的李敏华已经走远了，怎么叫她她也听不见了。而向红梅此时的耳朵里，听到的全是李敏华背着冰奔跑的沉重脚步声和回声，这声音仿佛在她的心上系了根绳子，一步一牵引，牵得她的心一阵阵作痛……

何福妹、陈兆凤在李敏华身边放声大哭，在连里就属她们三个最要好，平常斗嘴唱歌，有说有笑，情同骨肉。

姑娘们找了一个坑，把李敏华放在坑里，用石头一块一块地堆起来，她们沉默地干着，小坟包垒好后，何福妹将一顶军帽放在坟上，还用一块石头压着，对李敏华说：

"敏华姐姐，我做了个标记，等战争结束了，革命胜利了，我一定要来看你。"

挖回来的冰块，每人可分到比核桃大一点儿的一块，大家像吃冰糖似的，把冰含在嘴里，慢慢吸吮，不肯一下子咽下去。

手中捧着那一小块冰的向红梅，怎么也不肯往嘴里放，这哪里是冰啊！这是战友的鲜血啊！

王团长和吴政委商量后认为这样去取水危险太大，决定把敌人填死了的水井挖开取水。团长领头，选出身体较强壮的战士，组织了一个挖井突击队。

正是数九寒天，地冻如铁，一镐下去，井口只砍出一个白点子，而用镐的手被震得虎口流血。大家轮换着挖，白天、黑夜不停歇，一米、两米……十米，几天几夜的苦战，终于看到井底的水了，每次可取两大桶带泥沙的水。

大西北的寒冬，奇冷无比。凛冽的寒风夹着戈壁滩上的沙石，像一把把尖刀利剑扑向衣衫单薄的女战士们。几十个人挤在一间房子里，夜里都冻得睡不着。

姑娘们不论走到哪里，只要看见有枯草都会拔起来，看到破布、破麻袋，都会捡拾起来放进兜里，为的是来了月经，用来解决问题。可有时什么也没有，只好让经血顺着裤腿往下流，血水干后，在裤子上结成硬痂，一走路，两条大腿被血痂磨得疼痛难忍，肿得老粗。

姑娘们默默地忍着，咬着牙坚持修工事、抬伤员……

马元海见红军返回倪家营子，于是停止休整，又组织大批兵力向红军发起攻击。

西路军在倪家营子又与马元海部血战了五昼夜。马元海虽然没占到什么便宜，但西路军伤亡也十分惨重，已到了弹尽粮绝、精疲力竭的极限，有的战士打着仗就睡着了……

不添油的灯是会熄灭的，再顽强的生命力，得不到一点儿养息，也是不能永远支撑下去的。此时的西路军已面临生死存亡的紧要关头。面对数倍之强敌，不突围出去，就可能全军覆没。西路军的所有将士们都明白，只有强行突围，才可能有一线生机。

14

一个月淡星稀的夜晚，西路军率红三十军全部、红九军一个团悄悄地出发，向西突围。这夜，疯狂的北风卷着沙粒，无情地刀割针刺般地肆虐着，腹空衣单的红军指战员，在这滴水成冰的夜晚，踩着高低不平、坚硬如铁的戈壁滩，向西急行。

走了整整一夜，鸡叫头遍时，红军指战员来到了30里外的三道柳沟。

三道柳沟是一个东西长约十几里的自然村，东南面50多里即是祁连山下的梨园口，东、西、北面是戈壁滩。这里有两条干涸的河道，相距不到3里地，只有天下大雨时，才有洪水从南向北流过。河床乱石密布，河岸由洪水冲刷，形成一人多高的崖坎。西边的一条河叫砟子河，东边的一条河叫程家河。砟子河西岸有14个大小庄子，住着22户人家，叫西柳沟；砟子河东岸有大小7个庄子，叫南柳沟；程家河东岸有5个庄子，叫东柳沟——人们称之为三道柳沟。西柳沟住着一家地主，有300多亩地，70多口人，平时雇七八个长工干活；南柳沟也有一个地主，家有300多亩地，平时也雇七八个长工干活。红军来之前，这几个地主及家人都已逃离，而老百姓大都没有走。红军征了地主的粮，总算解决了饥饿这一燃眉之急。

三道柳沟住户不多，红军大部分都露宿在河滩、沙地和树下，妇女抗日先锋团则住在西柳沟的一个庄子里，虽十分拥挤，但总算能遮风避寒。

安顿下来后，王团长立马集合全团人，赶到南柳沟协助修筑工事。她临走时，对贾凤莲说：

“今天团里分到了一些粮食，好好给大家煮一顿饭。”

“团长放心，保证完成任务！”

所有的将士都知道敌人会尾随而来，没有人休息，都全力以赴地在做战斗准备，砍鹿寨、筑工事。

南柳沟由红三十军八十八师防守，妇女抗日先锋团赶到时，八十八师指战员正在挖战壕，姑娘们立即搬石头、运沙子、运水、砍鹿寨、设障碍。

这一夜，三道柳沟格外安静，河滩、沙地、树下传出战士们久违了的鼾声，吃到了一顿热饭后的红军战士们，终于可以睡上一觉了。

天刚亮，只见戈壁滩上，卷起了滚滚烟尘，敌人像出洞的蚂蚁，黑压压一片。接着炮弹不断地落在村庄、院落里，土墙被炸垮，冒起一股股呛人的灰烟，机枪炒豆似的叫个不停，在机枪、大炮的掩护下，敌骑兵扬尘卷沙般地向西北方向疾驰而来，气焰嚣张的马家军骑兵举着的黄旗、白旗在烟尘中飘摇，手挥着马刀的敌人，吆喝着直朝南柳沟冲过来。

红军指挥员知道敌人进攻的章法，任凭敌人炮轰、机枪扫射，就是隐蔽不动，等那些跃马扬威、穿着羊皮袄的敌人冲近跟前时，只听得师长一声令下，战士们如猛虎一样跃出战壕，机枪、手榴弹齐飞过去，敌人顿时人仰马翻。后面的敌人见状，吓得掉头就往回跑。

不一会儿，退下去的敌人在督战队的催迫下，又开始了大规模的进攻，而且是越聚越多。大地在马蹄的践踏下抖动，密集的人马冲杀过来。红军战士们的子弹、手榴弹雨点般地落在敌群中，敌军人马乱作一团。此时，师长举着大刀，高声喊：“同志们，冲啊！”接着，他第一个跳出战壕，战士们紧跟着冲向敌人。一时间，杀声震天，刀光闪闪，红军勇士们以一当十，与敌人近身搏斗，一次又一次击退了敌人，从黎明拼杀到傍晚，经过反复激战争夺的八十八师阵地被鲜血染红，倒下去的每一个红军战士周围都躺着几个甚至十几个敌人的尸体。

向红梅她们连担负起救护伤员的任务，可到前沿阵地一看，牺牲的战士很多，她们在尸体堆里翻找着伤员，几个敌人尸体下压着一名重伤员，他身上中了好多刀，满身都是血，嘴里还咬着敌人的半只耳朵。向红梅在他脖子上摸了摸：

“他还活着，快、快把他抬上担架……”姑娘们把他抬上担架时，他睁开了眼睛，把嘴里的半只耳朵吐在敌尸体上。

“妈的，真臭!”四川话一出，把姑娘们全逗乐了。

“啊哟，这么好吃的下酒菜，你还嫌臭!”凤辣子陈兆凤回敬了一句。

“别贫嘴了，快抬!”向红梅叫陈兆凤等三个人把伤员抬走，其余的人继续寻找着伤员。

夜里，敌人停止进攻，他们在红军阵地四周，环绕着村子，点起一堆堆篝火，示威似的包围着红军。

过了几天，敌人以五个旅的重兵，强攻南柳沟，并用一个团的兵力从南山坡插入，将固守在砟子河两岸的红军切成两截。傍晚，敌人沿着干涸的砟子河，向河东边的红八十八师二六八团防守的庄子发起攻击。如果这个庄子被敌人占去，红军就有被各个击破的危险。

瞬间，这个庄子完全笼罩在一片刺鼻的硝烟中，所有的墙被炸成锯齿状，庄西面的墙还被炸出了一个很大的缺口，敌人沿着堤埂攻上来，已占领了村边一座独立的房屋。

西路军面临的不只是大兵压境，所剩的粮食也已经难以维持了，只能用糜、谷、荞麦磨在一起的混合面熬成糊糊给战士们充饥。即便是这样，红军战士饿着肚子，也没有人随便拿老百姓的东西，老百姓主动送来的食物，他们也一定会付钱。老百姓看在眼里，主动将家里仅存的粮食、胡麻渣、麸糠送给红军。

炊事班长贾凤莲把团里仅有的一点粮食全部清出来，也只够煮一顿清汤寡水的面糊糊。她们正在屋子里熬着一大锅糊糊时，突然，敌人的一颗炮弹打在了房顶上，房子一下子燃烧了起来，浓烟烈火一下蹿得很高，眼看这户农民将会倾家荡产、一无所有，可这时哪里有水救火呀，要取冰得走很远，怎么办?

“快快快！用锅里的汤糊糊浇火!”贾凤莲喊道。

“班长，全团的人可是一天一夜没吃东西啊！”炊事班的姑娘们有些不舍。

“不要多说了，赶快救火要紧！”贾凤莲有些生气地大声喊道。

火灭了，汤糊糊也没有了。

到了晚上，马元海用数个团的兵力强占了南柳沟、西柳沟的中间地带。

此时红军只能集中兵力出击。与数倍于己的敌人激战了整整一夜后，不但未能将敌人击退，红三十军、红九军还被敌军隔开，伤亡惨重，情况十分危急。如果拖到天明，后果不堪设想。此时，驻守在碎子河西边的红三十军二六五夜老虎团迅速出击，接应二六八团突围。

要冲破敌人的包围圈，要突破敌人一道道防线，战士们没有一个怕死的，遇到障碍就冲，遇到敌人就杀。特别善于夜战的勇士们，个个以一当十，当红军战士摸到第一道防线的敌人跟前时，那些穿着羊皮大衣的敌人仓皇地从残破的工事里爬出来，抱头鼠窜，有胆敢抵抗者，个个惨叫着死在红军的战刀下。在冲过第二、第三道防线时，敌人已有所准备，不少战士牺牲在敌人的枪口下，但是红军战士们没有停下冲杀，每个人的刀上都是血水淋淋，每个人衣服上都溅满血污，很多人自己负伤了却没有感觉到，唯一的信念就是冲出去。就是这种不怕死的精神，震慑了敌人。红军勇士们终于将敌人严密的包围圈撕开了一个口子，队伍终于突围了出去。可有几百名红军战士却永远留在了那里，再也站不起来了。

妇女抗日先锋团随红九军突围，撤出了三道柳沟。这次她们没有让重伤员留下来，由先锋团一营和医护人员一道，抬着重伤员突围，二营配合红九军担任后卫。

从三道柳沟突围后，红军直奔 50 多里外的梨园口，要摆脱马元海骑兵的追击，他们要用两条腿抢在敌人四条腿的前面控制梨园口，才能顺利进入祁连山，战士们几乎是在小跑。

第二天，太阳升起的时候，红三十军和总部首先到达了梨园口。敌人以几个旅的骑兵跟踪而至，担任后卫的红九军和妇女先锋团二营，为掩护红三十军和总部顺利进入祁连山，在梨园口要道的山坳上堵击敌人，刚爬到半山腰，只见不远处的荒滩上尘土飞扬，敌大批骑兵黑压压卷土而来……

红九军政委立即命令大家赶快抢占山口两侧的山梁，可男女战士们已到了生理的极限，几天连续恶战，吃不上饭，喝不上水，又连夜急行军，到达这里后，体弱的战士倒下就再也无力站起来。红九军的两个团（实际每团只剩下二三百人）刚爬到左侧山梁半山处，就被抢先爬上山的敌人压了下来。

“同志们，快、快，占领右边山梁!”政委带着红九军的战士们登上山，先锋团二营的女战士们手脚并用地跟了上来。

“打!”

红军唯一的一挺轻机枪向敌人扫射过去，战士们将身上仅有的手榴弹投向敌人……

“同志们，我们要拖住敌人，为指挥部和三十军争取时间进山!”政委身边的机枪手牺牲了，他一边大声喊着，一边一跃而起，端起机枪向敌人猛烈扫射。看到和他生死与共的战友一个个倒下，他的心好痛，愤怒的双眼血红血红的。战士们没有了子弹、手榴弹，就光着膀子，举着大刀与敌骑兵展开殊死肉搏。他们用鲜血和生命把数倍于己的敌人吸引到自己身边。时间在一点一点过去，勇士们在一个个倒下，军政委牺牲了、师长牺牲了、团长牺牲了、战士们牺牲了，妇女抗日先锋团二营的指战员拼到了最后一个人。

正当红九军和妇女抗日先锋团二营在梨园口阻击敌人时，西路军指挥部和红三十军、妇女抗日先锋团一营、三营正向祁连山康隆寺急行。

担任后卫的红九军和妇女抗日先锋团二营失利后，敌骑兵便紧追了上来，眼看越追越近。

向红梅她们扶着轻伤员、抬着重伤员艰难地走在队伍的最后面，已看得见后面尘烟滚滚，感觉得到马蹄踏地的震动。

“连长，怎么办？敌人追上来了!”战士们神色有些紧张。

“是啊！敌人追来了，姑娘们不怕！因为怕也没用，我们再加把劲儿走快一点儿。”

其实，向红梅心里也非常紧张，她的脸绷得很紧，忧心忡忡地看了看担架上的伤员，心里叨咕着：

“怎么办?”

刹那间，她的思绪又仿佛回到了四年前，她躺在死人的棺材里躲过了一劫，她跳崖被杨爷爷救了下来……连长廖荣华、“小喜鹊”胡秀英、“闷葫芦”梁红英、“小飞机”李敏华……她们一个个在自己的眼前晃动。她轻声地对她们说，那声音只有她的心能听到：“姐妹们，我们要会合了，我们又会在一起了。”是悲观？是绝望？她自己也没想明白。

正在这时，她们突然看到从前面跑过来一支队伍，是红三十军二六四团和二六三团返回，奉命阻击敌人。

向红梅如在梦中惊醒，看到自己的队伍赶过来，兴奋地大叫了起来：

“姑娘们，大家加把劲儿，快走哇！”战士们如开足了马力的火车快步往前小跑起来。

红二六四、二六三团在敌人来的路上临时选择阵地阻击敌人。面对四个旅的骑兵，战士们没有丝毫惧色。

向红梅她们只听到身后是杀声一片，惊天动地……

“凤辣子，你们走快一点儿！”

向红梅发现陈兆凤掉在了队伍的最后，回过头大声招呼。陈兆凤和另一女战士抬着一个重伤员，她们是多么想走快一点儿啊，可是双腿如灌满铅似的沉重，精疲力竭的她们每走一步都是那么艰难。敌骑兵离她们越来越近了。走到一个斜坡处，担架上的伤员自己翻滚了下去，陈兆凤对前面抬的战友说：

“你快去告诉连长！”

她自己则急忙跳到坡坎下，扶着伤员含着泪水说：

“我们抬了你那么远，你为什么要这么做？”

伤员也是四川人，他用尽最后一点儿气力说：

“妹子，别管我了，你、你们快、快……跑吧！”说完他咬断了自己的舌头。

陈兆凤刚抬起身来，突然敌一骑兵一把将陈兆凤抓到马背上，掉转马头便往后跑。

向红梅得知情况后，急忙跑过来，可她看到的却是凤辣子被敌人抓上马背的一幕。

“凤辣子、凤辣子，我怎么救你啊？我怎么才能救你……”向红梅发出的几乎是绝望的惨叫。

马背上的凤辣子在寒风吹拂下清醒了过来，她用手摸到身上藏着的那把剪刀还在，她顺势抽出来，朝敌人肚子猛刺了过去，敌人一下从马背上滚了下去，从来没骑过马的她，坐在马鞍上，用缰绳把马头扭过去，朝自己队伍的方向奔跑……

“好样的，凤辣子加油啊！快跑啊！”见此情形，向红梅兴奋得全身的血液在沸腾。

“真不愧是凤辣子！”

正当向红梅兴奋得不知所措的时候，突然枪声大作，只见陈兆凤和那匹马应声倒下……

向红梅刚沸腾的血液突然一下全凝固了。

陈兆凤陡然一下背上挨了几枪，刹那间落在了地上，她被马死死地压着，她的手什么也抓不着，剪刀已经失去了作用，她在下面，马在上面，她感到呼吸很困难，仿佛身上的骨头全被压断了，连眼珠都快被压得突出来了，她徒劳地想挣扎一下，可沉重的身体纹丝不动，她奋力号着：“我刚才还活着！”

这个活泼开朗、大胆心细的姑娘，别看大家叫她凤辣子，可遇到危险她一向镇定自如，从不惊慌失措，即使在此时此刻，她的心里也充满了自信，她不相信自己会马上死去。

平常她总是毫不隐讳地对大家说：“等革命胜利了，我要找个英俊的好男人，好好谈一场恋爱，有一个幸福的家，然后生一大堆孩子，有儿有女……”

“我还没谈恋爱呢，我还没当妈妈呢……”陈兆凤的脸上闪过一丝哀怨的笑容，她心有不甘啊！

她现在已经不感到痛了，泪珠沿着陈兆凤灰白色的脸颊缓缓地流淌下来。

顽强的红二六四团、二六三团的战士们正和疯狂的敌人拼杀着，残酷的战场，没有给向红梅与陈兆凤告别的时间，她必须带着全连战士和伤员向前走。

“凤辣子，我的好妹妹，请原谅！请原谅！”向红梅泪流满面，和陈兆凤轻声地告别。

此时，妇女抗日先锋团一部分战士、伤病员和总部、工兵营、医院的一部分女战士没能成功突围，她们被敌人团团围住。

敌人发现围住的红军大多是女人，疯狂而淫荡地狂呼：“冲啊！抓活的，抓住共产婆，一人赏一个！”

敌骑兵、步兵一下子来劲儿了，他们像一群疯狂的野兽，用枪托、木棍、皮鞭、马刀，打着、骂着、推着、扯着抓获一个个没有武器、已没有多少反抗能力的女战士，女战士们拼命反抗着、挣扎着，但最后仍被强悍的敌人抓住了。

敌人把抓到的女红军押到一个土围子里，一个骑在一匹高头大马上的军官淫笑着：

“兄弟们，还愣着干什么，去干啦！”

话音刚落，一群匪徒冲进围子，几个人按一个，强行扒光女战士的衣服，对她们进行强奸、轮奸，无一人幸免。女战士们拼死反抗，有的咬掉敌人的鼻子，有的咬断敌人的舌头，有的用手戳瞎敌人的眼睛……恼羞成怒的敌人，用更残暴的手段杀害她们，敌人用马刀割下她们的乳房，将木棍塞进她们的阴道……没有弄死的女战士被他们押走。

夜幕降临时，西路军边战边退，进入祁连山康隆寺一带，此时，连伤员在内已不足3000人。

在后面阻击敌骑兵的红二六四团、二六三团与敌拼杀到天黑，大部分战士牺牲，敌人趁机向西路军追来。天刚亮，西路军进入康隆寺的马场滩、牛毛山一带，与尾追的敌人展开激战，就在这万分危急的时刻，只有几百人的妇女抗日先锋团余部，奉命接替红八十八师二六八团的阵地，担负起掩护总指挥部向石窝山撤退的任务。

“同志们，西路军到了最后生死存亡的时刻，我们要不惜一切代价，坚决拖住敌人，掩护总部和主力撤退。我们可能会牺牲，但为革命多保留一名骨干，就是多保留一颗革命的种子……”王团长说着，泪水在她的眼眶里打转，这位无比坚毅的团长，知道最后的结果是什么，看着身边仅剩的姐妹们，她有些哽咽。

敌人的疯狂进攻并没有吓倒姑娘们，她们顽强地抵抗着，打退了敌人一次次进攻，同时又把大批的敌人吸引了过来。没有了弹药的一营三连的阵地被敌人攻破，姑娘们和攻上来的敌人厮杀成一团，连长连砍倒四个敌人后，被敌人杀害，战士们用枪托、大刀、匕首、剪刀、木棍、石头甚至赤手空拳与敌人做拼死搏斗，不少战士倒在了敌人的屠刀下。

敌人发现守在这里的都是女人，一个长官对下面人说：

“你们不是想老婆吗？抓活的，一人一个赏给你们！”于是，敌人一拥而上，把三连的部分女战士抓了起来。

向红梅的一连抬着伤员，虽然靠后，但仍和敌人拼杀，到最后也只剩下不到30人坚持到了天黑。敌人停止了进攻，阵地上堆满尸体。寒风中姑娘们靠在一起，没有人说话也没有人叹息，凝重的气氛让人有些窒息。

突然，山岩间传出了女红军的歌声，寂静的寒夜中，那歌声特别的响亮，特别的悠长，川北山区民歌的韵味和长长的尾音，在弥漫着血腥味的夜空中飘荡，显得格外悲壮和凄凉。

祁连山下风雪紧，天寒夜暗，
红军兄弟姐妹啊，莫怕艰险，
转战万里为啥子，翻身解放，
为抗日要打通啊，国际路线，
可红军向东向西，进退两难，
苦战了五个月啊，弹尽粮绝，
敌人围追堵截紧，把路切断，
我们面临的是啊，最后决战。

周围静极了，静得让人恐惧、压抑。

“连长，是吴政委她们在唱。”依偎在向红梅身边的王桂英一下伸直腰说。

“来，桂英、何福妹，我们也唱一个。”

要吃海椒不怕辣，
要当红军不怕杀，
钢刀架在颈项上，
头不歪来眼不眨。

姑娘们略有些嘶哑的喉咙，唱出了川妹子不怕死的精气神。驻扎在附近的敌骑兵听到后，有人暗暗伸出大拇指，有人发感慨说：

“我就没见过这么不怕死的女人，唉！女人生来就是嫁人生娃，想不通她们天远地远地跑来打什么仗嘛！死了多可惜。”

是夜，西路军指挥部和红三十军余部进入离康隆寺40里的石窝山一带。

天没亮，妇女抗日先锋团奉命撤退，等她们到达石窝山上时，整个西路军出发前的2万多兵力，只有2000多人了。妇女抗日先锋团已不足300人了。下午，团长传达了西路军军政委员会开会做出的决定：

“同志们，西路军已到了最后的时刻了，为了设法保存红军骨干，总部决定将现有的人员分成三个支队，就地分散、各自为战打游击……”团长讲到这里停了下来，哽咽得无法再说下去，停了好一阵才又说道：

“总部主要领导要想办法冲出去向党中央汇报，其中一个支队为主力红军余部及总部机关人员，要尽可能突围出祁连山，与前来接应的中央红军会合。我们先锋团和医院、供给部、总部特务团一部分、伤病员为一个支队，支队再分成几个小分队分散活动。敌人现在还在追杀我们，情况十分严重……

“总部决定给每个人发几块银圆和一点烟土，以便被敌人冲散后或发生意外时作为费用……”团长话还没讲完，下面已哭声一片，姑娘们像孩子失去母亲一样悲伤，紧紧地抱在一起痛哭。

“我们不要什么银圆，我们不分开，要死死在一起……”何福妹一脸痛苦的表情，她这一喊引起了姑娘们的共鸣。

“对，要死死在一起，不能分开……”

向红梅走过去将浑身颤抖的何福妹紧紧地抱在怀里，轻轻地拍着她的背：

“好妹妹，别难过，别害怕，有姐姐呢！”

“连长，我从小没有了家……呜呜……我害怕又要失去这个家啊！”听到这里，向红梅也忍不住地哭了起来。

“同志们、姐妹们，我和大家的心情是一样的，但我们是红军，我们要服从命令，不要哭了，红军战士不相信眼泪，坚强起来，擦干泪水，马上投入战斗！”

夜幕降临时，三个支队的战友依依不舍地分头出发了。为了使主力部队余部能甩掉敌人，顺利走出祁连山，剩下的两个支队又分别组成了几个游击队，在祁连山中分散活动，迷惑、牵制敌人。许多被敌人打散了的战士，也各自结伴，从不同方向突围。

第二天天亮前，妇女抗日先锋团也化整为零，就地分成小组，想办法突围出去。

向红梅这个连只剩下 30 人左右，贾凤莲炊事班还有几个人，她们结合在一起，选择了一条敌人防守不严的险道突围。

她们面前的这绝壁八九十丈高，往下看，深不见谷底，四周是一片漆黑。姑娘们解下绑腿布，一条一条地连接起来，一个一个顺着绳子往下梭。到达康隆寺时，天已大亮。

从各方向突围到康隆寺的红军大约有 200 人左右，大家正不知该向何处跑时，突然遭到敌骑兵的袭击。顷刻间队伍完全被冲散，大家朝不同方向奔跑，向牛毛山方向跑的人比较多，其中有先锋团的团长、政委和部分战士，他们在奔跑中被敌骑兵冲散，敌人包围了牛毛山，政委吴秀英身体太虚弱，途中被敌人用马刀砍倒，牺牲了，其余的人在敌人搜山中全部被俘。

向红梅她们拼命朝祁连山深处跑去，跑了多久？跑了多远？到了哪里？她们全然不知，心里唯一想的是，只要能逃出敌人的追击、包围，跑得越远越好。她们翻过一座山，山背面是一大片原始森林。

跑进森林，向红梅一数只有二十几个人了，大家累得全倒在林子里，不能动弹，昏头昏脑地睡了过去。

森林一片漆黑，寂静得神秘莫测，淡淡的月光穿过树巅沿树身照下来，忽而照出一块积雪覆盖的林中空地，忽而照出半截埋在雪里的巨大枯木……刹那间，这一切又堕入沉寂而神秘的黑暗之中。

向红梅被一阵寒风吹醒，她想站起来，可僵硬麻木的手脚已不听使唤，她勉强撑着站起来，急忙叫醒大家：

“姐妹们，快起来！活动活动身子，不然会冻坏的。”一边说一边走过去拉起何福妹。

“连长，这脚已经不是我的了，怎么也动不了。”向红梅蹲下身子给何福妹搓着腿，扶着她一步一步挪动。姑娘们一个个站立起来，有的用枪撑住，在林子里慢慢地走动着。

好不容易熬到了天明，透过浓密的树冠缝隙，可以看见外面的太阳，但是头顶上和周围都是高大的树，人待在里边，总觉得阴森森的。阳光通过树叶子漏进来，在地上印出斑斑疏影，见到地上疏影有时稍微摇晃几下，就知道树梢上刮过去了一阵风。

这森林是一个天然屏障，它像母亲护着孩儿一样，把这群姑娘紧紧地搂在怀里。

困顿、饥饿的姑娘们，冻得紧紧地挤坐在一起。失去了主力部队的依托，失去了战斗的集体，失去了武器弹药，每个人心里都没着没落，没有人说话，沉默中每个人流露出的是失落、麻木、绝望的眼神。

“连长，你说，我们今后该怎么办嘛?”何福妹实在忍不住地问向红梅。

向红梅没有回答何福妹，也没敢看她的眼睛，也许每个人心里都在问这个问题，包括自己。此时，向红梅心里只知道一件事，那就是要活下去。于是，转过头问起了贾凤莲。

“贾妈妈！你身上带的火柴还有吧？想办法生点火烤烤，我带大家去捡干树叶、树枝。”

“火柴当然有，我也和你们一道去。”贾凤莲脸上露出一丝浅浅的笑容，她似乎明白了向红梅的意思，“对，我们要活下去。”

不一会儿工夫，柴火摞起了一大堆。贾凤莲先把干树叶放在一块儿，小心翼翼地用火柴点燃，火生起来了，姑娘们一下高兴起来，仿佛这火苗给她们带来了生机，注入了生的希望。

每个人的肚子饿得咕咕叫，可没有一人叫“饿”。还是向红梅开口了：

“贾妈妈，突围时锅丢了，你背包里的粮食没丢吧？现在还有多少?”

“那是，命可以丢，这粮食不能丢，不过这粮食也只有一点点炒过的荞麦籽了。”说完，贾凤莲把背着的包取下来。

“我们省着点，每人分一点吧。我看见林中有积雪，不缺水喝。”大家用帽子取回雪，用雪裹着荞麦籽往下咽。

“妹妹们，这点粮食维持不了几天，很快就没有了，我们得想想办法，在这森林里看能不能找到吃的。”

向红梅用既悲怆又坚定的语气对大家说：

“姐妹们，贾妈妈说得很对，我们要坚持到敌人不大规模搜山了才能出去，要活下去，就得像野人一样，在这林子里求生存。”

白天，姑娘们分散出去，在还积着残雪的密林里寻找着，像野山鸡一样在林子里觅食，干蘑菇、松果球、树根草根……只要能咽下去的都找了回来。

十天过去了、二十天过去了，周围能找来吃的东西也没有了。

“红梅，我找到了一种‘观音土’，我们四川那里是白色的，这里是红色的，很细，我尝了一下，不碜不扎口，可以充饥。”贾凤莲给向红梅说的时候，显得有些兴奋。

向红梅看着贾凤莲，一句话也说不出来。她情不自禁地上前抱着贾凤莲大哭了起来。贾凤莲没有哭，只是不停地用手爱抚地拍着她的臂膀，在她耳边轻声说：

“好姑娘，我们一定要活下去！活下去！”

……

一个月过去了。

4 月，春天来了，林中的积雪渐渐化去，再也没有水可喝了。姑娘们要走出森林到山下的小河沟里去找水。

向红梅看着面黄肌瘦、形容枯槁的战友，她心里明白，再撑下去很危险。她和贾凤莲商量后决定走出森林。

“姐妹们，再这样下去，我们会饿死、渴死在这里，我想是时候了，我们今天就从这里走出去，然后想办法找队伍。”

向红梅的语气有些沉重，但她坚定的眼神，多少给了大家一些信心。

“姐妹们，我们都好好打扮一下自己，把头发梳一下，脸擦干净，衣服整理下，军帽戴端正，皮带扎紧，精干利索一点，因为我们是女红军。”

说完，她从怀里掏出那面小铜镜，照了照自己蜡黄而清瘦的脸庞。“这还是我吗？”她有点认不出自己了。

担心黑灯瞎火的夜晚在森林里会迷路，于是等天麻麻亮时，20 多人就分成几个组，朝一个方向分头行动。

清晨的森林，一片沉寂，显得格外的神秘莫测。女战士们的心里都惴惴不安，虽然都没有说话，但每个人心里都在思考着同样的问题：走出去会不会遇到敌人？还能不能找到队伍？找不到队伍又能到哪里去……

很快就要走出森林了，向红梅警惕地向周围察看着，突然一大批荷枪实弹的敌人朝她们所在的方向走过来，正面遭遇到搜山的敌人，躲藏已来不及了。敌人发现了她们，一边大喊大叫，一边枪栓拉得哗哗响，迅速地向她们围了过来。姑娘们手中无武器，虚弱的身体已无反抗之力。

她们全部被俘。敌人用绳子将每个人都捆绑起来，并一个一个串联在一起，向张掖方向押解。

15

张掖监狱是一个旧式大院，围墙又高又厚，双重大门，双重守卫，戒备森严，监房阴冷恐怖，远处看就像是一个严实的铁笼子。

向红梅她们被押解到这里时，天已黑了。

她们被推进一间较大的牢房，里面点着一盏马灯，放在地上，光线微弱，房里弥漫着恶心的尘土气味、霉味……

灰暗的灯光下，向红梅发现里面已经有许多人，她仔细地挨个儿打量着关在里面的人。

“团长！是你吗?”向红梅急切地扑了上去，紧紧地抱着王团长，委屈的泪水止不住地流，姑娘们见状，全都围了上来。

“团长！团长!”大家抱着团长哭成一团。

“红梅啊！见到你们还活着，我很高兴。”

“姑娘们，我们不哭，不怕!”

原来关押在这里的，大部分是妇女抗日先锋团的战士。此刻，向红梅仿佛感觉身上注入了一股神奇的力量，疲惫感、饥饿感顿时消失，虽然在这里相聚，但心里好像有了依靠，战友们紧紧地抱在一起，哭着、笑着、诉说着。

“这下好了，我们终于又在一起了，即便是在监狱里，心里也踏实了好多。”贾凤莲脸上还挂着泪珠，但她却笑了。

“同志们，敌人不会轻易放过我们，接下来敌人会用残暴的手段来对付我们，大家要有心理准备，不论遇到什么情况，我们都要团结起来和敌人斗智斗勇。任何时候都不要忘记我们是红军，要有气节，死也不屈服，每个人都要做好牺牲的准备。”

“对，和敌人斗智斗勇。团长，你放心，就是死我们也不变节投降。”

“团长，我不怕牺牲，就是死也要清清白白的！”何福妹用坚定的眼神看着王团长。

……

清晨，牢房门猛然打开。

“都起来，吃饭了！”凶神恶煞的看守将一个桶和几个碗放在了牢房门口后，转身出去，“咣当”一下将牢门锁上。

桶里盛的是黑乎乎的东西，贾凤莲上前用勺子搅动了一下，然后喝了一点。

“这是什么东西？闻着一股霉臭味，吃起来又酸又涩，一点盐也没有，真是拿人不当人啊！”

“就这烂菜黑面糊糊，每天还只有这一顿，不吃只有饿死，大家还是吃吧。”

说完，已是面黄肌瘦的王团长带头给自己盛了半碗。

姑娘们一个接一个地给自己盛上半碗，都不愿给自己盛太多，生怕后面的同志吃不上。

“这黑糊糊不用筷子，一口就喝完了，一会儿就饿了。”

“监狱不给筷子，是知道我们厉害，怕我们拿筷子当作武器。”

“看来，他们是既不让我们死，也不让我们活，叫半死不活，可我们就要活个样子给他们看。”

“对头，不让我们活，我们偏就不死，总有一天他们会死。”

……

姑娘们喝着难喝的糊糊，七嘴八舌地议论开来。

每天下午，有一小时的放风时间，监狱院坝四周的墙上，站了无数个荷枪实弹的敌兵，警惕地监视着院坝里的“犯人”。

“连长，你看这院坝里有好多野菜，马齿苋、苦苦菜、清明菜、车前草、灰灰菜……晚上饿得睡不着时，可以吃呀！”何福妹一脸惊喜，贴着向红梅的耳朵小声说。

“好哇！赶快摘，一会儿放风时间就到了。”两个人立马动手摘野菜，这一下带动了大家，等收监的哨子吹响时，大家已经收获不小了。

天黑尽了，牢房里一盏昏暗的马灯，照着瘦得皮包骨头、蓬头垢面的女战士们，没有人说话，沉默中每个人心里都感到困惑茫然，也都在为未来担心。

向红梅无法入睡，她也一直在想：“今后我们会怎么样？命运将会如何？”

正在这时，牢房门突然打开，几个看守进来，在女战士们面前走来走去，突然从中抓起四个最小的女战士，其中就有何福妹。

“你们要干什么？”

“干什么，她们几个年纪小呀，长官说放了她们。”

“我不愿意，我就待在这里。”何福妹紧紧抱着向红梅不撒手。

“你不出去？这可由不得你了，去也得去，不去也得去。”脸上露出淫笑的看守一把抓住何福妹的胳膊往外拉。

“不行，要放把我们都放了，你们不能把她们带走！”

王团长和向红梅等女战士们，从看守手里又将何福妹等四个小妹妹夺了过来。

“你们这些共产婆，想造反了是不是？你们现在是囚犯，再闹就有你们好看的。”看守把枪对着她们，接着又进来好几个荷枪实弹的匪兵，强拉硬拽地将四个小妹妹拉了出去。

“团长，我看不对，敌人不是要放四个小妹妹，而是……”向红梅惊恐地看着王团长。

不一会儿，敌营房那边传来几个姑娘凄惨的叫声。

何福妹和另外三个只有 14 岁的小妹妹，被分别拉到了敌人四个房间里。只见房里的敌兵个个龇牙咧嘴，发出让人毛骨悚然的狂笑，争先恐后地拥了上来。

何福妹见势不对，转身要离开，敌兵赶忙要关上门，她不顾一切狠命地向门外挤去，半边身子猛地一下，被关过来的门死死地卡在中间，敌兵紧紧按住门，体弱力小的她被门死死地夹住了，无论怎么挣扎，丝毫动弹不得，她一边的腿在空中颤抖，另一边的腿却在地上给压得十分疼痛，这时两个兵把她的手拽住，另两个人把门打开，将她拖了进去。

“你这个小丫头，还想跑，看我们怎么收拾你。”几个匪兵上前强行撕烂脱光了何福妹身上的衣服，一个当官模样的人扑了上去……

何福妹的眼前是一片黑暗，身体只有恐怖和疲惫。她的脚下是一片废墟，没有立足的地方。她突然感到嘴里有一股臭不可闻的东西，软软的让她恶心，她用尽全身力气，将塞进她嘴里的东西咬了下来，血水顺着她的嘴角流下来。

“啊！啊！……”趴在她身上的敌军官发出一声惨叫，这一叫吓着了周围的匪兵，几个人上前扶起这个军官：

“杀死这个臭娘儿们！”

“呸！”何福妹将嘴里的半截舌头吐在正向她举刀的敌匪脸上。

何福妹知道自己活不成了，此刻，就在这刀落下的一瞬间，她没有时间想什么，她唯一感到的是无比的孤独、无助，唯一想到的是自己死后会漂泊到哪里，或还是那无限凄凉的幽冥？或是那无底的寒泉？

血不停地往下淌，而她的手还在痉挛，总想抓住什么，可抓住的是虚空。这时的何福妹看到的是狂风、雪雨、乌云，还有那无用的群星！“哦！我自由了，可以任意飘荡，再也不用抵抗了，再也不会受欺凌了。看啊！我从此不再留在这个肮脏的世界上了。可红梅姐姐，怎么办啊？我再也见不到你了，如果有来世，我真想再做一次你的妹妹，到那时，你一定要认得我哟……”

牢房里的女战士们知道发生了什么，全体挤到监牢的门口大声叫着：

“畜生！放人！畜生！放人！”这愤怒的声音在夜空中显得格外响亮。女战士们的哭声、喊声一直持续了很久。

突然牢房门打开，几个看守匪兵丢进三个已被折磨得不成人形的小姑娘。

“还有一个呢？还有一个呢？”向红梅急促地质问。

“啊，她呀，自杀了！死了！”

向红梅发疯似的向敌匪扑了上去，她抓住那个说话匪兵的衣领，一个耳光扇过去，另两个匪兵正要对向红梅动手，这时，牢里的姐妹们全冲了上来，敌匪见势不妙，急忙跑出去把牢门关上。

“好妹妹，你怎么啦？……”向红梅一下扑倒在地上，心里涌起一阵强烈的、不可抑制的悲伤，她手脚发凉，牙咬得咯咯作响，发抖的两手使劲地敲打着地面，她的心脏快停止跳动了，喉咙仿佛就要喘不过气来。

“红梅啊！别太难过，现在我们要想办法和敌人斗，不能让他们如此残害我们的姐妹。”

王团长扶起脸色苍白的向红梅，让她平躺下来。贾妈妈走过来，紧紧地抱着她，两个人哭得死去活来。

“姐妹们，我们要团结起来，想尽一切办法和敌人做斗争，明天我们就开始绝食……”

“好，我们绝食，以死抗争！”姑娘们愤然而起。

绝食进行了一天、两天、三天，监狱里的敌人有些发慌，第四天，送进牢房的饭是白面馍和羊肉汤，那香气在牢房里飘散着，饿得只有力气躺在地上的姑娘们，都闭着眼睛，看也不看一眼，没有一个人动心。

第五天，守监狱的敌人知道这批战俘要押往西宁，怕饿死人把事闹大，不好交差，只好答应女战士们提出的条件和要求。

几天后，敌匪接到命令，要把关在张掖的红军全部押解到青海西宁。

“起来，起来，你们今天就离开这里，转到另外的地方，都出来在外面集合……”

“要把我们弄到哪里去？”

“到了你们就知道了，我们也不晓得。”

在押解的队伍中，除了女红军战士外，还有大批男同志，他们当中不少是伤病员。从张掖到西宁路途遥远，且山高路险，坐镇西宁的马步芳不放心，除了指派步兵外，还增派骑兵押送。他们个个荷枪实弹，腰挎大刀，手持马鞭，见行动稍有缓慢的人，上来就是一顿皮鞭。

伤病员实在走不动了，只要停下来坐在地上，立马会遭到敌人的马鞭抽打，再不起来，就不是皮鞭抽打而是马刀劈将下来，杀害后被弃之山谷。

押解队伍走到民乐县扁都口附近时，一个女战士躲在一个坎下准备解手。

“你在那干啥子?”一个兵操着四川话朝她大声吼叫。

“屙尿!”

“这个人是四川人!”贾凤莲悄悄对向红梅说。

“哎呀，老总你也是四川人嗦?”贾凤莲赶忙走过去笑着和他搭讪。

“我是四川重庆人。”

“老总啊！老乡见老乡，两眼泪汪汪。看在都是四川老乡的分上，告诉我，这是要把我们押到哪里去哟?”

这个兵眼睛朝四周看了看，见没有同伙，便小声对贾凤莲说：

“押到青海西宁。唉！听说那里有个万人坑，已经活埋了不少红军了。都是四川人，你们瞅空子能跑就跑吧!”贾凤莲看到他眼里流露出一点儿同情的眼神，非常感激地向他鞠了一躬。

“老乡，谢谢你。”

傍晚，押解队伍来到了一个叫炒面庄的村子，停了下来，他们估计要在这里住一宿。一个匪兵走过来，指着向红梅、贾凤莲、王桂英：

“你们三个，马上到河边去取水做饭。”

三个人拿起锅，朝河边走去。从村子到河边有 200 米左右远，来到河边，向红梅见四下无人，便低声对贾凤莲、王桂英说：

“这是个好机会，我们逃跑吧。”

“对，跑!”两个人异口同声。

三个人猫着腰，顺着河道连爬带跑，一口气跑了 5 里地。见河谷边有一座小山，她们连忙爬到山坡上，在一块大岩石后边躲了起来。不一会儿，她们看见不远处又有一批马匪押着被俘红军朝扁都口方向走去。而这时，从扁都口方向过来两个骑兵，沿河道搜寻着……

“他妈的，这几个狗日的共产婆跑到哪里去了?”一个匪兵骂骂咧咧地朝山坡上瞧着。

他们骑着马朝山坡上走来。躲在岩石后边的三个人大气都不敢出。两个骑马的匪兵眼看快走到她们跟前了，却突然勒住马缰站住了，他们朝山上望了望，也许听山上并没有什么动静，两个匪兵哼着下流的小调，掉转马头往回走了。

惊出了一身冷汗的三个人，这才长长地舒了一口气。向红梅和贾凤莲、王桂英商量，决定朝东边走，因为陕北在黄河东边。

一天没吃上东西，三人饿得实在走不动了，傍晚，她们来到一个庄子。

“我们去讨点儿吃的。”贾凤莲看见路边一户人家，一个男人正端着碗在院坝吃着饭。

“这位大哥，行行好，给我们一点儿吃的吧！”

“你们这些共产婆，快滚！别给老子添麻烦！”男人对她们大声呵斥。

“对不起！”

三个人转身离开，继续往前走。

“大娘，给我们一点儿吃的吧！”贾凤莲对一个坐在门口的大娘乞讨。

大娘转身进屋拿了一个馍递给她：

“听你们的口音，我知道你们是……赶快走吧，到处都在抓你们。”

“谢谢大娘。”贾凤莲接过馍，向大娘深深地鞠了一躬。

“红梅，刚才那个大娘说到处都在抓我们，怎么办？”

“贾妈妈，我们人生地不熟，要尽量避开敌人，晚上走，而且要走小道走山路。”

“红梅说得对，白天走和走大路都太危险，我们这四川口音，人家一听就知道是红军，心肠好的还给点儿吃的，遇到胆小的、心眼儿坏的就麻烦了。”

三个人艰难地挪着步子，在生死未卜的路程中寻找着让她们生存的落脚点，满怀希望地寻找着组织，寻找着让她们魂牵梦绕的队伍。走了多久？走了多远？走到了哪里？她们都不知道。夜里，她们凭借着北斗星判断方向，顺着山路小道跌跌撞撞地朝东走，实在困了，三个人就在山岩边打个盹儿。白天要走山路时，向红梅对贾妈妈和王桂英说：

“你们先别动，我先到前面看看，如果没事我招手你们再过来。”

“不行，这个任务应该是我的。你们平时叫我什么？”

“贾妈妈呀！”

“既然我是妈妈，这家里谁说了算？当然是我这个妈妈才对。”

这以后，贾凤莲总是先走一步，看着没什么危险，才招手让两个小妹妹跟上来。

有一天，她们正在山路上行走，走在前面的贾凤莲看见从坡上下来一个放羊汉，于是上前向他打听路。

“大叔，这个地方叫什么？离兰州还有多远？”放羊汉死死盯着贾凤莲，他似乎听不懂她在说什么，他没说话，停了一阵后，他突然将两个手指头放在嘴里，吹了几声口哨，哨音一停，两条恶狗从羊群边上蹿了出来，直向贾凤莲扑过去。还没回过神来的贾凤莲一下被两条狗扑到身上，她倒在地上滚来滚去同狗厮打、搏斗。那放羊汉站在一旁，发出残忍而恶心的冷笑。

走在后面的向红梅、王桂英见状不对，立即奔跑过来，用石头、树棍向恶狗打去……只听得那放羊汉吹了一声长长的口哨，两条狗跑到他身边，然后扬长而去。

“贾妈妈，贾妈妈！”向红梅扶起躺在血泊中的贾凤莲，只见贾凤莲脸色苍白，遍体鳞伤，血肉模糊，一截肠子被狗拖了出来。向红梅、王桂英紧紧抱着贾凤莲，哭得很伤心。

“贾妈妈，都怪我不好，都怪我！”

“红梅啊！不要紧的，没关系，别哭了哈。”贾凤莲忍着剧痛，安慰着伤心自责的向红梅。

“红梅姐，我们赶快离开这里，那放羊汉不是个好东西，我看见那边有个破窑洞，我们把贾妈妈抬进去。”王桂英抬着贾妈妈的两腿，向红梅抱起贾妈妈的上身，一步步向那窑洞挪去。

这个土窑看上去废弃了很多年了，实际上就是一个洞穴，里面充满着土腥味，她们把贾凤莲平放在地上，准备查看她身上的伤，并想办法包扎一下。

贾凤莲疼痛难忍，豆大的汗珠顺着脸颊往下淌，她抓住向红梅的手说：

“我口渴得很啊！你们去帮我找点儿水来好不好？”

“好，我这就去，桂英你留下照顾贾妈妈。”向红梅立起身子准备出去。

“桂英，你和红梅姐一起去，万一遇到什么事，也好有个照应。”

“那你怎么办？”

“我没事，就是想喝水，你们放心吧！”

王桂英跟随向红梅走出了土窑洞。

贾凤莲望着她们的背影哭了，哭得如此悲伤。她在心里诉说着：

“红梅，桂英，我已经无法行走了，我不能拖累你们，你们一定要坚持下去，想办法找到队伍，贾妈妈不能与你们同行了，要和你们永别了，我好舍不得……”

此时此刻，她想起了自己的儿子狗娃：

“儿啊，你现在好不好？你知道吗？妈天天都在想你，你好可怜啊！这辈子你再也见不到妈妈了，儿子，妈妈要离开这个世界了，我多想看看你，长高了没有？长壮了没有……”

“老团长、点点，现在你们在哪里？听说你们也被敌人抓了，点点这么小，在监狱里怎么活哟……”

贾凤莲从贴身的口袋里，掏出部队分散时发给她的一块烟土，塞进嘴里，使劲儿往下吞，几次都差点儿因咽喉堵塞而窒息，她费了好大力气才把这烟土吞了下去。

“我要走了，我要回大巴山了……”

贾凤莲仿佛觉得身边来了好多人，刘喜莲、廖荣华、“小喜鹊”、“闷葫芦”、凤辣子、“小飞机”、何福妹……“你们怎么都来了，来迎接我吗？我马上就到，你们是想吃我做的饭了吧？我还是来给你们当炊事班班长，给你们煮饭，还要给你们炒回锅肉……”

向红梅、王桂英端着讨来的水和食物匆匆忙忙走进土窑，发现躺在地上的贾凤莲口吐白沫，眼睛发直，脸色发青，全身抽搐不止。

“贾妈妈，你怎么啦?”向红梅冲过去，抱起贾凤莲，她从贾凤莲嘴里发出的大烟味道，知道发生了什么。

“贾妈妈，你不该这样啊！你不该啊!”

“桂英，快把水递给我，让她喝，想办法把烟土吐出来。”可贾凤莲紧闭着嘴，就是不喝，即使灌进去一点儿，她也不往下咽。

“贾妈妈，我们离不开你，我们需要你，要死一起死，要活一起活，你怎么能抛下我们，一走了之，往后我们怎么办?”

贾凤莲睁大眼睛，直勾勾地看着向红梅，嘴唇略微动了动。

“红梅，好姑娘，往东走，找队伍……”向红梅使劲儿地点头。贾凤莲握住向红梅的手，把两块银圆放在红梅的手里，然后又喃喃地说：

“红梅，要活着……为了红军，一定要活着！哪天你能回四川了，去看看我的儿子，他大名叫刘文生，小名叫狗娃……告诉他他妈妈是好人，革命到底了……”

贾凤莲闭上了双眼，她满怀牵挂地走了。

向红梅、王桂英完全无法接受贾凤莲离去这个事实，她俩守着逐渐冰冷的贾凤莲，哭了整整一夜。

清晨，一个60岁左右的老汉来到土窑门口。

“喂！有人吗？”

向红梅走过去一看，认出来是昨天给她们水和食物的人。

“大爷，有事吗？”

“昨晚我听见你们一直在哭，怕你们出什么事，就过来看看，顺便给你们带来了一点儿吃的。”

向红梅扑通一下给大爷跪下。

“谢谢大爷！我们的大姐姐死了，我们好伤心……”向红梅说着又哭了起来。

“啊哟，是这样！”

“还是想办法让你们这位姐姐入土为安吧，我姓沙，是个毡匠，找棺材我办不到，用毡布把她裹上埋了，你看行不？”大爷用慈善的眼神看着向红梅。

“行、行、行！”向红梅立马给大爷磕了三个头。

“谢谢沙大爷的大恩大德。”然后她递给大爷一块银圆。

“这钱我不要，我知道你们是什么人，这钱留着路上用吧。我虽穷，但我凭手艺还吃得起饭。”

沙大爷又把银圆塞给了向红梅。

沙大爷转身回去，不一会儿拿来了一块毡布和一把锄头，三个人把贾凤莲裹上，在土窑边挖了个坑，把贾凤莲安葬了。

“沙大爷，您是个好人，非常感谢您。我们会永远记住您的。”

“姑娘，不用谢了，以后你们可要小心啊！”

"沙大爷，这个山叫什么名啊?"王桂英问。

"这山叫凤凰山。"

"沙大爷，我们记住了。"

向红梅仍然将一块银圆硬塞给了沙大爷。

"这钱很少，但您一定得收下，就算我们买您的毡布吧!"沙大爷眼睛湿润了。

送走了沙大爷后，向红梅和王桂英在附近搬了一块大石头，在上面刻上了"贾妈妈"三个字，放在坟前。

"贾妈妈，你就在这里安息吧！如果我们还活着，一定来看你，一定想办法把你带回家乡。"两个人心神恍惚，一动不动地坐在坟前，从天亮一直坐到天黑。

贾凤莲的离去，对向红梅来说是一个致命的打击，她有些魂不守舍，精神恍惚，心里空空荡荡，没着没落。几年来的往事一桩桩、一件件在她脑海里闪过，打她参加红军的那天起，贾凤莲的开朗乐观，对她无微不至的关爱，时时温暖着她的心。这个大她十几岁的女人，真的就像自己的妈妈一样，成了她在红军队伍中不可替代的亲人，心中最重要的主心骨，无论发生什么事，她总是首先告诉贾妈妈。

"现在我该怎么办？我该怎么办?"向红梅一次次地在心里问自己。

"要活着，一定要活着……往东走，找队伍……"贾妈妈的叮嘱不断地在她耳边响起。她倏地一下站起来，坚定地对王桂英说：

"桂英，我们要活下去！站起来，咱们走，朝东走，找队伍去!"

两个人走得从容而坚定，没有犹豫，没有后悔。

走了一天、两天，第三天傍晚，她们看见前面一个窑洞冒着炊烟，两人不由自主地朝窑洞走去，打算讨点儿吃的。当她俩跨进窑洞那一瞬间，发现里面坐了一群男人。

"不好，是敌人!"向红梅拉着王桂英立马转身往外走。

"你们跑不了啦！共产婆。"两个团丁手提大刀，一把抓住了她们。

"我们是要饭的，只想找口水喝。"

“要饭的？别哄我们了，一听你这口音，就知道你是红军，而且是红军里面当了点儿官的吧。”

“她不是官，是做饭的炊事员。”王桂英急切中，慌忙申辩起来。

“这不，自己都承认了是红军，来人，把她们给捆起来，明天送到韩旅长那去请功。”几个人上来七手八脚地将她俩结结实实地捆绑了起来。

“老总，还说去韩旅长那去请功，你们不知道，我们就是韩旅长打发回家去的，不信，咱们这就去见你们的韩旅长！”向红梅急中生智，不慌不忙、理直气壮地对他们说。

那些团丁互相看了看，半信半疑。

这时向红梅对那个团丁小头目悄声吓唬说：“我们红军的大队伍就在后面，马上就到，你们赶紧给自己留条后路吧。”

没想到，那个小头目下令给她们松了绑，放她们走了。

走出窑洞，两个人发疯似的跑，也没顾得上什么东方、西方、南方了，一口气跑了几十里。

她们来到了一个村庄，两人打算到庄里打听朝东去的路，见村口有一户人家，有个老太太在家门口坐着。

“大娘，我们想打听一下去兰州的路该怎么走？”

话音刚落，还没等老太太回答，从旁边房子里突然窜出几个团丁。

“嘿！我们就是专门在这路口抓你们的，给我捆起来！”一个小头目指挥手下的人说。

“老总，我们就是要饭的，行行好，放了我们吧！”王桂英苦苦哀求着。

“别骗人了，你们就是被马家军打散了的红军。”

“队长，前几次我们也抓到过像她们一样的红军，还从他们身上搜到了银圆、烟土，也许她们身上也会有吧！”一个团丁在小头目耳边说着。

“给我搜！”

小头目一下令，几个团丁便围了上来，硬拉着她们俩在身上一阵乱摸乱搜。她们身上揣着的几块银圆、烟土全被搜走了，就连向红梅贴身衣服包里的那块小铜镜也被搜走了。

“老总，什么都可以拿去，这镜子可是我的陪嫁，是我妈妈死前留给我的唯一的东西，你们男人拿到没有用，是女人用的，就还给我吧！”向红梅发现铜镜被敌人拿去，心痛得要命，无论如何她一定要要回来。

“哦！我家也有女人呀！这镜子挺好看的，为什么要还给你？”一个团丁把镜子拿在手里玩着。正在这时，那位老太太走过去，一把从那团丁手里抢下那铜镜，顺手递给了向红梅。

“你们没听到她说吗？是她妈妈死前给她的唯一陪嫁，你们就行点善积点德，放过她们吧，你们家里也有女人哪！”

向红梅被老太太突如其来的举动惊呆了，她手拿着铜镜，一下跪在老太太跟前，流着泪说：

“大娘，谢谢您！也要替我妈妈谢谢您。”

也许这老人家是这庄子里的长辈，也许是老太太的苦苦哀求让他们良心有点儿发现，那个小头目无奈地说：

“那就看在老太太的面子上，放了她们吧。”

老太太告诉了向红梅往东去的路，还悄悄给了她们一点儿炒面，并小声叮嘱道：

“路上要小心，千万不要进庄子，到处都有人把守。”

谢过老太太后，她们朝老人家指的方向走去。

向红梅和王桂英现在身上已是一无所有，就连贾妈妈留下的一个银圆都被抢走了，不能进庄子，也很难讨到吃的。已经两天没吃东西的她们，吃力地走在山道上，饿得头昏眼花的王桂英一下坐在了地上。

“红梅姐，我实在走不动了……”

“那你就在这里歇会儿，我去看能不能找点儿吃的。”向红梅正要走，王桂英抓住她的腿：

“不行，我一个人在这里害怕，我跟你一起去。”

“好吧，我扶着你，我们到那边林子里去看看。”

两人走进树林，看树上有没有什么果子可以吃。就在这时，她们听到林子里有男人说话的声音，于是两人立即卧倒在地，大气都不敢出。

“连长，这里应该离武威不远了吧？”一个男人在问。

“不对，这里应该是永昌或是民勤县。”另一个人在答话。

“反正我们就一直朝东走……”

听到这熟悉的四川话，向红梅和王桂英一下兴奋地站立起来，朝他们走过去，边走边喊：

“喂！喂！同志！”

几个红军战士听见这喊声，转身看见这两个像乞丐的女人，都吃惊不小。

“我们是妇女抗日先锋团的，我叫向红梅，是一营一连连长，她叫王桂英……”向红梅正说着时，王桂英扑通一声倒在了地上。

“她怎么啦？病了？”那几位同志忙上前问。

“我们几天都没讨到吃的，她是饿昏了。”

“快快，把包里吃的东西拿出来给她们。”

那位连长边说边从怀里掏出半块馍递给了向红梅，其他战士有的递上水，有的递上野果子。

“谢谢！遇到你们真好，我们又活过来了。”

“我们是红三十军二六八团的，我叫田大元，我们五个是被马匪抓住后逃跑出来的，准备向东过黄河到陕北，你们呢？”

“我们被抓了三次，有一次是被老乡救出来的，我们也是打算向东走，找部队。”

“好哇，那我们就一起走吧！”他们几乎是异口同声。

“太好了！太好了！”向红梅很激动，仿佛已经找到了自己的队伍一样，心里既感动又踏实。

七个人结伴而行，一路上男同胞们对向红梅两人照顾有加。白天他们找隐蔽的地方躲起来休息，晚上加紧赶路。几天后，他们来到一个大的集镇旁。一打听，这是武威的黄羊镇，是去兰州的必经之道，听说这里有敌人重兵把守，而且还有敌骑兵在镇子四周巡逻。

“怎么办？”向红梅焦急地问。

“我们尽量避开路口，从山背后绕道过去，虽然要多走一些路，但相对安全一点儿。”

“好吧！”

“我们今天就往后山上走，估计到天黑时就可以绕过该镇了。”

可令他们万万没想到的是，马匪料到红军流散人员会绕道而过，于是在后山上驻扎了一个骑兵连。当向红梅他们正急走在后山上时，立马被马匪的骑兵团团围住，他们全部被抓住。

田大元和向红梅等七人被押解到武威监狱。

武威监狱已关押了不少红军指战员，其中女战士就有近百人，她们中也有妇女抗日先锋团的战士。

“杜世英！杜世英！是你吗?”

王桂英在关押的人中发现了和自己一起参加红军的发小——先锋团一营二连的战士杜世英。两个人参加红军后都分在一营，一个在一连一个在二连，两个人在团里是最要好的朋友。

“王桂英，真的是你？想不到你还活着。”

“是啊，还活着!”两个姑娘紧紧地抱在一起。

战友们见面后已不再流泪了，只是互相鼓励着，每个人都有一个共同的心愿，就是想办法逃出魔掌。

狡猾的敌人，采取各个击破的方式，分别把一个个女战士拉出去赏给他们的军官当小老婆或丫头。

“向红梅，出来!”一个看守凶神恶煞般地叫着。

“干什么?”向红梅心里一惊，前几天提出去的姐妹，都没有再送回来。“是要杀我？还是要把我……”没容她多想，那看守已走到她跟前：

“长官提审!”

向红梅被押到监外一个大宅院里，刚走到堂屋，就听到有人说：

“欢迎、欢迎，红军小姐请坐!”

一个男人从旁边厢房里走出来。此人长得牛高马大，粗壮的身躯结实得像一头野牛，圆滚滚的脑袋，方下巴，宽大的嘴巴，脸上长着疙疙瘩瘩的横肉，眼睛大面积往外突。虽然这时他脸上露着笑容，但那双眼睛仍然闪烁着凶猛的光。脚上蹬着马靴，腰间的皮带上挎着一支手枪，一双眼睛在向红梅身上扫来扫去。

“你是谁？叫我来干什么?”

“这是我们特务团团长马各岭，我们长官是看上你了，娶你做小，你算是福气了!”押她的看守急忙回答。

向红梅一听转身就往外走。

“站住!你不要不识抬举,给脸不要脸的共产婆!一身臭烘烘的叫花子,敢对我家老爷如此无理。是我们家老爷看得起你,可你这个下贱女人休想跟老娘平起平坐,门儿都没有……”

一个体态臃肿、步履缓慢的女人走了出来,嘴里一边嗑着瓜子,一边对向红梅嘲讽着。

向红梅转过身,愤怒地指着这个肥胖女人的鼻子骂了起来。

“呸!你是个什么东西?你这个臭婆娘,敢侮辱我,看到你这头肥猪样,我就想吐!”

胖女人气急败坏,像条疯狗似的暴跳如雷:

“你这个臭婊子,敢和我对骂,想造反了!你知道我是谁吗?我是团长夫人,骂我就是骂团长,来人!给我打!”

“你才是个烂婊子、臭婊子,一个疯婆娘、瓜婆娘……要打、要杀老子不怕你们!”

此时的向红梅,脸上露出自豪的笑容,平生第一次这么痛快地骂人,她感到一种维护了自己尊严的快感。那个胖女人哪里知道,这个连死都不怕的红军女战士,怎么会怕她这个臭婆娘。

皮鞭、棍子雨点般地落在向红梅身上,可她咬着牙哼都不哼一声。直到她被打昏过去,那些人才住手。

那个马团长气呼呼地说:

“日他奶奶的,这个女人厉害得很,要不成。把她给我拖回监狱去!”两个兵急忙上前将向红梅拖走。

而那个站在一旁的胖婆娘脸上却露出一副得意的奸笑。

被打得遍体鳞伤的向红梅被摔进了牢房,姐妹们都围了上来……

向红梅苏醒过来后,看到那么多战友在自己身边,她没有流泪而是笑了。

过了好多天后,向红梅在战友们的关心下,伤势慢慢好起来,终于可以走路了,放风时在王桂英的搀扶下能走到院坝里。

这天,向红梅在院坝里看见了田大元和那几个同行的战士,田大元向她伸出了大拇指，并走到她跟前悄悄地告诉她：

“红梅，我们得到可靠消息，兰州有个八路军办事处，不少战友已通过办事处回到了陕北。”

“田大哥，那我们也想办法逃出去，去兰州找八路军办事处！”

“好！你现在身体怎么样，跑得动吗？”

“再养几天，应该没问题。”

“过几天，就是这里回民的开斋节，听说他们要狂欢，我们趁机逃出去。”

“好，就这么定了。”

那天终于到来，监狱大门只有一个看守，另一看守在放风后将他们押回牢房。这时，向红梅故意装作因有伤走不动，让王桂英、杜世英扶着，田大元他们也故意磨磨蹭蹭地走在后面，快进入各自牢房时，只见田大元他们动作十分利索，三下五除二将看守打翻在地，然后几个人跑了出去，跑到大门口，那哨兵还没回过神来就被撂倒在地。出了大门，几个人发疯似的跑了起来。

田大元他们没跑多远，敌人发觉有人逃跑，赶忙追了出来。

敌人越追越近，跑在最后面的向红梅、王桂英和杜世英，见田大元往回跑，要接应她们，急忙对田大元喊道：

“田大哥，你们快跑，快跑呀！别管我们了，跑出去一个是一个，不然我们都跑不出去，快跑呀！”

“红梅，你们……”

“别管我们了，快！快！我求你了，快冲出去！”

田大元看了看跑在前面的战友，又看了看向红梅期盼的眼神，含泪给她们敬了个军礼，然后转身向前奔驰而去。

向红梅、王桂英、杜世英又被抓了回去。马匪为了防止有人再逃跑，当着所有人的面毒打她们。王桂英和杜世英被打得吐血，向红梅身上几乎没有一块好肉。

“我让你跑！这回我看你还跑不跑得动！”一马匪军官上前，用马刀在向红梅的左腿上狠狠地捅了一刀，鲜血喷涌而出，她当场昏死了过去。

“你们谁要逃跑，就是这个下场！”

向红梅居然没有死，她顽强地、奇迹般地又活了过来，最让她开心的是田大元他们真的逃跑成功了。她在心里默默地念叨：“田大哥，你们找到了八路军办事处了没有？到了陕北了吗？我相信你们一定找到了红军队伍，真替你们高兴啊！”每每想到这里，她如同自己也找到了队伍一样开心。

牢里新来送饭的是一个50多岁的老头，他背有些驼，面部木讷无表情，每次送饭来不会说一个字，但好几次故意把一些刀伤药丢在向红梅跟前。

向红梅的伤慢慢好转，一天，她悄声对这位送饭人说：

“大伯，谢谢您的大恩大德。”

送饭老头一句话不说，连头也不抬，轻轻摇了摇头转身离开。

“红梅姐，他可能是哑巴。”

“不是，我看见他摇头了，我知道他听得见。”

“没想到这魔窟里面竟然还有好心的人。”

一晃4个月过去了，女牢里的战友一个个被拉出去，再也没回来，她们去了哪里，谁也不知道，现在女牢里只有70来人了。

秋天一过，一天比一天冷了，牢里的每个人都忍受着寒冷与饥饿，坚持着，她们也在思考着自己今后的命运。

王桂英和杜世英的伤基本上好了，向红梅的腿伤已有所好转，她又可以在战友的搀扶下，慢慢地走到院坝里晒太阳了。

11月初的一天早上，送早饭的不是那位大伯，而是两个看守，送来的早饭是热腾腾的青菜煮面疙瘩，还放了一点儿牛油。

“今天太阳从西边出来了！”

那年轻看守斜视了一下这群女犯人，漫不经心地说：

“太阳没从西边出来，是你们要从这里出去了，我们也懒得再看管你们，哈哈！我们也解放了。”

“老总，要把我们弄到哪里去啊？”向红梅急切地问。

“我也不知道，可能是……反正我们也搞不清楚，到了那里你们自然就会知道的。”

向红梅知道不会问出什么结果，心想，大不了就是一死，我都死了好多回了，不差这一次。

上午，一队马匪来到监狱，把70多个女囚押送到了东边的一个私人花园里，一个军官对她们说：

“这里是长官马步青的花园，等会儿马长官要给你们训话，你们不许吵闹……”

不一会儿，马步青从花园旁边的一幢小洋楼里走出来。此人个子不高，暗红色的脸上长着一大圈黑黑的络腮胡子，没有穿军装，一副长袍马褂打扮，僵硬的脸上强装出一副假惺惺的笑容，可仍然掩饰不了他眼神里的阴险毒辣。他站在台阶上，用他那带有兽性的眼神，贪婪地在姑娘们的脸上“舔”来“舔”去，停了好一阵后，他干咳了一声说：

“你们个个都如此的年轻美貌，为什么落到这步田地？女人嘛，革什么命、当什么兵，那不是女人干的事，你们不论在哪里都是要嫁人的，不要逞强好胜，找个好人家结婚生娃，过安稳的日子多好，今天把你们叫来，就是给你们这样的机会。你们都是从遥远的四川来，在这里人生地不熟，找个婆家不易，我马步青今天就做个好事，让你们不蹲监狱，不当叫花子，找个男人生娃、过日子……”

马步青还在不停地说，可台阶下的姑娘们已听不下去了，七嘴八舌地叫喊：

“你马步青若真要做好事，就把我们放了！”

“把我们放了！”

“国共合作了嘛，今天就释放你们，给你们自由。”

马步青脸上仍然堆着那狡诈的笑容，不管下面姑娘们如何叫喊，他心里暗暗地想：“你们已是我羊圈里的羔羊，我可以任意宰杀你们，闹有何用？”他用手摸了摸脸上的胡子，然后从口袋里掏出一张纸：

“我宣布第一批释放名单。”

被念到名字的女红军，虽有些迟疑，但仍然慢慢走出来，向红梅、王桂英、杜世英也在名单里。向红梅心里正犯嘀咕，这个杀人恶魔葫芦里到底卖的什么药？

名单一念完，还没等姑娘们反应过来，早已等候在花园外的马成福旅和另两个团的军官几百人，蜂拥而至。顿时，这花园里乱成一团，姑娘们立即抱成团，死也不松开，可几百个马匪冲上来，不由分说，又拉又扯，姑娘们和马匪扭打起来，一边打着，一边骂着。

“你们这些土匪、王八蛋，要砍就砍，要杀就杀，绝不给你们这些畜生当老婆!”

“你们不是人，你们连牲口都不如……”

无论姑娘们如何反抗和咒骂，那些军官一个个嬉皮笑脸，不顾一切地疯抢着。

马匪人多势众，几个人拉一个，强行把她们一个个分开拉走。

原来，马步青说的“释放”是要把70多个女红军战士当牲口一样分配给他旗下的马成福骑兵旅和另两个团的军官们当小老婆。

向红梅、王桂英、杜世英和20多个女战士，被马成福骑兵旅的人强行拖走。她们被反绑着双手，由马匪兵押着，走了好久好久。也不知道走到了哪里，天黑了下来，什么也看不见，只感觉脚下一会儿是沙，一会儿是坡。下半夜，突然发现前方有火光，走近一看，是一个门口点着许多火把的土围子。

走进土围子，向红梅她们直接被带进一间很大的房子，里面点着一排松油灯，好些个卫兵站在里面。

“快松绑！快松绑!”一个40来岁、长着满脸红络腮胡子的军官对押解她们的兵命令着。然后他顺手取下一盏松油灯，在姑娘们面前晃来晃去，一个一个地看了又看……一边还嬉皮笑脸地说：

“哎呀，多好的女人，委屈你们了!”

“我韩某人是马旅长手下的团长，因为我们长年在荒漠守备，这马旅长为了犒劳我们，特把你们赏给了我们团，哈哈哈……”说完他便歇斯底里地大笑了起来。

“现在，我把你们分给连以上的军官当老婆，他们都是好人，会好好待你们的。”

“我们不是牲口，放了我们!”几十个人齐声喊。

“放了你们？就算放了你们，你们走得出去吗？这里是大漠荒野，没等你们走出去，就会迷路，就会饿死、渴死。你们还是死了这条心吧，乖乖地听话，我韩某人不会亏待你们的。”

当天晚上，20多人分别被敌军官强行拉走。

向红梅被留了下来，这个韩团长围着她转了一圈，然后假惺惺地说：

“是长得不错！漂亮，我听说你是个厉害的女人，我就喜欢这种女人……”说着说着伸手去摸她的脸。

“你要干什么？放下你那肮脏的手！”向红梅用力将这人的手打开。

“果然厉害，来人，把她送到我府上去！”

“你休想！有本事马上杀了我，要我跟你这个刽子手？你做梦！”

“把她给我捆在马背上，送过去！”几个兵上前将她牢牢地强行捆在马上，送到了离土围子不远的韩团长家。

这个团长是“剿杀”西路军的急先锋马元海的姐夫，叫韩德魁，有马元海这个舅子撑腰，他在马成福手下也是说一不二的人。他已有两个老婆，大老婆马元宝是马元海的姐姐，比韩德魁大好几岁，长得肥头大耳，整天捧着个大烟枪躺在那抽鸦片，最多只是在家里院前屋后转转，这韩德魁内心对她很不满，但又不敢把她怎么样。后来，他又娶了个小老婆夏金凤，是他在兰州逛窑子从窑子里买回来的，平时这个女人不爱说话，也懒得管这个家的事，一天待在房里，仿佛她在这个家里，就是晚上陪韩德魁睡觉的人。

向红梅刚从马背上被放下来，便用那双愤怒的眼盯着这个韩德魁。韩的大老婆马元宝手捧着烟枪走过来，一双小眼睛仔细地打量着刚绑来的女人。然后用鼻子朝韩德魁“哼”了一声：

“这下可好，我看你怎么摆整这个女人。”说完扭动着肥胖的腰身走了。

韩德魁叫人在东厢房收拾出一间房，这房在夏金凤房的隔壁，夏金凤连出都不出来瞧一眼，似乎这些与她无关。

“李妈，带这个小姐去洗洗！”韩德魁大声喊。

“呵呵，来了！”从厨房里出来一个50岁左右的大妈，她走过来牵着向红梅的手朝外面走去。

“姑娘，多大了？哪里人啊？”向红梅看这位大娘眼里充满着慈善，她回答：

“19岁了，四川人。”

“很远吧？我听说过你们……”大娘不再往下问。

“哎呀，姑娘你长得可真俊啊！”梳洗完后，那位大娘看着向红梅，赞叹不已。

当李妈将向红梅带到韩德魁面前时，韩德魁是笑得合不拢嘴，口水滴答地忙表白：

“果然是个小美人，只要你今后听我的话，一心一意跟着我，我会宠着你，让你享不完的福……”

“我再一次告诉你，你把我砍了、杀了都可以，要我归顺你，那你就是白日做梦！”没等他说完，向红梅厉声回绝。

韩德魁当着马元宝和众下人的面，讨了个没趣，感觉很丢面子，于是瞬间变脸，恼羞成怒地破口大骂了起来：

“他奶奶的，我韩某人今天给你脸你不要，不要不识抬举，凡是来到我韩某人这里，都得听我的，我不信你会厉害到哪儿去，今天晚上，我就要你低下你那桀骜不驯的头！不信走着瞧！”

“把她给我关到房里去！”说完，气呼呼地扬长而去。

晚上，满身酒气的韩德魁，瞪着一双血红的大眼，闯进了房间。

“怎么样，小宝贝！”一边说一边拔出腰里的手枪“啪”的一声扔在桌上。向红梅一看这架势，知道这恶魔今晚不会放过自己。

“怎么办？怎么办？”她心里一直在想要逃出去太难，唯一的办法就是和他拼了，就是死，也不能让他侮辱自己。

韩德魁看向红梅没有明确表示什么，以为被他镇住了，于是把手枪捡回去放进枪盒里，然后走到她跟前。

“我说了嘛，跟着我有你的好处，那两个女人也不敢欺负你，你尽管放心……”

韩德魁边说边伸手要摸她的脸，向红梅下意识地把脸转过去，退了两步，这韩德魁紧逼两步，伸出两手要抓她的胳膊，向红梅气急之下，举起手狠狠地打了这个人一个耳光，韩德魁一下被打蒙了，他脸一阵白一阵红……

“你吃了豹子胆，敢打老子！”

气急败坏的韩德魁拉开门，对外大喊：“来人！”

门外立即冲进来几个卫兵。

“把这个女人给我拖出去，狠狠地打，朝死里打！”

瞬间，皮鞭、木棍打在了向红梅身上，直到打她的人最后都没力气打了才住手，而她早已被打得皮开肉绽，昏死了过去。一个卫兵用手指在向红梅鼻子下试探了一下。

“团座，好像没气了！”

“敢跟老子作对！把她给我丢到柴房里去！明天拖出去喂狗！”有些失望的韩德魁，悻悻然地转身走了。

半夜，房外的寒风呼啸着，昏迷中的向红梅仿佛看见前面是一个万丈深渊，自己站在那阴森的边缘上，她一面战栗，一面又心胆俱裂地向后退却……“不对，有好多人提着灯笼火把在追……前面有口棺材，对，钻进去……不对，这里有好多鬼，一个个青面獠牙，张着血盆大口，难道我也变成了鬼？不、不、不，我不是鬼，他们才是鬼。”

“救救我……”

她大声地呼喊，没有人应，她是那样的孤单、恐惧，只感觉到心脏被一只铁手死死地卡住，血向头部涌上来，耳朵里嗡嗡作响，四周漆黑一团，听到的只有风声。

突然她眼前一亮，“啊！我看见迎面来了一个人，是爷爷吗？您是来救我……”可一眨眼，这个人不见了。

“你不是爷爷？那你是谁？”

“我是杨文辉呀！”

“我怎么看不清你的脸？”

“真的是你！你还活着？你是来接我的吗？”

“我来接你走，我要娶你……”

“杨文辉！杨文辉！……”杨文辉在眼前一下消失了。

“杨文辉，你怎么也不见了？你跑到哪里去了？”

向红梅使尽全身的力气摇摇晃晃地追了出去。“地下怎么这么多人，啊！他们都死了，廖荣华，你怎么肚子里还有石头？‘小喜鹊’、‘闷葫芦’、凤辣子、‘小飞机’、何福妹、贾妈妈……你们怎么全都躺在这里，你们在等我？”

她感觉无法呼吸了，意志全涣散了，紧闭着的眼睛流下一行泪水。

天刚亮，来厨房做早饭的李妈进柴房抱柴，看见一个人躺在那里，着实吓了一大跳，她壮了壮胆上前一瞧：

“怎么是这个姑娘？为什么被打成这个样子，太可怜了。”她上前叫了一声：“姑娘，姑娘！”见没有应声，于是用手摸了摸姑娘的手，发现手冰凉，她吓了一大跳：“被打死了？”

李妈吓得直哆嗦，转身跑出去叫自己的老伴儿。

“老头子，我给你说的那个姑娘被打死了，现在躺在柴房里呢。”

李妈的老伴儿姓韩，50 多岁了，是这里的马夫，干活是一把好手，平时这里的官兵都叫他老韩头。老韩头一天只知道干活，不大爱说话。

老韩头听老伴儿这么一说，立即放下手中的活儿，急忙随她来到柴房。他用手在向红梅鼻子下停了一会儿，起身对李妈说：

“没死呢，还有气息。”

“怎么办？咱也不能见死不救哇！我们也养了闺女，都是爹妈生的，太可怜了！”李妈急得直搓手。这老韩头想了一下，见四周没人，把嘴贴在老伴儿耳根边悄悄地说了一阵。

“要救她只有这么办……”

“这个办法好，可是，这韩德魁会信吗？”

“这个你不用操心，你只管用被吓到了的样子去报告他，说柴房里死了个丫头，剩下的事我来办。”

“好、好！我们娘平常心肠好，她也一定会同意我们这样做的。”

李妈急匆匆地去敲夏金凤的房间，她知道韩德魁晚上一定会在这里。

“韩老爷，柴房里有个死人，吓死我了，怎么办？”

“死了就拖出去埋了，一大清早就听到死人这事，晦气。”韩德魁有些不耐烦。

“要不，你再过来看看？”

“不用了，昨天就已经死了，我知道。”

“那我叫我家老头把她拉出去埋掉？”

“好吧，叫老韩头去办。”

吓得心惊肉跳的李妈回到柴房。

“你看着，我去去就来。”老韩头对李妈说。

一会儿工夫，老韩头把他平时推马草料的车推了过来。老两口把向红梅抱上小推车，这老韩头心很细，还去找了一条破席子，盖在向红梅身上。

“老头子，你把她推回家，不会被人看见吧？”

“这天刚亮，人影子都看不到，我会告诉守门的卫兵，是韩团长叫我去埋一个死人，他总不会跟在我后面走吧！你不要害怕！”

李妈和老韩头就住在这附近的老垭堡，老垭堡离韩德魁团部约有一里路，他们家在村头。老韩头 80 多岁的老母亲住在家里，女儿三年前就出嫁了，嫁到了城里的一个做生意的人家，也只有过年过节才回来一下。

老垭堡坐落在半年有积雪的祁连山巨大山脊的北面，内蒙古沙漠的南边。一到冬天，寒冷的西北风从巴丹吉林沙漠和腾格里沙漠直灌入这片绿洲。老垭堡住着回、汉、哈萨克三个民族的百来户人家，一般百姓家房屋都是低矮的土坯房，里外两间。房里没有什么家具，外屋有一个土炕，上面有一张破旧的草席和一床补丁摞补丁的被子，炕上放有一个小桌子，炕的顶头连着一个灶，灶孔上放着一口铁锅，屋角有一口水缸。里屋也有一个土炕，和外屋的土炕连通了的。屋里的地下有一个地窖，用来储藏洋芋和粮食。房后堆着一些柴草，有的人家养了牲口，还有破破烂烂的牛圈、马圈、羊圈。

村里每家的房前屋后和路边都种了一些果树。从村子的东头到西头有 100 多米，道路上到处是被风吹干了的牛粪、马粪，虽然天冷，仍然能闻到一股尿臊味。村外是一片片土地，主要是种植洋芋、青稞、小麦、玉米等，一年种一季。

老韩头家是回族，在村子里还算是过得去的人家，因为和韩德魁家沾了一点儿亲戚关系，夫妻俩还能在他那里找到一点儿活干，多少能赚点儿钱和粮食。

老韩头推着车急匆匆地往自己家里走，因天色早，加之很冷，风又大，村子里看不见一个人。

他快步地来到了家门口：

“娘、娘，开门、快开门!”他不敢大声喊，把声音压得很低。

“谁呀?”屋里的人问。

“娘，是我！快开门!”

“有什么事啊！这么急!”一个白发老人把门打开。

“先别问，等会儿我告诉你。”

老韩头从推车上抱起向红梅直朝里屋走去，他把她轻轻地放在炕上，转身出来在门口四下望了望，然后把门关上。

老奶奶瞪大眼，吃惊地看着儿子：

“这是谁呀？怎么回事?”

“娘，莫怕，这姑娘被韩德魁打死了，丢在柴房里，媳妇吓得不得了，跑到马房来告诉我，我急忙过去一看，发现她还有口气，没有死，但如果留在那里，她肯定是活不成的。于是我们俩合计，把她救下来。韩德魁叫我把她拖出去埋了，我想要救她只有这个办法了。”

“娘明白，可她伤得这么重，怎么治啊?”

“这个找药的事，我去想办法，你只管把她藏好，不要被外人看见，给她弄点儿吃的就行了。”

“我知道了，你就放心吧!”

“我得走了，还得去挖个坑、垒个坟呢!”

“对、对、对。”

老韩头推着车，把那破席子还是盖在车上面，在离韩德魁营房不远的地方，用锄头挖了个坑，把席子裹成一团，埋了下去，然后垒了个小坟包。

三天过去了，向红梅一直昏迷不醒，这可急坏了老奶奶，她每天都焦急地看着她，嘴里不停地念叨着：

“真主保佑！真主保佑！让这姑娘活过来!”

再说向红梅躺在温暖的土炕上，像冰块融化一样在慢慢地苏醒。她像一片可怜的树叶，被暴风雨任意吹打和蹂躏，在黑暗的深渊上空飘来飘去，仿佛一下落在了地上。她想动动身子，但无论怎么努力，连个手指头都动不了，她干裂的嘴唇凝结着黑色的血痂，好像燃烧似的又干又燥，嗓子眼儿里又咸又苦。

“水……水……”她轻轻地呻吟了一声，她想翻起身子，但全身好像是有千万根针在扎，剧烈地刺痛着。

“水……水……”她朦胧的不甚清醒的神智告诉她渴，渴得真难过……由于渴的刺激，她似乎明白了自己还活着。她用力张开那沉重的眼皮，想睁开眼睛，努力了好一阵后，眼睛终于睁开了一个缝。她十分茫然地看着透过来的那一丝光亮，心里不停地问：

“这是什么地方？是天堂吗？我怎么什么也看不清楚……”

“感谢真主！姑娘，你终于醒了，你都昏迷三天了，来喝点儿水。”

“有人在和我说话，这个人是谁？是贾妈妈？不对，贾妈妈死了……”她把眼全睁开，在她眼前是一个白发苍苍的老奶奶，笑眯眯地看着她，手里还端着一碗水……

“这是什么地方？我怎么没来过？莫非是我遇到了神仙婆婆！”

“姑娘，来，我喂你一点儿水！”老奶奶用勺子将碗里的水一点一点地喂到她嘴里。

“真甜啊！”此刻，向红梅已感觉不到全身火烧火燎的剧烈疼痛，仿佛身体里注入了一股清凉甘泉，枯萎的她又有了一丝生机。

此时，还不能说话的向红梅，唯有眼泪顺着脸颊往下流。奶奶用手擦着她的泪珠，笑盈盈地安慰着她：

“好姑娘，咱们不哭，你也不用怕，这里安全，在奶奶这儿把伤养好了再说。”

几天后，向红梅真的活了过来，她可以说话了。

“丫头，你叫什么名字啊？我听儿媳说你 19 岁，四川人？”

“奶奶，你就叫我红梅吧！对，我 19 岁，四川人。”

“四川在哪里？很远吧？”

“四川在南方，离这里很远很远……”

说到这里，向红梅泪如雨下。老奶奶看到她伤心的样子，只好不停地安慰，也就不再问了。

为了不让外人发现，向红梅躺在里屋，白天把里屋的门关上，老韩头和李妈有时晚上会回来看看，只要他们打听到村里可能有民团、土匪等什么人出现时，就会悄悄把向红梅放在地窖里藏起来。老韩头回来时，会悄悄带来一些草药，李妈也会带回厨房里剩下的饭菜。

三个月后，向红梅在这家人的精心照料下，可以坐起来了，但仍然不能下地走路。

过年了。除夕那天夜里，天下起了大雪，寒冷的狂风以摧枯拉朽之势俯冲过来，直灌入这寂静的老垭堡。

清晨，雪停了，外面异常寒冷。在韩德魁的军营里，李妈和老韩头依然冒着严寒去做饭、喂马。

而家里的老奶奶一大早起来，用炕洞里的烫灰给向红梅焙了两个洋芋，还用发酵的青稞面，贴在锅上烙成锅贴。奶奶把热腾腾的洋芋和锅贴递给向红梅：

“红梅姑娘，过年了，奶奶没有什么好吃的给你……”向红梅捧着香气扑鼻、热乎乎的洋芋和锅贴，泪眼汪汪地看着老奶奶：

“奶奶，我、我……”

向红梅不知该说什么，她用双手紧紧地拥抱着老奶奶。吃完饭后她轻轻地在奶奶耳朵边说：

“奶奶，谢谢你！这是我来到这个世上 19 年来，吃过的最好吃的过年饭！”老奶奶开心地笑了……

16

性格倔强的杜世英，那天被韩德魁分配给了他手下的一个营长马福寿，当晚，无论杜世英怎么反抗、求饶，怎么叫爹叫妈，还是被马福寿强暴了。杜世英的身子被玷污后，觉得自己变成了污泥，同时也变成了一块石头，从头到脚冒着一股冷气，没有泪水，只有满脸的屈辱和愤恨，她咬着青灰色的嘴唇，两个眼珠如同将要射出去的火箭，怒视着这个马福寿。

“妹子，原来你还是个处女，哈哈！女人嘛，不就是找个男人过日子吗。”

“畜生、恶魔、王八蛋……”

杜世英麻木地重复着这几个字。她呆呆瞪瞪地站了许久，心里充满了恐怖和绝望。

孤独无援的杜世英仿佛已经堕入了人间地狱，她不知道怎样才能抓住一根救命的稻草，她感到非常害怕：“难道我只得听从命运的摆布，任人宰割，不再反抗了？不行！就是死我也不从。”

“王桂英，你在哪里？世英我要先走一步了！”此时此刻，杜世英在心里默默地向好朋友告别。

“你把我杀了吧！就是死，我也不会做你这个刽子手的老婆！”杜世英冲着马福寿大声喊。

“宝贝儿，我可舍不得杀你，我劝你还是乖乖顺从了吧，不然……”

“那好，我自己动手！”杜世英冲过去，将头朝门上猛地撞去，顿时鲜血直流。

“你这个臭娘儿们，不识好歹，真要找死呀？要死就去死吧！”马福寿说完打开门跑了。

王桂英在被抢时，双手抱着头，蹲在地下哭，最后被一个叫赵兴武的连长领了去。

赵兴武把王桂英拉到自己房里，一句话也没说，只是看着她。而王桂英却吓得直哆嗦。赵兴武将一碗水递给她。

“你想干什么？不要靠近我！”

“姑娘，别怕，喝点儿水暖暖身子。”赵兴武将水放在她身边，然后又坐在一边，静静地看着她。看到王桂英吓成那个样子，赵兴武便起身对王桂英说：

“妹子，我知道你害怕，那我就出去，你就在这儿好好休息，过两天我再来看你。”

这两天，有士兵送来吃的，王桂英心里想：“难道我遇到好人了？”但她又马上否定了自己的想法，转而又想：“我一个红军战士怎么能嫁给一个敌军连长?”思前想后，她心神不宁地在房里转来转去。

“红梅姐，怎么办？我该怎么办？你在哪里？世英，你的处境怎么样?”王桂英焦虑地等待着自己的命运。

第三天，门打开了，赵兴武走了进来。

“妹子，这两天睡得还好吗?”

“你别做起假仁假义的样子，我不会给你当老婆的，你就死了这条心吧!”

“妹子，你不愿意，我也不会强迫你。我知道你们都是四川那边过来的，也听说红军是穷苦人的队伍……其实，我也是穷苦人出身，我不是这里的人，我家在景泰，家里穷得很，那年天旱没吃的，母亲和妹妹都饿死了，我随父亲到宁夏讨口，路上父亲病了，又讨不到吃的，后来父亲也死了。我那时只有十几岁，乞讨时被一个煤矿老板收留，后来他把我卖给了马家军。伤天害理的事我不会做，如果你愿意，我们以后回景泰，我会好好待你的。”

赵兴武说这些话时是那么的平静、真诚，让王桂英感到吃惊和意外。不过恐惧的心里仍然犯嘀咕：“马匪里面还有这种人？我不相信，不能听他的花言巧语。”

“你叫什么名字？在这里是干什么的?”

“我叫赵兴武，是这里步兵连连长。”

“你杀过我们多少红军?”

“我真没杀过人，打仗时，我们步兵一般都在后面，轮不到我们，后来，马家军抓的红军多了，我们连被抽派到张掖看守所执勤，我从来没有虐待过红军，手下的人试图欺负女红军的，我还会责罚他们，不信，你以后可以去问她们……”赵兴武急忙申辩。

“那我求你帮我办两件事行不?”王桂英稍稍平静了下来，她想试探一下这个人。

“你说，只要我办得到的一定办。”

“我有两个好姐姐，一个叫向红梅，一个叫杜世英，我想知道她们在哪里，处境如何？你能不能帮我和她们见下面?”赵兴武听她说完后，半天没吱声，把头埋了下去。

“怎么，不愿意帮忙?”

“不、不、不是，我不敢说……”

“为什么?”

“我怕我说了你会伤心……”

“快告诉我，她们怎么啦?”王桂英有一种不祥的预感，心脏咚咚直跳。

“我说了你千万别难过，要不我就不说。”

“你快说吧！她们怎么啦?”

“向红梅被韩团长……呵，被韩德魁留下做小老婆，向红梅坚决不从，听说她还打了韩德魁一个耳光，后来韩德魁叫手下的人将她打死了，就埋在那外边。”赵兴武用手指了指外面。

“还有那个……杜世英是被马营长拉去，当晚就把她……那个了，杜世英受不了这个侮辱，当晚就自杀了。埋在哪里我不知道，不过我可以去打听。”

“你胡说！你胡说八道！我不信……”王桂英一下扑倒在地，哭得死去活来。

“我也活不下去了！我也死了算了……”王桂英整个精神都一下崩塌了，脑袋一片空白，两只手在空中胡乱地挥舞着。

“红梅姐姐，红梅姐姐啊……”王桂英像疯了一样，一会儿哭一会儿笑，一会儿叫着向红梅的名字，一会儿叫着杜世英的名字，一会儿又含混不清地叫着谁……她突然朝门口跑去……

“我要去找她们，我要去找红梅姐姐，我要去看她们是不是真的死了……”

“妹子，你别难过了，我这就带你去你红梅姐姐的坟头。”

赵兴武把门打开，用手牵着失魂落魄的王桂英朝老韩头为向红梅垒的坟墓方向走去。

“姐姐，你为什么不叫着我一起走啊!”王桂英一下扑在坟堆上哭喊着……

“我不走了，我就在这里陪姐姐。”

是啊！在这个世上，她不再想什么，也不再希望什么，她们两个都不在了，她感到了从未有过的孤独和惊慌，她看不到任何希望，再也没有一丝活下去的勇气，她感到这个世上已没有什么可以留恋的了。

“妹子，你可千万不要这么想，人死不能复生，你姐姐也会希望你好好活着，就是要替她们报仇，你也得活着才行啊!”

赵兴武着急地劝着、安慰着。

天黑了下来，王桂英趴在坟上就是不走，赵兴武怎么拉也拉不起来，无奈的他也就只好坐在旁边守着。

下半夜，天格外冷，王桂英全身如炭火在烤一样，发出了一阵哼哼的声音。赵兴武上前一看，她几乎快冻僵了，于是他把王桂英背了回去。

王桂英的双脚冷得发木，牙齿咯咯作响，两手发抖，她感到胸口紧压得难受，心脏简直就要停止跳动了，嗓子仿佛被什么东西死死地堵住了，她感到喘不过气来。

赵兴武赶紧给她盖上被子，让她能暖过来。可不久，王桂英大汗淋漓，高烧使她满脸通红，嘴里不停地说着胡话：

“快、快跑……等等我呀！……”

“停下来！停下来！别这么快，我跟不上了……”

赵兴武用冷毛巾敷她的额头，不停地安慰着她。

“妹子，不怕、不怕!”

“哎！真可怜。”

高烧昏迷了两天的王桂英，终于醒了过来。她睁大眼睛，环顾了一下四周，房子里没有一个人。“这是哪里？我好像来过这里，我没有死吗?”她努力想回忆点什么，但总是想不起来。“对，我好像见到一个男人，他告诉我说红梅姐姐死了，还领我去了一个地方……”

房门开了，赵兴武端着一碗面汤进来，看王桂英醒了，高兴地说：

“谢天谢地，你终于活过来了，快把我吓死了。”

“你是……那个男人?”

“我是赵兴武呀!”

“你带我去的那个地方好冷，是你救了我吗?”

“不是，是你自己救了自己。”

“妹子，不说了，赶快把这碗热面汤喝下去，两天没吃没喝了。”

王桂英真感到肚子饿了，她一口气把这碗面汤喝了下去。

“真好喝。谢谢你了！”

听她这么一说，赵兴武心里别说有多高兴了，至少她对自己没有敌意了。

向红梅的伤慢慢好了起来，她可以下炕在房里走动走动了。而且与老奶奶一家相处这些日子，她还真的学会了当地人的说话口音，说起话来与当地人竟然没有什么区别。

八个月后，向红梅的伤全好了。她心里天天琢磨着下一步怎么办？还有就是想着王桂英、杜世英等众多姐妹们现在怎么样？她们在哪里？因怕给老韩头他们家再添麻烦，她也没敢打听。只是偶尔听老韩头和李妈晚上回来聊天，说有的姑娘自杀了，有的逃跑后迷路又被抓了回来，而大部分人都还在那些军官们手上。

向红梅心中想得最多的是：“我不能一直不出这个门吧，可出去被韩德魁知道会给老韩头一家带来灾难的，怎么办？”向红梅最后的决定就一个字：走！去哪里？她想得最多的去处就是“兰州八路军办事处”，可怎么才去得了那里呢？又怎么对这家人说呢？她心里犯愁，吃不好，睡不好，脸上常常露出焦虑的神情。

老奶奶瞅着向红梅心神不宁的样子，直接问道：

“丫头，有什么心事吧？”

“奶奶，您真厉害，什么都瞒不过您老人家。”

“那是，你现在就是我的孙女，我当然知道你在想什么。”

“奶奶，我总不能一直不出门吧，如果我一出门，被那恶魔发现，那不就害惨了你们一家子了，所以，我打算离开这个地方，但又舍不得你们，所以我心里很苦。”

老奶奶拉着向红梅的手说：“我知道，我知道！奶奶真舍不得你离开啊！等儿子媳妇回来再合计合计好吗？”

晚上，老奶奶把向红梅的想法告诉了儿子和儿媳，一家人坐在一起商量着。

心直口快的李妈先说：

“姑娘的想法是对的，她总不能一直不出门吧，这个屁大点儿的地方，很可能就会传到某个人那里，不仅是我们有麻烦，更可怕的是姑娘要遭殃……”

“可这世道这么乱，她到哪里去呀?”奶奶焦虑地问。

“姑娘，你想好没有要去哪里?”老韩头问向红梅。

“我、我的确没有什么地方可走，唯一的出路就是回四川老家。”向红梅不敢说出自己要去的地方是兰州八路军办事处，不得已向她的恩人们撒了个谎。

“天哪！那多远啊!”奶奶听后吓了一跳。

“姑娘，我有个主意，你反正也落到这步田地，干脆给你说一户人家，离这里几十里地，是我一个远房亲戚，嫁了算了。”李妈急着出主意。

“哦哦！不行，我已定了亲，有男人了。”

“那你男人在哪里?”

“本来我们是在一起，后来被打散了，也不知他现在在哪里。”

“说不准，他也在满世界找你哟!”

“是啊！我们约定了今生今世我非他不嫁，他非我不娶，所以我不能嫁其他人。”

“是这样，看来你也是个有情有义的姑娘。”

在一旁沉默不语的老韩头站起来，转身走到里屋，出来时手里拿着两块大洋。

“姑娘，我没有多少钱，这两块大洋你拿着，在路上做盘缠。明天清晨，我送你上大路……”

“谢谢你们!”向红梅扑通一声跪下。

“丫头，如果你回不了四川，还是回这里吧，这也算是你的家呀!”奶奶和李妈忙把向红梅扶起来。

“你们救了我的命，你们的大恩大德我这一辈子也报答不完，你们就是我的再生父母，我的亲奶奶，我会把这里当成我的家的。”

等天黑尽了，向红梅给他们跪下，磕了三个头：

“爹、娘、奶奶，我走了……”

一身回族姑娘打扮的向红梅随老韩头来到永昌县城时，天已大亮。

“姑娘，我就只能把你送到这里，你自己多加小心，尽量说我们当地话，实在走不了就回来吧!”

“知道了，我会小心的，我先到兰州，实在走不到四川，我会回来的。”

“那好，愿真主保佑你！”

17

天快黑了，走了一天的向红梅拖着越来越沉重的脚步，来到了一个寂静的山林，她困极了。一共走了多少天她不记得了，心里想的就是快点儿到黄河边，到兰州。现在她实在走不动了，靠着一棵粗粗的树干坐了下来，眼睛一闭便进入了梦乡。

月亮出来了，她没看见，但月亮把柔和清澈的光辉洒遍人间，洒在这片山林。淡淡的、清亮而温柔敦厚的月光透过树梢，抚摸着向红梅那既年轻又美丽的脸庞。

四处没有一点儿声音，简直是安静极了，好像整个世界都睡着了，只有林中偶尔有几只小虫叽叽喳喳地叫上几声，可一点儿没有打扰到姑娘的梦。也许她困得没来得及做梦，也许她梦见自己坐着羊皮筏子，在波涛汹涌的黄河上漂，向对岸的兰州漂去……

月亮隐没了，经过一阵短暂的黑暗，东边，山林上空露出斑斑青白的颜色，云层后面跳荡着束束亮光，正寻找着能冲出云层的地方。渐渐地，山林的面目，影影绰绰地显露在晨曦之中了。

天色更加明亮了，太阳从苍苍的山林后面露出来，温暖的光芒与即将消逝的黑夜的清凉交织在一起，使林中的姑娘感到一阵甜美的舒爽。而此时山林中的鸟儿们，却朝着太阳放声歌唱，整个山林被它们闹翻了天。

向红梅被吵醒了，她用手摸了摸贴身放着的小铜镜和那两块银圆。

“还在！”她会心地笑了笑。

向红梅不舍得用这个钱。一路上，她是靠自己学的一口地道的当地语言和这身回民打扮，自编一些“台词”边打听路边乞讨。遇到好心人会得到一个饼一个馍一口水，遇到恶人会放狗来咬她驱赶她。有时一天讨不到吃的，饿得走路都摇摇晃晃，晚上就在山坡、山洞、山林里过夜。

睡了一夜的向红梅，似乎又有了体力，她站起来，活动着麻木的双腿和僵硬的身子，感到这清晨的太阳给她带来了希望和快乐，她朝着太阳升起的方向又出发了。

翻过这座山林，她一下被眼前的情景惊呆了。

“黄河!”她惊叫着，兴奋地蹦了起来。希望就在眼前，过了黄河就是兰州啊！疲劳、饥饿完全烟消云散，她几乎是连奔带跑地向山下奔去。

黄河水面有一里多宽，浪涛一个跟着一个，像一波又一波黄沙似的重叠起来，卷起一个个巨大的漩涡，狂怒地冲击着河岸，发出吧嗒嗒吧嗒嗒的响声。

向红梅一口气跑到了河边，看着波涛滚滚的黄河水，她脑子里想着怎么过河。因为浪大水急，当年西渡黄河时的羊皮筏子一个也没看见。远处铁桥上人来人往，桥两头都站着荷枪实弹的卫兵，不时地盘查着过桥的人，也许，要过河，那就是唯一的通道。

向红梅眼巴巴地望着河对岸的兰州城，千辛万苦地走到了这里，她咬了咬牙，心里念叨着“我一定要过去!”坚定地朝铁桥走去。

当她走到离铁桥不到30米时，从桥上走下来一个神情木然、嘴唇苍白，衣着破烂得像叫花子一样的女人，她一下愣住了。

“这个人好面熟啊，她是谁?”心里一直在想。

当这个女人从她身边走过时，她猛地一把抓住这个女人的胳膊肘，几乎是尖叫起来：“三连长刘秀英!”

女人被这突如其来的举动吓了一跳，回头吃惊地看着这个回族女子。

“你是谁?”

“不认得我了？我是一连长向红梅呀!”女人仔细地端详着向红梅。

“不对，不对……”女人迟疑不决地念叨着。

向红梅把头上的回族头巾取下，用四川话着急地说：

“哎呀，你把我细看看!”

“红梅，真的是你呀!”刘秀英一把抱住向红梅，泪水止不住地往下淌。

向红梅紧紧地抱着刘秀英，百感交集，兴奋、温暖、安慰、勇气……

“秀英，你从兰州过来，为什么不去找八路军办事处，争取归队?”

刘秀英抬起头，用一双委屈、痛苦的眼神看着向红梅：

“难道你也是要去兰州八办?”

“是啊!”

“走，我们到那边去说话。”刘秀英指着河边不远处的一块大石头。

黄河水奔腾直下，巨浪拍打着石头，也拍打着坐在石头上的人。刘秀英深埋着头，半天没有说话，泪水在眼睛里直打转，向红梅紧紧握住了她的手。

“秀英，怎么回事，你倒是快说呀!”

刘秀英抬起头，用委屈而痛苦的眼神看着向红梅。

“红梅，别去了!”

“为什么?”

“我去过了，人家不收留我。”

“为什么？为什么?”向红梅急得站了起来。

“红梅，坐下，听我说。八办的同志热情接待了我，但那位年轻同志说上面有规定，被俘的、时过三年的西路军流落人员都不接收……”

“你没有告诉他们，我们受尽了磨难、屈辱，但我们没变节、没投敌叛变!”

“我都说了，我把被俘及如何逃出魔爪，如何寻找队伍的经过都汇报了，这个同志也深表同情，但他说这是上级的规定，他也没办法。最后他给了我三块银圆，送我出来。”

“怎么会是这样？怎能这样?”向红梅急得直跺脚。

“后来呢?”

“我就像一个被母亲抛弃了的孤儿，坐在门口伤心地哭了好久……我不知道我该怎么办，也不知道该到哪里去。”

刘秀英停了一阵，用手擦了擦眼泪接着说：

“我绝望地走到黄河边，在那里站了好久，走投无路的我真想跳进波涛汹涌的黄河死了算了。可后来一想，我死了，谁来为牺牲了的姐妹们报仇啊！还有，我们连里一些姐妹现在还流落在祁连山，我不能死，我决定过河，回到祁连山。这不，刚过河就遇见了你。”

向红梅紧紧拉着刘秀英的双手，瞪直双眼，坚定地说：

“对，这黄河咱们不能跳，跳下去容易，死也不怕，我们是清白的，没有做对不起红军的事，跳进黄河那才叫洗不清啊！不能死，我相信红军会回来，我们一定能找到自己的队伍，仇一定要报！”

“红梅，你是怎么逃出来的?”

“我是从地狱里爬出来的……”

向红梅细述着这三年的遭遇，讲述中她没有掉一滴眼泪，当她平静地讲到自己被打得半死，后来被一家回民救了时，刘秀英已哭得像泪人一样。

向红梅一边用衣袖擦着刘秀英脸上的泪水一边说：

“秀英，我们不哭了，因为眼泪救不了我们，既然我们活了下来，就不能白活着，否则我们对不起死去的战友。我们好好想想下一步该怎么办?”

“对！红梅，你记不记得，当时西路军陷入绝境时，为了保存力量，西路军指挥部和主要骨干力量是往西走的，我们往西边走，兴许会找到他们。”

“现在我们也没有别的路可走，这也许是我们找到队伍的唯一希望了，那我们就朝西走。”

两个人从石头上站起来，手拉手背向着黄河朝西走去。

“秀英，我这有两块银圆，你有三块，一共五块，现在必须给你买个回族头巾……钱得省着花，路上我们还是以乞讨为主。还有，一路上，你不会说当地话，你就少说话，由我来对付。”

“我干脆不说话，装哑巴，遇事用手比画，我就是你的哑巴乞丐姐姐……”

“只有我们两人时，你就多说一些话，你这个急性子，不然会把你憋死。”

“行，我就是哑巴，你放心，我不会露马脚的。”

两个人都是从西往东走过来的，所以再往西走的小路，她们还算熟悉，而且正值夏天，晚上住在山林里虽凉，但不感觉冷。白天乞讨多少能讨到一些干馍馍充饥。

“秀英啊，这一路乞讨过来，我可是有经验了，千万不要到有钱人家乞讨，太穷的人家吧，人家都没得吃的，哪有给你的。要去不富也不穷的平常人家，最好是找老人和妇女讨，他们比较有同情心。”

“红梅，你真是讨口讨出经验了。”

“没办法呀，要活下去，只能这样，不丢人！”

“可我们已经有两天没有讨到吃的了，怎么办？”

“走，往山林里走，总会找到一些野果子之类的东西充饥。”

两个人在山林里转了半天，摘了一大捧野果，在林子里狼吞虎咽吃了起来。

“天哪，酸死人了。”

“酸也得吞下去呀！”

用野果子填了填肚子，两个人朝太阳落山的方向继续走去。

“红梅，这里差不多应该是到古浪县了吧？”

“应该是吧！”

翻过山，已是黄昏，在山上一平坦处，她们看见一个有十几户人家的村子。这个山村多是土坯房或石头砌的房子，在夕阳的照耀下黄黄的房子显得格外打眼。房前屋后几棵榆钱树和果树，村子周围的山坡上有零零散散的一小块一小块的土地，种着已泛黄了的麦子、玉米、土豆，有的地还种上了甜瓜，从山上往下看，那白白圆圆的瓜像一个个鹅卵石躺在绿叶中。

“秀英，看上去这是个偏僻的穷山村，但还不是吃不起饭，走，我们过去讨点儿吃的。”

山下有一条小溪，有落差的地方有一个水磨房，水车不停地转动着，不一会儿，从磨房里走出一个年轻妇女，她背上背了一个两岁左右的孩子，手里提着一袋刚磨好的面，朝山坡上一土坯房走去。房前一位大娘坐在凳子上补衣服，见妇女回来，忙起身把女人背上的孩子接下来。妇女进屋将面口袋放下，又走了出来，只见她和大娘两人又嘀咕了起来。

向红梅和刘秀英走上前。

“大娘，嫂子，行行好，能给我们一点儿吃的吗？我们已经两天没吃东西了。”

大娘吃惊地打量着这两个乞丐，问道：

"你们是哪里人，怎么会走到我们这个地方来?"

"大娘，我们家原在临泽，父母已不在了，后因战乱，房子也被烧了，于是我们姐妹俩去兰州投奔亲戚，到了兰州后，亲戚也没找到，没办法，只好又回临泽老家。我们身上没钱，只好一路乞讨。我妹妹身体不好，自幼是哑巴……望老人家可怜可怜我们，多少给一点儿吃的吧!"

向红梅一口气顺溜地背完这段台词后，用一副可怜巴巴的样子看着大娘。

大娘听完向红梅的述说后，心生怜爱地对她们说：

"哎！真可怜啊！我看你们俩也走累了，先歇歇吧。"

"兰妹，去给她们先弄点儿水喝。"

"嗯!"

站在一旁的年轻女人立即进屋，端了两碗水出来递给她们。

红梅接过水说了一声"谢谢!"女人没有说话，只是笑了笑。

"大娘，兰妹长得真漂亮，是您女儿还是媳妇?"

"儿媳妇，老天爷给我们送来的好媳妇啊！地里活、家里活都会干……"

"娘，别说了!"兰妹有些不好意思。

"好好好，不说。那你快去做饭!"

"娘，做拨疙瘩吗?"

"对，就做拨疙瘩!"

"真香啊！太好吃了。"饿极了的向红梅狼吞虎咽地边吃边说着，身旁的"哑巴"刘秀英也不住地边吃边点头。

"二位姑娘，天也黑了，今晚你们就在我们家暂歇一宿吧，明天你们翻过对面那山，下去就是去临泽的大路。"

向红梅和刘秀英一下跪在地上，给大娘磕头：

"谢谢大娘，我们会记住你们的大恩大德的。"

"我们家也穷，没有什么好吃的给你们，我儿子每年夏天出去打些零工，挣点儿油盐钱，你们今晚就在兰妹房间里挤挤吧!"

夜已经将它那漆黑的翅膀，覆盖在这宁静的山村。不远处不时传来那小溪乐此不疲地扑打在水车上的声音。

房间不大，十分简陋，一个宽宽的炕，一个陈旧的老柜子和一床有补丁的被子。

兰妹进屋将一盏油灯放在柜子上后，转身出去把在奶奶怀里已熟睡的孩子抱过来轻轻地放在炕上，拿了一件自己的衣服盖在孩子肚子上。然后转身对向红梅她们俩说：

“二位姐姐，你们俩就靠炕那头睡吧，虽是夏天，半夜也还凉快，这被子放在这，冷了就打伙盖盖……”兰妹话音刚落，向红梅有些激动地用四川话说：

“兰妹妹，你说叫我们打伙盖，这是我们四川话呀，你是四川人吧？”

兰妹瞪大眼看着向红梅，呆到那半天没出声，吃惊的眼里闪动着泪花。

“你们是……”

“兰妹，不瞒你说，我们是红军，是西路军妇女抗日先锋团的战士，我叫向红梅，她叫刘秀英。”

兰妹一下扑到向红梅怀里，呜呜地哭着说：

“我也是红军啊！”

三个人抱成一团，不敢放声大哭，只能低声地抽泣着……

“兰妹，告诉我们，你是怎么来到这里的？”

“我叫兰春花，是供给部妇女工兵连的战士，古浪战役时，我们和卫生部的一部分女战士随红九军作战，主要是救伤员和做后勤保障工作，仗打得十分惨烈，几天下来，红九军伤亡过半，弹药也没有了，就拼刺刀……敌人最后集中兵力全力攻城，情况十分危急。红九军军长孙玉清命令我们和军机关干部突围出去，猛打了好一阵后，没冲出去，我们被堵了回来，大部分同志都牺牲了……古浪城的大街小巷都变成了敌我争夺的战场。突然一队敌骑兵挥舞着马刀，在街上横冲直撞，不少同志就这样死在敌人马刀下。我们和卫生部的一部分女战士手无寸铁，被敌人堵在一个房子里，敌人挥着马刀一阵乱砍……我身上被砍了好几刀，先倒了下去，接着又有同志倒在我身上……我全身是血，整个身子几乎是泡在了血水里。天黑后，四面安静得没有一点儿声音，我害怕极了，不停地叫着我们班长、排长、战友的名字，可没有人回答我，她们都牺牲了……”兰妹哽咽得说不下去了。

“那一夜，我仿佛是在地狱里过的……天麻麻亮时，我站立不起来，只好挣扎着往门口爬，到门口时，我爬不动了，只好把手伸出门外，希望我们队伍里的同志能看见我。之后就因流血太多昏了过去。昏迷中，我感觉有人把我扶起来，背上我趺趺撞撞地走着，走了多久不知道。等我苏醒过来时，已经在这个地方了。”

停了一阵的兰妹轻轻地笑了笑，接着说：

“背我回到这里的那个年轻人，就是我现在的丈夫，他叫李树明，大家都叫他山娃。那天，他不知城里发生了什么事，仍然挑着柴火到城里去卖，他来到一大户人家，刚进去不一会儿，便听得外面杀声震天，这家人立即关上大门，他也吓得躲在这家院里不敢出去。等到第二天天快亮时，他听外面没有了动静，这才从那院里出来。看见遍街是死人，他吓得直往家里跑，当他路过我们所在的那个房子时，我正好叫了一声，爬到门口伸了伸手。他就大起胆子走过来，发现我还活着，就背起我回了他家。”

“好心人啊！后来呢？”

“到他家时，天已大亮了。他母亲见儿子一夜没回来，急得不得了，一直站在门口焦急地望着……后来，见儿子背着一个满身是血的人回来，吓了一大跳。‘儿呀，这是怎么回事？’‘娘，快别问了，赶快救人吧！’

“他母亲解开我的衣服，大吃一惊说：‘是个女娃！快去拿点儿水来！’她清洗了我的伤口，拿出珍藏多年的家传药给我敷上，然后把她的被子盖在我身上……

“他母亲这才歇下来问：‘儿子，告诉娘这到底是怎么回事？’

“山娃说：‘娘，城里今天在打仗，马家军骑兵在街上横冲直撞，追着这些红军杀，死了好多人啊，我吓得只好躲起来，到天快亮时，听外面没有动静了，才敢急忙往回走，走到一户房门口时，发现从门里伸出一只手，我上前一看这个人没死，于是我就赶紧背起这个人就跑，也不知是男是女。你不是常说救人一命胜造什么……’母亲笑着说：‘儿子，你做得对。’

“我苏醒过来已是两天后了，醒来后我看见大娘和山娃大大地松了一口气，他们看着我开心地笑了。我问大娘：‘这是哪里？我怎么会在这里？’她叫我不要害怕，安心养伤……后来我听大娘讲，他们本姓李，是河南人，因大饥荒逃难来到这里。山娃的父亲在山娃 10 岁时，外出务工，从此杳无音信，听别人讲他被国民党抓了壮丁……母子俩相依为命，虽很穷困，但大娘极为勤劳能干，和乡邻们相处得很好，加上儿子也慢慢长大，母子俩在山坡上开出了好几块地，种上粮食，日子也算过得下去。”

已是下半夜了，三个人靠在一起，没有一点儿睡意，兰春花还在讲着。

“几个月后，在他们母子的精心照料下，我可以下地走动了，一年后，我可以下地干活了。这时我心里天天想的是尽快去找到队伍。一天我给大娘说了我的想法，大娘说：‘姑娘，已经一年多了，你们队伍在哪里你也不知道，我叫山娃去城里打听打听，然后你再走好吗？’”兰春花停了一下后继续说：

“山娃从县城回来说，西路红军已全军覆没，好多红军战士被打死了，没死的大都被马家军抓了，很惨，尤其是女兵更惨，押解到西宁去的人，好多被马步芳活埋了，没死的也折磨得不像人了……”兰春花说到这里已泣不成声了。

向红梅抱着她的头说：

“好妹妹，我们不哭，胜败乃兵家常事。后来的事你不知道，队伍在祁连山是弹尽粮绝，在这最艰难、最危险的时候，为了保存实力，西路军兵分三路，主要一路向西去了，另两路分散作战，吸引敌人，掩护他们西去……我相信红军不死，总有一天会胜利的。”

兰春花抬起头，瞪大眼问：

“是真的吗？”

“当然是真的，我们俩就是决定向西去寻找他们。”

“我好想和你们一起去。”

兰春花说完这话后，转身看了看熟睡的孩子，埋下头说：

“可我……”

刘秀英拉住她的手笑着说：

“好妹妹，你命好啊！遇到了好人家，又有这么乖一个儿子，舍得吗？快说说你怎么爱上山娃的？”

兰春花脸红了。

“其实，我听到这些消息后，哭了好几天，他们母子一直安慰我，我也没有好去处，回四川那是不可能的事，只好继续待在他们家。

“这以后，我把山娃叫哥，把大娘叫娘，和他们一起下地干活，日子就这样一天天过下去。我一直和娘睡在那间屋，记得是前年年三十晚，娘对我说：‘兰姑娘，你也不小了，娘有你这么好的闺女是娘的福分啊，不过娘一直有个心愿……想让你做我的儿媳妇，山娃比你大两岁，他人老实、善良、勤劳，不知你喜不喜欢他?’看着娘期盼的眼神，我点头了。”

“那你自己喜不喜欢山娃呢?”

“开始，说不上喜欢，只是他救了我的命，更多的是感激，后来，生活在这个家里，他对我爱护有加，而且他心地善良，慢慢地也喜欢他了……

“初一那天，娘包了饺子，请邻里乡亲们来吃了一顿饭，我和山娃就算成亲了。后来生了儿子小定，娘高兴得不得了，说：‘我们李家有后了!’”

……

到了下半夜，三个人才迷迷糊糊地睡着了。

天大亮了，向红梅醒了，她见兰春花不在炕上，估计早就起来了，于是她拉了拉睡在身边的刘秀英，悄悄地说：

“秀英，我们该走了。”

“好!”

两个人收拾好后，朝门口走去。

“等等!”大娘从灶房里走出来，拉着她们说：

“两位姑娘不忙走，饭已经做好了，吃饱了再上路。”

兰春花端出热腾腾的玉米饼。

“两位姐姐，兰妹没有什么好招待你们的，你们多吃一点儿，好有力气走路。”

“大娘、兰妹妹，谢谢你们娘儿俩!”

吃完饭，两个人谢过大娘和兰妹，正要走出房门，兰春花递给向红梅一个装得满满的口袋。

“两位姐姐，这是娘给你们准备的一些炒麦子，路上可以充饥，我给你们放了些玉米饼，还有一包火柴……你们路上一定要小心啊!”

兰妹哽咽得说不出话来，她猛地抱着向红梅和刘秀英哭了起来。

“好妹妹，不哭，我们都要好好活下去，你有家，真好啊！好好珍惜眼下的幸福。相信我们还有见面的那一天的。”

刘秀英已是泪流满面了。

“大娘、兰妹妹，我们走了，再见！”

向红梅和刘秀英爬上对面那座山梁时，回头看见兰春花依然站在家门口，挥动着手，眼巴巴地望着她们。

18

走了多少天，向红梅记不得了，只知道她们已从夏天走到了深秋。

天空是发灰的，云彩也失去了昔日的风采。林子里、路边上的老榆树全身的叶子已经没有多少了，可冷冷的秋风还在不停地摇动着它们，无情的秋天是要彻底剥下它们美丽的衣裳，让它们枯秃地站在那里接受寒冬的折磨。

躺在树下的落叶上，她们却没有感到一丝丝温暖，早上醒来，向红梅看见身上有了一层薄薄的白霜。

“哎！冬天快来了啊！”她拍打着身上的霜，自言自语道。

刘秀英也站起来，两个人不停地活动着冻僵了的身子。

“我们继续走吧，走起来就不会冷了。”

“红梅，河西走廊的冬天我们是经历过的，要想办法弄床毯子，不然我们早晚会被冻死的。”

“前面应该是山丹县了吧！”

“应该是。”

“红梅，这个地方我们好像来过，几年前我们妇女抗日先锋团驻扎在山丹县城，当时上级叫我们在这里发动群众，建立根据地，成立苏维埃政权，我们在这一带开展了发动群众的工作。”

“对，我还记得一个叫王彩霞的妇女，我们还帮她家干活，她还叫我妹子呢！”

“你还记得她家住哪里吗？”

“我想想，我记得她家在一个村头，房虽破旧，倒是很宽敞。走，我们到前面去打听打听。”

天凉，村子里家家户户都关门闭户的，向红梅和刘秀英来到村头一户人家，她记得这应该就是王彩霞的家，于是上前敲门。

“谁呀？”

“大姐，行行好，我们想讨口热水喝。”

“你们是打哪儿来？”

“大姐啊，不瞒你说，我们家遭难，房子也被烧了，父母死了，我和我这个哑巴妹妹想去高台投奔远房亲戚，没钱，一路上只好乞讨……”

向红梅一眼就认出她就是王彩霞，见她没认出自己，所以没叫她的名字，只是用一口流利的甘肃话与她交谈着。

“啊，造孽呀，那你们进来吧！”

“谢谢大姐！谢谢大姐！”

屋子里很暖和，屋中间的炉子上，茶壶正冒着热气。王彩霞给她们俩一人倒了一碗开水。

“先喝点儿热水吧，唉！看你们这个样子，天再冷了怎么办啊！”

“是，我们也担心这个冬天我们过不去了，可没办法呀。”

“这位好心大姐，家里还有其他人吗？”

“有五口人，男人、公公、婆婆、女儿和我，女儿今年出嫁了，家里就剩四人，男人被迫参加民团，天天早出晚归，公婆年纪大了，身体也不好，里里外外就是我一个人累……”

“看你这么累，男人为什么非要参加民团，不去行吗？”

“妹子，这话说来就长了。几年前我们这里来了红军，说是穷人的队伍，他们人可好了，我还见过好多女兵，我给她们磨面、做饼……成为支援红军的积极分子，后来县、乡都成立了苏维埃政府，专为咱们穷人办事，我们都很拥护啊！可没有几天，红军走了，马家军打过来，加之这里的民团，那真是狠啊，到处抓人，弄得鸡飞狗跳，凡是参加县、乡苏维埃政府的人，无论男女老少，全部被他们杀了，真惨啊！我算是个拥护苏维埃的积极分子，也有可能要倒霉。我男人那时不在山丹，去张掖帮亲戚修房子，回来看到这阵势也吓到了，为了保护我，他只好去参加民团，跟着他们天天拿着刀枪吓唬人。我躲在家里有几个月不敢出门，三年都没去过县城了。”

“都几年过去了，现在应该没什么事了吧？”

“妹子，你不晓得，后来呀，他们到处抓被打散了的红军，杀了好多人哟，有不少女红军战士被他们糟蹋得不像人样啊！我给我男人说了，不要去做那些伤天害理的事，今后会遭报应的。我男人说他不做坏事，跟着瞎哼哼而已。”

“大姐，谢谢你，我们身上也暖和了。天不早了，我们要走了。大姐，你看冬天也来了，不知你有没有不要的烂棉絮或毡片，能给我们一点儿吗？”

“有，我去给你们拿。”

王彩霞走进另一间房，不一会儿抱着一床补丁很多的被子和一件烂棉袄走出来，递给向红梅。

“妹子，我家穷，也没有什么好东西，这个你们拿去避避寒吧。”

“太谢谢大姐了，我们会永远记住你的恩德的。”

“呵！等等，这里有几个饼，你们带在路上吃吧，但愿你们能找到你们的远房亲戚。”

从王彩霞家走出来，向红梅和刘秀英沿北边山路朝临泽方向走去。

“红梅，你真行啊！”

“我不认她，绝对不是不相信她，听得出来，她对我们红军是有好感的，我是不想再给她带来麻烦和不安。”

“你说她男人要是知道了我们的身份，会不会出卖我们？”

“我想不会吧！看来在这个家里他还是会听王彩霞的。”

“不过，这倒提醒了我们，要尽量避开民团活动的地方。我们最好是从北边龙首山绕过去。”

龙首山不算太高，沿着山脚有一条西去的路。看来前几天这里下过雪，狂风吹起戈壁的黄沙，路上的积雪和沙尘混在一起，被践踏成黄黄的、滑滑的硬块。路边堆积着厚厚的积雪，上面覆盖着一层黄沙。由于太阳出来的缘故，这些雪堆变得松软起来，路表面也融成一道道小沟，道路慢慢地变得泥泞起来。

山上是一片片森林，向红梅她们怕迷路，不敢往山上走，只好顺着路走，路上没有什么行人，茫茫大地上仿佛只有她们两个人影在上面移动。两人脚上的烂布鞋已完全湿透。

天快黑了，路过一个村子，她们没敢进村，村头有户人家也许刚收了玉米，门前堆了一大垛玉米秆，趁天黑，两人钻进玉米秆垛子里，把湿透了的鞋子脱下，两个人裹在破被里，吃着冻硬了的饼……

天刚蒙蒙亮，两人赶紧起来上路，可那鞋已冻成冰鞋，穿不进去。

“怎么办？不能赤脚走呀!”

向红梅从破被上撕下几块布递给刘秀英：

“裹在脚上，再穿鞋。”

早上的路已不泥泞，而是冻成冰路了，冻硬了的鞋走在冰路上是一步一滑，两人手拉着手一步步朝前挪。

太阳出来后，路变泥泞了，脚上湿湿的鞋好沉重……

“红梅，太阳下山了，天很快要黑了，前面到处是石头荒野，我看还是到山上的林子里去吧。”

“秀英，你看，前面好像没有下过雪，山边石头红红的，地是干的。你说得对，我们去林子里找点儿柴，把鞋烤干再走。”

森林一片沉寂，神秘莫测，她们小心翼翼地前行……趁天还没黑，她们捡了许多枯枝，架起来，然后用地上的枯草、干树叶放在下面点燃。

红红的火光映照在刘秀英那清瘦而苍白的脸颊上，烧起了一片红潮，她的女性之美，她的青春，以及她全部丰茂的美丽，重又回来了，仿佛从女性内心中涌现出来的一种灿烂温柔的微笑，戏舞在她的嘴边。

“真暖和，真幸福哇!”

正在把湿鞋放在火边的向红梅，看了看刘秀英笑着说：

“我今天才发现你真的是个美人坯子。”

刘秀英用狡黠的眼神看了看向红梅，下意识地用手摸了摸自己的脸庞。

“是吗？我怎么不知道？不过，比起你来还差那么一点点，怪不得有男人看上了你。而我，到现在也没有被一个男人追求过，想起来真有点儿伤心……”

“秀英，别急嘛！到时候追你的人要排成队哟！”

“到时候？什么时候？会有那一天吗？”

刘秀英伤感的情绪，让向红梅一下也难过了起来，她在心里不停地问自己：是啊！什么时候？我们能走到哪里？能找到队伍吗？天寒地冻、缺衣无食，我们还能坚持活多久？向红梅用双手紧紧地抱着自己的头，泪水在她的心里翻滚。

她们继续向西走去。

刺骨的寒风呼啸狂怒，掀起漫天黄沙铺天盖地地扑过来，沙子像一颗颗锋利的石子打在她们的脸上，她们完全透不过气来，更无法张嘴说话。

她们时而背对着风走，可要挪动一步都十分艰难。她们对天大喊：“狂风，你快点停息吧！”可老天爷全然听不见，在狂风的怒号和呼啸声中，只听得一阵阵凄苦的声音，像狼嚎，又像远处的马嘶，有时又像人们在大难之中的呼救声。

夜里，风停了，大地像被冻死了一样，透骨的空气是冻结的，它的屠杀力不亚于狂风的肆虐。

她们走到一个家家关门闭户的村子，看到一个羊圈可栖身，羊被冻得挤成一团。向红梅她们翻进羊圈，挤到羊群中，借用羊身上的毛取暖。早上，她俩挨家乞讨，遇到好心人给点热汤热馍，遇到恶人家，不但不给吃的，还会遭到一顿臭骂，被赶出去。

刘秀英感到自己浑身无力，像是发烧了，她咬着牙慢慢地走着。

“秀英，你怎么样？哪里不好？”

“没事，可能是冻着了。”

“秀英，你在发烧？”向红梅用手摸了摸刘秀英的头，焦急地说。

“红梅，没有哇！”

“秀英，前面就是高台城了，再坚持一会儿。”

高台，这个让红五军全军覆没的地方，妇女抗日先锋团三营的姐妹们几乎都牺牲在这里。

向红梅望着残垣断壁的高台县城墙，泪水哗哗地往下淌。她对着城墙在心底大声地喊：

“梁红英，我的好妹妹，你在哪里？姐姐来看你了……”

城墙只给了她低沉而悲壮的回音。

城外一片荒凉，看不到一点生气，只有黄黄的土地和在风中摇晃的枯草。

高台县城东北角那片房屋，在那场血战中被马匪烧成了一片废墟，如今仍是断壁残垣。

走过去，仿佛还能闻到浓浓的血腥味。地上到处是烧成黑黑的木炭的房梁和家具，上面已落上了一层黄沙。

刘秀英的脸色苍白，走起路来摇摇晃晃，向红梅在废墟中找到一个可挡风的墙角。她让刘秀英裹着破被子靠墙坐着，自己在废墟中寻找一些没有烧净的木头和木炭，在墙角生起了火。

“秀英，你在这里歇着，我进城去找点吃的。”

高台县城，房屋、街道都蒙着一层厚厚的黄沙，街的两边大都是破屋颓垣，只有那座清真寺是完好的。夕阳下，房顶上冒出灰蓝色的炊烟，让这县城多少有了一些生气。街道两旁已落光叶子的树木在刺骨的寒风中孤独地摇摆着，街上各个商铺、小饭店只见招牌，不见开门，行人不多，偶尔看到一些戴着帽子的男人和包着头巾的女人。

向红梅走进城边一条小街，见前面一个土房的门打开，一个头发花白佝偻着身子的老奶奶从屋里出来，她穿着一件宽大的棉袄，手里拿着一根木棍，支撑着她的身子。她站在门口，不停地朝门外两边的路上望了又望，一副很着急的样子。

“大娘，你好！我是山丹县人，在这里寻亲，我家遭难，父母双亡，我和妹妹只好来这里投奔亲戚，我们亲戚住县城东，结果那里什么也没有了，烧光了，这下我们找不到了，听街上人说，住在那里的人全都死了。我们怎么办啊！我和妹妹几天没吃东西了，大娘行行好，给我们一点吃的吧！”

向红梅说到这里，自己的眼泪已不由自主地流了下来。

“造孽啊！姑娘，进屋吧！”

这是一个小院，有好几间房屋，庭院收拾得干净利落，院墙角有个小羊圈，里面有两只羊，还放有一些农具。

大娘推开中间那房门，对向红梅说：

“姑娘进屋！外面冷。”

“大娘，你有事，是在外面等人吗？”

“是啊，今天是年三十，我媳妇要生了，儿子去请接生婆，到现在还没回来，我着急呀！”

这时另一房里传来呻吟声，继而是大声“哎哟、哎哟”的叫唤声。

“大娘，让我过去看看！”

“好好好！”

屋里炕上躺着一个妇女，她痛苦地扭动着身子，前额的头发已被汗水湿透，一看被褥已经湿了一大块，看来羊水已经破了。

向红梅上前替她擦着头上的汗，安慰着说：

“不怕，不怕，恭喜你快当妈妈了，生孩子是要痛一阵，坚持一会儿就好了，宝宝也急着想出来啊！”

妇女望着向红梅这张微笑着的脸，慢慢地平静了下来。

此时，向红梅看着看着，仿佛看见眼前的女人，竟然就成了政委吴秀英躺在冰河上的样子……

“大娘，她很快要生了。”

向红梅仔细地回忆着当时卫生员给政委接生的动作，大着胆子替她接生。

“看到孩子的头了，再加把劲！”

此时，更让向红梅吃惊的是这位妇女身上、腿上的刀伤和枪伤伤疤，莫非她是……

没有等她多想，一声婴儿的啼哭声在屋里回荡……

“生了！生了！”

“大娘，是个儿子！”

向红梅抱起孩子，用准备好了的棉被把他包起来，递给这位妇女，并轻声地用四川话在她的耳边说了一句：

“好姐姐，恭喜你当母亲了。”

妇女吃惊地张大双眼看着向红梅，刚要说什么，正在这时，大娘的儿子回来了，接生婆也来了。

大娘的儿子赶紧上前，对这妇女说：

“老婆，你受苦了……”

然后从她手里接过儿子紧紧地抱在怀里，高兴地在屋里转来转去……

看着他抱着自己的儿子乐滋滋的样子，不知为什么，向红梅一下子鼻子发酸，突然想起了政委吴秀英，想起了她在撤离临泽的路上生下的那个儿子和牺牲在高台的丈夫。

大娘拉着含着泪发呆的向红梅：

“这位姑娘，你是有福之人啊！大年三十你给我们带福来了，你看，你一来，我孙子就落地了，你是我孙子第一个见到的人，谢谢你啊！”

“大娘，不谢。祝贺你们家生了个大胖小子，我要走了，我妹妹还在城东烂墙下坐着等我呢。”

“你等等！”

躺在炕上的妇女坐了起来，她显得有些激动，脸上泛着红光，眼里充满了泪花，欲言又止像是强忍着什么难言之隐。

“这位妹妹，我不知道你姓啥，看到你我感到好亲切，就如同看到了自己的娘家人，有好多话想跟你说。你能留下来住几天吗？”

“好姐姐，不行啊！我那个妹妹生病了，又是个哑巴，一个人躺在城东头，我得马上过去，如果可以的话，给我们一点吃的，就千谢万谢了。”

妇女泪汪汪地感到很失望，她无奈地对婆婆和丈夫说：

“她是我们母子的救命恩人，你们要多送些吃的给她们。”

大娘随即走进厨房，不一会儿从厨房出来了，手里提着一个柳条篮子，里面放了好几个饼，还放了两个红红的鸡蛋，一个瓦罐装了半罐刚熬好的小米粥，大娘把篮子递给了向红梅说：

“姑娘，咱家也没什么好吃的东西，这些你就带走吧，真希望老天爷帮帮你这样的好人。”

向红梅接过篮子后，把篮子里两个鸡蛋取出来放在大娘手中：

“大娘，鸡蛋留下给你儿媳吃，生了娃要补补身子。这饼和粥我收下了，谢谢你!”

“这是喜蛋，你今天最该吃这红蛋，这是我们这里的规矩。”

大娘硬是将鸡蛋放进了篮子。

向红梅放下手中的篮子，转身走到炕前，紧紧地抱住这位妇女，在她的耳根边轻声地说了一句话：“好好地活着!”然后提着篮子离开了。

走出大门后，向红梅是一阵小跑，飞快地来到城东废墟。见刘秀英倒在地上，火堆也快熄灭了，向红梅将刘秀英抱起来，发现她脸色潮红，全身发烫，一副昏昏欲睡的样子。

“秀英，你怎么啦？发高烧了！快坐起来，喝点小米粥……”

“红梅，我是不是快要死了？我好难受……”

“秀英，我们说好了要好好活下去，你可不要变卦哟!”

“红梅，我一点力气也没有了，一步也走不动了，你就别管我了，你走吧!”

“你胡说什么！要死我们也得一起死！我们已经死过好多回了，死是太容易了，但我们现在不能死啊!”

“秀英啊！你不用怕，好好休息，我答应你，不走了，你安心地睡吧。”

喝了点热小米粥的刘秀英睡着了。向红梅把破被子全盖在她身上，并让火堆烧得更旺一些，她自己穿着破棉衣坐在火边，一点睡意也没有。

刘秀英的话深深地刺痛着向红梅，她突然感到了一种无可挽救的孤独。昔日的妇女抗日先锋团，可亲可敬的战友们、日夜思念的恋人都变得无限的遥远，仿佛只是曾经做过的梦。眼下，这梦甚至已没有了任何价值，此时此刻，她感觉自己好像堕入了一个黑暗的大地窖里，摸不到它的边缘，找不到它的出口，四周没有一个人，她伸出双手在黑暗中摸索，多么希望寻到一只强有力的手拉着她……她凝视着火堆出神，火焰不停地在她的眼前晃动，泪水却涌满了她的眼眶，直到她完全看不清楚了火光。

夜里的寒风从她背后一阵阵吹过来，她打了个寒战，仿佛从那无助的噩梦中醒了过来。她望着天上的寒星默默地说：“我不相信世间永远黑暗，不相信红军战士的鲜血白流，我不能就这样白白死去，不管还有什么更可怕的事情在等着我，我唯一要做的事就是活着。”

“我要活下去！白天，我要天天看着太阳，夜里，我要看得见星星月亮。我向红梅一定要活着看到红军胜利的那一天，我一定要活着……”

想到这里，向红梅的脸上露出了一丝微笑。

接下来，向红梅想得更多的是眼前最现实的问题，刘秀英身体很难继续西行，怎么办？她思前想后，唯一的办法是重新回到老垭堡，那里还有被丢弃的20多个战友，那里还有自己能落脚的家。老韩头、李妈、奶奶承诺过若无路可走就回到他们那里。对！回老垭堡。

拿定主意的向红梅，倒在火边睡着了。

向红梅搀扶着刘秀英，按原来的路往东走。

因为是过年，一路上都比较容易讨着饭吃。有了高台大娘送的这篮子、瓦罐，乞讨起来方便多了，还可以讨到一点热汤水。

刘秀英一路上都咳嗽不止，时不时地发着高烧。她们只好走走停停，到了龙首山，向红梅见刘秀英走路很吃力，身体越来越不行了，她们便在森林里住了下来。

向红梅见刘秀英的病越来越重，心里万分着急，她不断地回忆着爷爷治疗咳嗽用的药，想来想去只记得有一味药是甘草，怎么办？唯一的办法就是去买药。于是她大着胆子去了山丹县城。在一个中药铺，她给坐堂的中医说了刘秀英的病情，医生开了两服治咳嗽的中药，她用身上所有的钱，抓了中药，还买了些馍和咸菜。

林子里柴火不缺，瓦罐起了大作用，刘秀英吃了两服药后，咳嗽好了一些，又可以慢慢走了。

两人继续向东走，走到永昌附近时，已是春暖花开的季节了。

阳光下，枯黄的草死而复生，昏睡的土地慢慢地复活了，原野一点一点地变绿，已经闻得到土地解冻的气息，嫩绿的小树叶，从枯枝上冒了出来。冬天的严寒已经渐渐消除，虽然山的背阴处和夜里还是寒气凛凛，但吹在身上的风缓和多了。

刘秀英仍然咳嗽不止，有时还会吐出血来，看见日渐消瘦、脸色苍白的刘秀英，向红梅心急如焚。可她们俩已身无分文，无钱买药了。

“红梅，我实在没有力气走了，你就别管我了，这一路有你陪伴，真好……你快走吧，答应我一定要活下去……”

“秀英，不要说了，我不会丢下你的，来，我背着你走！”

“看你瘦成那样还要背我？红梅，我知道我活不了几天，我不能再拖累你，这样我们俩都活不成，就算我今生最后一次求你了，行不？”

向红梅什么话都没说，上前把躺在地上的刘秀英拉起来，背着就走，刘秀英连从她背上梭下去的力气都没有了，只好乖乖地趴在她的背上。

到老垭堡还有很远的路程，向红梅背着刘秀英艰难地在崎岖的山路上走着。

19

已经能看到老垭堡了，向红梅背着刘秀英来到了老垭堡附近的一个山林，她把背上的刘秀英轻轻放下来，指着前面的村子对刘秀英说：

“秀英，你看，前面就是老垭堡，我们快到家了。”

刘秀英没吭声，只见泪水沿着她那灰色、低陷的双颊缓缓流淌下来，她的嘴微微张着，想说什么，可没有出声，她一点生气都没有了。

“秀英，你怎么啦？别吓我！”

刘秀英仍然一点反应没有，这下向红梅急了，用手一摸，发现刘秀英手脚已冰凉，把手放在她的鼻孔处，发现已经没有了呼吸。

向红梅脑子顿时一片空白，她呆呆瞪瞪地坐在地上，极度的痛苦让她已感觉不到自己是否还活着。她不由自主地抬起头，望着那浩瀚的天空，她想问老天爷这是为什么？可没有等她开口，眼前突然出现了红红的火球，像一颗颗子弹向她飞过来，火球越来越多，当中出现了好多人的脸……廖荣华、贾凤莲、梁红英、“小喜鹊”、凤辣子……越来越近，钻进了她的身子，全不见了，极度虚弱和悲伤的向红梅昏倒在地上。

苏醒过来后，向红梅伏在刘秀英的身上才哭出声来。

此时的向红梅陷入了无比的痛苦、悲伤之中，她抚摸着刘秀英灰白的脸，微微颤动着嘴唇，对她说着，又像是在自言自语：

“秀英，你为什么不守承诺？说好了要活下去，说好了要为姐妹们报仇，要等到胜利的那一天……为什么、为什么……”

刘秀英静静地躺在哪里，她不需要再走了，她不再乞讨了，她不再咳嗽了……她走了，解脱了。

向红梅把那个瓦罐摔破，用瓦片在地上刨着，春天林子地面是松软的沙土，她哭着、刨着。她刨得很快，不让自己有一刻歇息。已麻木的她，手被瓦罐片磨出了血，没有感觉，天已黑了，她也不知道……

这一夜，向红梅感到从未有过的孤独和悲凉。

天快亮了，向红梅轻轻整理着刘秀英身上破烂的衣衫，把她的头发用自己的五根手指梳理整齐，然后用那床破被子把她的身子紧紧地包裹起来。

“秀英啊！到了那边，见到我们的姐妹们，帮我问个好，说我很想她们……”泪水不停地落在刘秀英僵硬的脸颊上。

向红梅把她抱起来，轻轻地放进挖好的土坑里，用瓦片把土一把一把盖在上面，为了垒个坟，她提着讨饭篮子把土一点一点运过去，用了整整一大垒起了一座坟包。

汗水湿透了她的衣衫，晚霞映在她湿漉漉的脸上，极度的虚弱使她的脸格外的苍白，她木然地站在坟前，一声不响。她感觉自己的胸口像压着一块大石头，呼吸都非常困难，她的喉咙里一直在呼唤着：“哦！秀英，秀英……”

向红梅疲惫地倒在坟前。

晚风吹得林子里树叶哗哗响，向红梅仿佛觉得自己独自一人在黑茫茫的一条道路上奔走着，她手里拿着一盏就要熄灭的灯，徘徊在崎岖的山谷中，一整夜她都在摸索、奔波……那一星点微弱的灯火，让她看不见前方，看不见一线光明，黑暗一直紧紧跟随着她，包围着她……

刘秀英死后，向红梅感到身上的能量也同她一起逝去了，她觉着自己在抽缩、干枯，一夜之间她变得衰老了许多……她甚至连站立起来的力气也没有了。

向红梅支撑着虚弱的身子，勉强坐了起来，麻木地靠坐在坟头，已经没有什么泪水可流了，她在心里默默地念叨着：

“秀英啊，你知道吗？我从小就不知道什么是温暖、什么是爱，幼小的我就被人卖来卖去，在地主家任人打骂、侮辱、残害，我早已死过了。当了红军后，我才感到自己是个人，我才知道什么是温暖，什么是爱……我喜欢红军兄弟姐妹，我热爱这支队伍，我不想离开红军队伍……这么多年来，我已经历了无数残酷的战斗，也经历了太多的伤痛、死亡、分离……多好的兄弟姐妹们牺牲了。在这支队伍里我也变了，不再是一个任人摆布的弱女子，我变成了一块坚硬的石头，什么都不怕，死亡我不怕，可为什么我现在偏偏还活着？为什么？是老天爷要我活着，是你叫我活下去，是死去的姐妹们要我坚持活下去，她们天天都在叮嘱我说，红梅呀！哪怕最后只剩下你一个人，你也要战斗、要活下去，要为我们报仇……”

向红梅努力地寻找着活下去的理由，并慢慢地给自己找回能量。她终于站立了起来。

天暗了下去，向红梅用瓦片在坟边的树干上刻下三道深深的记号。

“秀英，你再也不用走了，就在这暂时住着，只要我还活着，我会常常来看你、陪你……”

夜里，老垭堡除偶尔有几声狗叫声外，显得格外安静。

向红梅在刘秀英坟前敬了个军礼，然后拖着极度虚弱疲惫的身子，摇摇晃晃地离开了这山林，朝老垭堡村子走去。

村西老韩头家还亮着灯，她轻轻地敲击着门：

“奶奶，开门！”

“谁呀？”屋里传来女人的声音。

“是我。”

门打开了，开门的是李妈，她吃惊地看着门口站着的一个衣服破烂不堪，蓬头垢面，手里还提着一个篮子的乞丐……

"娘，我是红梅呀!"

"真的是你吗?"李妈把身子往一边挪开，让屋里的灯照在向红梅脸上。

"哎呀，真的是你，你走了都快三个年头了，我们还经常念叨着你呢，快快，进来!"

李妈进屋兴奋地朝婆婆叫着：

"娘，你看谁回来了?"

坐在炕上的奶奶，看见进来的姑娘，她眯起眼仔细地打量着。

向红梅扑上去抱着奶奶哭着说：

"奶奶，是我呀!"

"丫头，真的是你吗?"

"是我，奶奶，我找不到家了呀……"

"不哭，回来就好，回来就好。"

李妈看着已骨瘦如柴的向红梅，站在一旁也直流泪。

"我们天天都在念叨你，还以为你……"

"娘，我命大，小时候我们那里就有人说十二生肖里没有我的属相，我属猫，因为猫有九条命呀!"

"这丫头!"

"娘、奶奶，我爹呢?他还好吗?"

"唉!你走后第二年，韩德魁就调防去别的地方，你爹打算回家种地，韩德魁不同意你爹回来，说他马喂得好，没办法只好随着去了，听说现在好像在武威附近。"

"奶奶，那现在老垭堡没有驻兵了?"

"兵没有了，但有民团，周围一些山上还有土匪，时不时地要来骚扰一下。"

李妈做了热腾腾的面汤，饿了两天的向红梅一口气就吃完了。

"娘，真好吃。"

"你看把这孩子饿成什么样子了。"

"丫头，我烧了热水，你进去洗洗，我拿了衣服你换上。"

李妈把向红梅长满虱子的衣服丢了出去。

看到收拾整洁后的向红梅又黄又瘦，李妈十分心疼地问道：

“丫头，这几年你怎么过的哟？”

“我遇到了一个同乡，两个人就同行回老家，一路上全靠乞讨，遇到好心人多少给点吃的，遇到不好的人不但不给，还又打又骂，放狗咬。后来我的同乡病了，加上又饿又累，半道上她……她病死了……”

说到这里，向红梅哽咽得说不下去了。

“哎，真是造孽啊！”

“娘，你知不知道韩德魁抓来的那几十个姑娘现在都在哪儿？”

“哎！别提了，惨啦！被那些军官们玩弄、糟蹋的姑娘，后来又给下面的士兵糟蹋，韩德魁撤营时，没把她们全带走，没带走的又被他们转卖给了这里的民团、土匪、地痞、农民。听说有几个都因不从被弄死了。”

听到这，向红梅气得咬牙切齿。

“这些狗杂种、狗杂种……”

“这些作恶的人总有一天会遭报应的。”

“丫头，你放心，因为你爹在韩德魁那当马夫，土匪和民团的人不敢轻易来我们家找麻烦。”

夜里，躺在奶奶身边的向红梅感到无比的温暖，奶奶不停地问长问短，向红梅给奶奶讲述着这几年的经历和遭遇，让奶奶一会儿哭着，一会儿笑着……

李妈家有好几亩地，是她和老韩头辛苦了大半辈子买下的，地离村子虽然远了点，但只要不遇天灾，每年种的麦子、玉米、洋芋和一些蔬菜，还能够一家人吃。

眼下正是春播的时节，一大早，向红梅扛着锄头和李妈一道下地干活。

向红梅干起活来，既在行又利索。

“想不到你干农活还是一把好手。”

“娘，在四川老家，我家都是农民，很穷，很小的时候我就被卖到地主家干活。”

“真是个苦命的娃哟！”

“娘，等农活干完，我想去村子里转转，应该没有人能认出我吧？”

向红梅心里一直挂念着那几十个姐妹，尤其是惦念着王桂英和杜世英，她们在哪里？她们怎么样？向红梅实在是忍不住了，她对李妈请求道。

“不会有人认得你，如果有人问起，我会回答他们，你放心。”

“这样，过两天就是清明节了，我陪你出去上坟，你把头巾裹严实点。”

李妈公公的坟离他们家的地不远，上完坟后，李妈对向红梅笑着说：

“走，去看看你爹给你垒的‘坟墓’，你还没有去看过呢!”

“好，真想去看看。”

向红梅的“坟”在村子东头，两人走到那里时，向红梅看见自己的“坟”前有一个女人正跪在那烧纸，旁边坐着一个两岁左右的孩子。只听女人边烧还边哭诉着：

“红梅姐，你走了几年了，把我丢在这里，我好想你……”

听到这声音，向红梅身上的血液直冲脑门，眼前这一幕发生得太突然了，她不顾一切地冲了过去……

“桂英！桂英啊!”

跪在地上的女人，被这一呼喊声吓了一大跳，当她把头扭过来时，向红梅已扑上去紧紧地抱住了她。

“桂英妹妹，我是红梅姐呀！我没有死，我还活着……”

“真的是红梅姐吗？这不是在做梦？”

这上坟的女人正是向红梅时时挂念的王桂英。她见到向红梅活生生地站在她面前，激动得完全失控地在向红梅怀里号啕大哭起来。几年的思念、委屈、痛苦、耻辱都用眼泪倾诉着……

地上坐着的小孩，见妈妈哭得如此惊天动地，也吓得哭了起来。李妈上前抱起孩子，自己也忍不住泪流满面。

见到王桂英，对于向红梅来说是无比的高兴和安慰，她拍着王桂英的背，亲切地对她说：

“好妹妹，我们见面了，还活着，不哭。”

稍平静下来的王桂英，拉着向红梅的手不放，怕她一下子又不见了。她紧紧地拉着向红梅径直往自己家走。

“红梅姐，走！到我那里去，我有好多好多话要对你讲呢。”

“哦，忘了告诉你，她是李妈，现在是我娘，是他们一家人救了我。”

王桂英一下跪在李妈跟前，叫了一声“娘”，李妈忙把她扶起来。

“红梅姐的娘，也就是我王桂英的娘。”

“哎哟，我好福气，又有一个女儿了。”

向红梅指着李妈手里抱着的孩子问：

“桂英，这孩子是……”

“是我的儿子，两岁多了，小名叫牛牛。”

“都当妈妈了，他爸爸呢?”

“哎！说来话长，等回去我慢慢告诉你。”

“娘，你先回去，我去桂英妹妹家看看，晚上我就回来。”

“好吧，小心啊!”

“娘，放心吧。”

王桂英的房子在村东头，还是赵兴武原来买的那房子。那是一个小院，院子很小，一棵果树仿佛就占去了一半，树下有一两个小木凳，院另一边有一块小小菜地，已种上了菜苗。小院门正对着有两间土坯房，房后面有个小门，门外还是一块地，王桂英已种上了玉米。房里东西十分简陋，西屋有一个炕，炕侧面墙上有一个很小的窗户，巴掌大的窗台上放着一盏小油灯，炕上有个旧箱子，箱子上面放了床花被子，炕中间放了一个小炕桌。炕头有一个小灶，灶台上有几个碗，灶边一个水缸，缸盖上放着一个木水瓢。另一间房放了一些杂物和柴火。

王桂英拉着向红梅坐在炕上，就开始不停地讲述着。

“……我被一个叫赵兴武的连长领走，当他告诉我你和杜世英都被他们整死了时，我也想死……我想和你死在一起，趴在你的‘坟头’不走……这个赵兴武把我抱了回去，没死成的我大病了一场，这个赵兴武把我救了过来，他说他也是穷人出身，随父亲从景泰到这边讨口，父亲饿死后，他被一煤老板卖给了马家军……他心好，对我还好，说会娶我，要对我一辈子好……后来我就嫁给他了。

“老垭堡是个鸟不拉屎、鸡不下蛋的穷尻尻（四川话），听赵兴武说，当时韩德魁他们驻扎在这里，是马步芳为了防止西路军从这里向内蒙古方向行进。西路军失败后……韩德魁就不愿驻扎在这里。韩德魁移防时，我已生下牛牛，赵兴武不能带我娘俩走，就把我们留在这里了，他说三年后他会带我回他的老家景泰县。临走时他给这里民团的头头说了，不准伤害我们母子……

“红梅姐，我是不幸中的幸运，遇到了好人，可其他姐妹就非常惨了。她们被韩德魁分给团营的军官们，任由他们糟蹋蹂躏。军官们玩腻了之后，又把她们转送给下面的连长、排长、士兵摧残。她们当中不少人得了病，韩德魁这个畜生在走之前又把她们转卖给当地的民团头头、土匪……落到这些人手里后，她们被丢在这老垭堡的破房子里，被严密地看押、监视着，有的姐妹想跑，可怎么跑得了，抓回来打得死去活来，有的被折磨死了。直到现在，有的姐妹白天还被他们用铁链或绳子捆在马桩上，或和马鞍具锁在一起……”

向红梅听到这里，心如刀绞，她那握紧的拳头使劲地打在炕上，含着眼泪说：

“桂英，我们就是死也不能这样坐以待毙，要想办法治治这帮坏蛋，帮帮这些姐妹。”

“对，我听你的，连长，你给任务吧！”

“桂英，这几天你想办法摸清我们的姐妹们都分别住在哪些地方，经常去她们那里的土匪、头人是哪些？把他们的情况摸清楚，剩下的事你就不用管了。”

“我要和你一起行动。”

“你的任务是侦察，他们不敢对你怎么样，你的身份刚好能掩护你可以随处走。”

“好吧，我摸清情况后就告诉你。”

“你不用来找我，我会想办法与你联系的。”

晚上，王桂英做了饼，弄了面汤，两个人边吃边聊着。

向红梅讲述她的生死经历，她讲得平静而坦然，而王桂英却哭得像个泪人儿似的。

夜深了，向红梅朝家里走去，只有几十户人家的老垭堡显得格外宁静，天很黑，她高一脚低一脚地向村西头走去。

李妈、奶奶都没睡，一直等着向红梅回来。

过了好几天，向红梅心里焦急地想知道王桂英了解到的情况。

“娘、奶奶，我去看看桂英妹妹，如果晚了我就在她那里住一宿，天亮我就回来。”

“丫头，千万小心啊!”

“我知道。”

向红梅来到王桂英家。

“红梅姐，你来得正好，我正想向你汇报呢。我这几天了解了一下，二十几个人中，有两个自杀了，有三个逃跑后再没回来，听说她们往北跑进了沙漠迷了路，可能也饿死了，现在还有 22 人。那些真正卖给了当地农民的还稍好一点，除了生活非常苦以外，没有挨打受骂。但有几个被民团、土匪霸占的就很惨，常常白天被关在屋里，不准出去，到了晚上，喝得醉醺醺的他们就会糟蹋她们。最惨的是原来文工团的周秀秀，她人长得漂亮，先被韩德魁那些军官玩弄，现在被民团头头占着，她跑过几回，因找不到路被抓了回来，打得半死，现在，白天他们把她和马鞍子拴在一起，非常惨。”

“那个土围子里住了民团多少人?”

“说是民团，实际只有十几个人，我晓得的是白天他们会聚集在一起，晚上那里没有住什么人，因为民团的人大多在附近有家，晚上都回家去了。那个头头是外地人，叫什么名字我不知道，只听团丁们叫他白大爷，原来在山上当过土匪，他住在离土围子不远的一个房子里，秀秀就关在那里。”

“他们有多少枪？那个头目背的什么枪?”

“民团枪不多，韩德魁走时留了几把破枪给他们壮胆，多数人拿的马刀。那个头头我曾经看到过，一副凶神恶煞的样子，他有一把盒子枪，还有一把马刀。”

“桂英，今晚我不回去，我想去看看那白大爷房子周围的地形。”

“我带你去，那地方我熟。”

“孩子要是醒了找妈妈怎么办?”

“这孩子一觉会睡到天亮，没事的。”

那个白大爷的房子在土围子的西北边，在村子和土围子之间，离土围子大约不到100米，是这个村子里房子最好的一个独院，以前是这里的一个姓李的地主的房子。韩德魁来了后，这家人把房卖给了韩德魁，就搬到城里去了。韩德魁走后，又把房子卖给了这个姓白的土匪。

“桂英，这个大院几年前我来过，我就是在这里被韩德魁打‘死’的。里面的情况我知道。”

大院的房子不少，周围栽了不少树，围墙有一丈多高，向红梅和王桂英靠近围墙，悄悄往大院大门走过去，大门已闩上了，向红梅顺势爬上一棵树，朝里面看了看，院子里也有好几棵大树，房间里没有灯光。向红梅从树上梭下来后问:

“里面还住没住其他人?”

“听民团里有人说，这个白大爷家里有一个仆人，是他从山上带下来的，但从来没见过。”

向红梅顺着墙外面走了一圈，发现房后面的围墙开了一道小门，门外有条小路通到一片玉米地和麦地，往西就连着村里人种的地和房子。

“走，我们回去。”

躺在桂英炕上的向红梅久久不能入睡，她一直在想如何收拾这个作恶多端的白大爷。她决心要杀鸡给猴看，要镇住那些残害姐妹们的人。

“红梅姐，我们怎么行动?”

“你想办法给我弄一把刀，一件黑衣服，行动的事你就别管了，你的任务还是侦察、了解情况，另外就是带好你的牛牛。”

“好吧。”

向红梅白天和李妈去地里锄草、施肥。两个月下来，她气色好了不少，体力也完全恢复，她准备行动了。

“娘、奶奶，桂英的儿子牛牛病了，说是发高烧，我过去看看，陪陪桂英妹妹。”

“好好好，去吧！”

向红梅来到王桂英家，桂英已准备好了一把刀、一根木棍和一件黑衣服。

“红梅姐，东西我都准备好了，还有，我听民团的人说，那个白大爷爱喝酒，晚上常邀上那些小头目在土围子里喝酒划拳、赌钱，有时半夜才回住处。刚才我出去，看见土围子里有灯光，估计正喝得欢呢。”

“那好，你在家等着，把后面小门留好。”

“姐，啊不！连长，我要和你一起去，两个人比一个人强啊！”

“绝对不行，我是连长，你得听指挥，好好在家待着，等着我。”

向红梅穿上黑衣服，头上包了一块黑头巾，提着刀和棍子从房子的后门出来，悄悄地朝土围子方向走去。

半夜，从土围子那边传来一声枪响，王桂英是坐立不安，她怕红梅姐遭遇不测，又不敢出去，焦急地站在家里的后门等着……

正当她急得不行时，听到了红梅的叫门声：

“桂英，开门！”

“红梅姐，你没事吧？受伤没有？”

“没事，你放心。”

“那枪声是怎么回事？”

“枪是我开的，我见有黑影追我，就用缴获的盒子枪给了他一枪，那人应声倒下，别忘了我可是神枪手啊！”

原来，向红梅从桂英家出去后，就埋伏在白大爷家外的路边坎坎下。这个白某人从土围子里出来，摇摇晃晃地往家走，嘴里还哼着下流小调，当他走到向红梅埋伏的坎坎跟前时，只见向红梅一个箭步冲上去，从背后狠狠地给了他一刀，然后用棍子把他脑袋打开了花，只听他一声惨叫，就咽气了。向红梅拔出自己的刀后，用白大爷自己的马刀插在他背上，顺手取下他身上背的盒子枪。向红梅正要往围墙后面跑时，突然院门打开了，里面出来一个黑影人。向红梅听见那人拉枪栓的声音，并迅速朝她追过来，说时迟那时快，向红梅敏捷地拔出枪，转身朝那人就是一枪，那黑影人应声倒下。向红梅从房子围墙后面向西跑，神不知鬼不觉地来到了王桂英家的后门。

“红梅姐你真了不起!”

“这是我们两个人的功劳啊!”

“哦!明天老垭堡会很热闹,你也去凑下热闹,你就放话说这个白大爷当土匪时得罪了土匪头头,被赶下山的,现在跑到这里来当大爷,那土匪头子会饶过他……”

果然,第二天老垭堡像炸开了锅,民团的人、村上的男女老少都传开了:

“昨晚,那个白大爷被杀死了,被一侠客用那马刀直插在背上,身上的枪被抢走了,仆人端着枪刚从房里走出来,就被那侠客一枪打在脑门上,枪法真准啊!”

“听说那侠客一身武艺,那白大爷连反抗的余地都没有……”

“听说那人来无影去无踪,这白大爷作恶多端,活该遭报应……”

向红梅叫王桂英把枪藏好,换了衣服回家,进门就故意问道:

“娘,这街上乱糟糟的,发生什么事了?”

“听说那民团头子被杀了,还有一个人被打死,说这个人的枪法很准,一枪打中脑袋。我说过嘛,这些人迟早要遭报应的。”

“也不知是谁干的?”

“我听人说,姓白的当土匪时和土匪头子结了怨,也许就是土匪干的,难怪枪法那么准。不过也有人说是外地来的侠客干的,是来为被残害的女红军报仇的……”

“也好,不管是谁干的,总算为我的那些姐妹们出气了。娘,那个被白大爷关起来的姑娘不知现在如何?”

“唉!造孽啊!说是民团的人进屋后,那个姑娘还被捆在马鞍上,已经奄奄一息了,病成那样也没人要了,后来是被村子里一个60多岁的好心大爷接去了。”

“那个大爷姓什么?住在哪里?”

“这个人姓陈,老婆死了很多年了,没儿没女,是个老实巴交的农民,家里穷得很,还有一个80多岁的老母亲。”

“娘,我想去看看她。”

“好,我陪你去,我给她带点玉米面去。”

陈大爷的家在村南边，一间破旧的土坯房，没有门窗，土坯砌的墙壁四面都是一个个大大小小的窟窿，有的窟窿勉强用把草塞着，屋里没有一张干净像样的桌凳，炕上躺着一个满头白发的老人，身上没有一件能完全遮挡住身体的衣服，老人身边躺着被陈大爷背回来的秀秀。

只见秀秀脸色苍白，瘦骨嶙峋，一双绝望的眼睛直勾勾地看着土墙，一切发生得这样突然和意外，她感觉自己就像一张飘在空中的纸片，被暴风雨随便吹打和蹂躏。她微微张着嘴，似乎是想说什么、问什么……

向红梅一步跨过去，紧紧抱着她，哭着叫着：

"秀秀，秀秀……"

听见有人叫自己，秀秀那双绝望的眼睛转过来，看着眼前的这个女人，嘴微微地动了动，却没有发出一点儿声音。

"秀秀，我们来看你了，不用怕，没有人敢欺负你了，那个白大爷和他的管家都被人打死了……"

停了好一阵，眼泪才从秀秀的眼里涌出，这眼泪在她的胸口中抽吸了许久之后，终于流了出来。那是被折磨、被压抑而累积下来的沉重的痛苦，从心头绞出来的一滴一滴的眼泪。其他人不懂，而向红梅完全明白，没有流过这种眼泪的人是无法知道什么叫不幸的。

"秀秀，好妹妹，我们不哭，不要绝望，好好活下去。"

说完这话后，向红梅扑通一声给那陈大爷跪下：

"陈大爷，求您好好待我的妹妹，她太可怜了……"

"姑娘，你起来。李嫂、姑娘，你们放心，我会像亲闺女一样疼她，我有一口吃的就有她一口。"

"陈大哥，有你这句话我就放心了，我先拿了点玉米面来，等收了粮食我再拿些过来，有什么事就告诉我。"

这个白大爷被杀后，真的起到了杀一儆百的作用，那些霸占着女红军的土匪、头人和民团的人，晚上都不敢出门。

老垭堡慢慢恢复了平静。

20

转眼又是寒冷的冬天了。腾格里沙漠高大的沙丘随着狂风以摧枯拉朽之势俯冲过来，瞬即飞沙走石，遮天盖地，天昏地暗，寂静的老垭堡仿佛消失在浩渺的沙海中，整个大地完全没有一丝热气，没有了光。老垭堡的早晨如同夜晚，黄雾、黄昏、冥暗，什物不辨，人们仿佛是坐在地窖里。

老韩头回到老垭堡好几天了。女儿、女婿在城里做生意也攒下了些钱，在城里买下了一个小院，他们要父亲这次回来把娘和奶奶接到城里去住。

在这里生活了一辈子的奶奶却有些不舍。

"你们去吧，我这把老骨头就留在这里算了，你爹也埋在这里，我就在这里陪他吧！"

"那怎么行？你孙女天天都想着奶奶呢。"

"奶奶，您还是去吧，城里条件比这里好得多，这也是儿子、孙女的一片孝心。"向红梅说。

"你怎么办？"

老韩头笑着说：

"娘，你放心，丫头跟我们一起去呀！"

"这样好，这样好！"

李妈高兴地说：

"丫头，到城里后，我给你说个婆家，你也该嫁人了，然后再生个娃……"

"爹、娘、奶奶，谢谢你们的好意，我不能走。这老垭堡还有我 22 个姐妹，她们有多苦、有多难你们是知道的，我不能离开她们，有什么事，我还可以帮帮她们。开春后，这房子和地你们就卖了吧，我去桂英妹妹那住。没卖之前我给你们守着。你们放心，不管你们走到哪里，我永远是你们的女儿、孙女，你们的大恩大德这辈子我报不了，下辈子也要报答。”

话音刚落，奶奶和李妈都哭了起来。

“多好的闺女啊！我们都舍不得你呀！你一个人在这里怎么活哟？”

向红梅上前紧紧抱着李妈和奶奶，一边流着泪一边笑着说：

“娘、奶奶，你们放心，我不是说过了吗，十二生肖里没有我，我属猫，猫可有九条命，我才丢过四五条命，还早着呢！我会好好活着的，你们就把心放在肚子里吧！”

送走老韩头一家后，向红梅仍然住在这个房子里，她突然感到房子里空荡荡的，她又孤单了，一整天坐在炕上没动，甚至没有去弄点吃的填进肚子。晚上，她凝视着油灯，看着那晃动的火苗出了神，直到泪水涌满了她的眼眶，看不清楚火光为止。

屋外的狂风咆哮着，发出让人恐怖的啸叫声，静悄悄的屋子里唯一能听见的都是风的声音。

向红梅从怀里取出那保持着体温的铜镜，默默地思念着铜镜的主人。

在她的心中已经不止一千次地呼唤着自己的爱人，不止一万次地问自己、问苍天：

“杨文辉，我心爱的人，你在哪里？你还活着吗？”

也许这孤独给了她温习爱情和思念心上人的美好时光，她享受着孤独带给她的心灵的自由和慰藉，她细细地回忆着、品尝着那点点滴滴的幸福。

“红梅，等革命胜利了，我要娶你为妻，这辈子非你不娶……”

“我答应你……不过，你也要答应我，革命胜利那天，你要活着来见我。”

向红梅那天也发誓非杨文辉不嫁。

想到这里，她似乎已感觉到了杨文辉握住她手的那双有力的大手，感觉到了他正紧紧拥抱着她。此时此刻，向红梅无比的幸福和温暖。

她紧紧地握着铜镜，心里仍然不停地问：

“杨文辉，你在哪里？你还活着吗？我在等你……”

刮了一天一夜的风，似乎累了，第二天早上竟然停了。

向红梅向王桂英家走去。干冷干冷的寒气冻得她不停地哆嗦。

冷得只有蜷缩在炕上的王桂英，听到敲门声后，急忙跑过去开门。

“红梅姐是你啊，快进屋!”

“这天真冷啊!”

向红梅进屋后取下头巾，顺势坐在炕上，见牛牛还没醒，放低声音说：

“桂英，老韩头一家都搬到城里去了，他们要我和他们一起去，我没答应。”

“为什么?”

“我舍不得你，舍不得这里20多个姐妹。”

“太好了！红梅姐，你在这里我心里踏实，姐妹们心里也有个依靠。”

“桂英，我们现在力量单薄，又没有武器，只要他们不欺负我们的姐妹，不残害她们，我们唯一能做的就是忍着，哪怕再艰苦也得熬着，要鼓励她们都要好好地活下去。如果有人胆敢在这里残害我们的姐妹，我们就一定不能放过他，用手中的这支枪灭掉他。”

“对！上次你把那个白大爷灭了，这些龟孙子一个个吓得规规矩矩了。现在姐妹们虽然过得很苦，但没有人敢明目张胆地摧残她们了。”

“桂英，今天我来是和你商量两件事：一是开春后，老韩头如果把房子和地都卖了，我打算来和你一起住，行吗？二是马上过年了，我想和姐妹们聚一聚，能来的可能不会多，你想办法去摸一下，看哪些人可以来，地点就在老韩头家，你看可行不?”

“红梅姐，太好啦！你现在就搬过来吧!”

“不行，我答应他们要守着这房和地，等开春后再说吧。”

“过年的事，我这几天就去联络一下，姐妹们听了一定会非常高兴。”

向红梅提出这个大胆的想法是有一定道理的：算起来她们被抛弃在这里也有好几年了，她慢慢发现，这老垭堡的人似乎也习惯了这些女人的存在。善良的老垭堡农民表现出的更多的是同情，虽然现在人们仍然叫她们“共产婆”“红军婆”，但听上去也没有太多的恶意，而且，她们也可以在村子里随意走动。时间，漫长的时间，让这个老垭堡慢慢地接纳了她们。

过年了。

老垭堡这个偏远、贫穷的山村少有的热闹了起来。有的人家门前挂起了红红的灯笼，贴出了喜庆吉祥的对联，还有人放起了鞭炮。

腊月二十九，向红梅就在家里忙碌起来，她把房子打扫得干干净净，把炕烧得热乎乎的。

一大早，王桂英背着牛牛就过来帮忙。

“红梅姐，我拿了些麦面和咸菜过来，明天我们准备什么吃的？”

“明天能来多少人？”

“估摸有七八个吧！”

“明天烙饼、蒸洋芋、煮酸菜汤。”

“好得很！好得很！”

晚上桂英就住在这里，两人在炕上有说不完的悄悄话。

“姐，你说我们主力骨干往西突围，是不是早就冲出去了？”

“我想他们应该冲出去了，他们可是特别能打仗的人啊！”

“我和三连长刘秀英往西走，想去找到他们，一路上讨口要饭，好不容易走到了高台，秀英就病了，我们只好往回走，可是……”

说到这里，向红梅哽咽得说不出话来。

“姐，别难过……”

“我这两天也总会梦到杜世英，有时还会在梦中哭醒。”

“红梅姐，你有杨文辉的消息吗？”

“没有。”

“如果他已牺牲了，你这辈子也不打算嫁人了吗？”

“我答应过他，这辈子非他不嫁，即使他不在了，我也不会嫁其他任何人。”

“红梅姐，你真了不起！”

“别说我了，你那个赵兴武过年都不回来看你们母子吗？”

“前几天托人带了点钱和粮食。”

“不是说三年后就接你们走吗？我算了下已过三年了呀！”

“姐，不瞒你说，他现在要我走我还不走呢，你在哪儿我就在哪儿。”

“我的好妹妹。”

……

年三十，天突然放晴，太阳早早地就出来了。第一个来敲门的是秀秀。秀秀看上去仍然是那样虚弱，但精神上好了许多。一进门三个人就抱在一块儿。

“秀秀，看到你好起来，我很高兴。那陈大爷对你好吗？”

“陈大爷和奶奶都是心地善良的好人，多亏他们细心照料，我才又活了过来。陈大爷去找了好多草药，天天熬给我喝，慢慢地我就可以下地了，现在我还可以帮他干一些活。”

“秀秀，红梅姐是我们妇女抗日先锋团一营一连连长，可是她救了你哟！”

秀秀睁大眼睛看着向红梅。

“是真的吗？是你除掉了那个恶魔？”

向红梅笑了笑，什么也没说。正在这时，又有人敲门，向红梅一打开门，一下进来了七八个姐妹，还没等开口说话，大家紧紧地抱作一团，又是哭又是笑。

虽都是二十来岁的姑娘，可受尽欺凌、折磨的她们，看上去是那么消瘦、憔悴、忧郁。

“向红梅！你是向红梅连长吗？”

“是，我是向红梅。你是……”

“真的是你，我听说你早就被韩德魁打死了，没想到你还活着。”

“你是……”

“我是二连指导员王淑珍呀！”

向红梅紧紧握住她的手，仔细打量着眼前的这个王淑珍。她的前额已经开始有了皱纹，额头上还有一道相当长的伤疤，她用一绺头发将它掩盖，但并没有完全盖住，一看就知道是马刀砍的。一双郁郁寡欢的眼睛深陷，嘴角下弯，太阳穴边的头发已经花白，以前的王淑珍不但有文化，而且非常端庄秀丽，可她现在也还没有超过30岁呀！向红梅心痛地抱着她，眼泪止不住地往下淌。

“淑珍，真的是你啊！”

所有的人都泣不成声。

“向连长，我是三连的周芳。”

“我是二连的苏大芳……”

“我是妇女工兵营的李中兰……”

……

“姐妹们，我们不哭了，眼泪救不了我们，我们好多兄弟姐妹都牺牲了。虽然我们也受尽了凌辱、摧残，被抛弃在这荒凉的地方，但我们幸运地活了下来。我们现在唯一要做的事就是坚强地活下去，只有活着才有希望。不管处境有多难，大家都要咬着牙忍着。但是记住，从今天起，在这老垭堡，我们红军女战士的心要紧紧地连在一起，虽然大家处在不同的困境里，但你们都记住，这里仍然有一个红军组织存在。有什么人敢再残害你们，一定要告诉组织，我们会有办法帮到你们的。”

“我有个想法，老垭堡有我们女红军 22 人，现暂时由我和二连指导员王淑珍负责，王桂英是我们大家的联络员。如果大家同意，我们就这么定了。”

“同意！同意！”

向红梅话音一落，大家便鼓起掌来。

“这下好了，我们有主心骨了，我们不怕了……”

“太好了，这下我们心里踏实了。”

向红梅继续说着：

“今天来的人只有一半，但不要紧，没来的她们肯定有不少难处，大多还被民团和头人霸占着，我们要想办法多关心她们。王桂英是大家的联络员，有什么事告诉她，至于怎么解决就由我和王淑珍指导员商定。今天说的事，大家要保密，心里记住就行了。”

“好的，没问题。”

“好了，今天我们聚在一起过年，没有四川的腊肉吃，我们就烙饼煮酸菜汤吧！”

姑娘们吃着热腾腾的饼，喝着酸菜汤，说着四川家乡话，似乎多年来压在心里的痛苦一下都释放了出来。

王桂英小声地说：

“欢迎红梅姐唱一个咱们大巴山的山歌好不好？”

“好!”

“我从小孤苦伶仃，几岁就被卖到地主家做牛做马，我就小声唱个《放牛娃》吧!”

放牛娃儿孤零零，深山野岭光脚行。
戴的斗笠没顶顶，披的蓑衣烂襟襟。
三次放牛三次打，两顿剩饭蛆虫生。
残汤剩饭难下咽，财主顿顿嚼舌根。
白天山林当伙伴，夜里牛羊是亲人。
一张破床半捆草，整夜不敢合眼睛。
一怕强盗来偷牛，二怕豺狼把羊惊。
眼看三星正当顶，又怕一觉到天明。
财主骂我贪睡鬼，上路还是满天星。

都是穷人家的女子，红梅唱得大家个个都泪流满面的。

“哎呀，我把大家都唱哭了。好了，过年大家唱点开心的，指导员你来一个?”

“好吧，我不知唱什么，唱自己吧!”

“十七八岁就起飞，二十七八倒了威，三十七八来看我，鼻子眼窝都是灰。”

“不对，太悲观了，得改改歌词，最后一句应是：三十七八来看我，仿佛当年刚起飞。”

“好好好，改得好!”

“桂英，该你了!”

“好，我来唱个开心的，记得那年在倪家营子过年时，唱过这个《扯白歌》。”

正月里来喜事多，听我唱个扯白歌，
月亮坝里晒死人，天不下雨闪电多。
冬月里来天气短，天上月儿弯又弯，
睡到半夜翻起身，太阳照到床面前。
腊月里来要过年，一无米来二无盐，

腊肉锅里煮啥子，一把糠面打搅团。
扯白歌来也不多，烂泥团里鸦雀窝，
下了三双六个蛋，出了六个小八哥。

大家一下都笑了起来。李中兰兴奋地说：

“我也要唱一个。”

大家鼓起了掌。

莫要忙，莫要忙，十有九忙没下场。
头个忙人是刘秀，二个忙人是楚霸王。
刘秀忙得走南阳，楚霸王忙得困乌江。
嫂儿忙，进厨房，火毛子飞来烧衣裳。
刚把火毛子来打熄，看见猫儿拖香肠。
刚把猫儿才撵跑，狗又爬到灶头上。
哐啷啷，哐啷啷，吓得奶娃哭得昂。
急忙抱起娃娃诳，一脚踩到油缸缸。
才把油缸扶起来，牛儿扯索去吃秧。
背起娃儿去拴牛，灶屋又喷豆浆汤。
一锅豆浆没搅散，搅到搅到尿又胀。
檐沟后头去屙尿，屁股撞到玄麻上。
提起裤子刚站起，脑壳碰到树桩桩……

一屋人笑得前俯后仰，有的眼泪都笑出来了。

秀秀激动地拉着李中兰说：

“我都有几年没有笑过了，我怀疑我还能不能笑了，今天我好开心！”

……

当大家尽情地唱着、笑着时，向红梅发现坐在角落的一个姑娘却一声不响，一直用一双忧郁的眼睛盯着自己。看上去她的年纪比较小，瘦小的脸上蒙着一层灰暗的苍白，她那一双可怜而郁郁寡欢的目光让向红梅感到心碎。虽然她不说话，也不和大家一起笑，但仍然难以掩饰内心的激动，她的一只手下意识地抚摸着靠墙的桌子，并有些微微哆嗦，胸脯一会儿起来，一会儿又像是屏住了呼吸。但她的目光总会停留在向红梅的脸上，她似乎一直在等待向红梅向她发问。

“小妹妹，你不是妇女抗日先锋团的，你是……”

“向连长，我是总医院的护士，我叫李其芝……”

她说话的声音很小，有些发抖，仿佛被什么吓着了似的，再也没有说下去。一旁着急的王桂英忙替她说：

“红梅姐，她是咱们通江人，13 岁参加红军，分在总医院。西路军失败后，她也被俘……后来被韩德魁分配给了一个营长，唉！受尽了折磨。韩德魁他们走时，这个有家室的营长把她转卖给了这里一户人家，这家人在老垭堡算有点钱的，有个儿子是傻子，娶不了媳妇，他们把她买回去后与这个傻儿子成了亲。这家婆婆非常凶悍，只要她活没干完，只要她的傻儿子一不高兴，就会对她打骂，你看她身上到处是伤……都快被折磨成傻子了。”

王桂英掀开李其芝的衣服，身上到处青一块紫一块的，真是遍体鳞伤。

王桂英话音刚落，心痛不已的向红梅一下抱住了李其芝，姑娘们停止了唱歌，都围了过来。

“小妹妹，不怕，有我们呢。”

“对，我们不怕！”

“昨天我去找她时，那个恶婆婆还装腔作势地同意她出来，可骨子里却是咬牙切齿的不安逸。今天她回去，不知又要被打成什么样呢。”王桂英愤怒地说。

“这狗日的老婆子，看我怎么去收拾她！”

在一旁实在是听不下去的李中兰气得直跺脚。这个李中兰性格豪爽，胆大心细，当时她被分给了一个连长，这个连长制服不了她，于是韩德魁把她赏给了民团的一个头目，她跑过几次，都被抓了回来，打得死去活来。后来她不跑了，她打听到这个头目的老婆很厉害，而且妒忌心特强，于是主动提出愿给他老婆当丫头……后来，她整天贴着这个女人服侍，取得了这个女人的信任，这个头目也不敢对她怎么样了。

“对，好好收拾收拾这个恶婆娘！”

“我看这样吧，明天王桂英和李中兰送她回去，好好教训一下这个恶婆婆。”

向红梅拉着李其芝的手说：

“好妹妹，不怕，如果他们胆敢再打你，我们就想办法把你救出来。”

说完，向红梅转身在王桂英的耳边悄声说明天如此这般、这般……王桂英不住地点头。

“好！红梅姐，明天我们就这么办。”

第二天，王桂英和李中兰陪着李其芝回家去。

刚进门，那个“母老虎”就扑过来，破口大骂：

“你这个死鬼，昨晚为什么不回来？你那丈夫闹了一夜，害得我……”

没等她把话说完，李中兰气不打一处来，上前就给了她一巴掌。

“住嘴！是我们不让她回来的，你想咋地？你要是敢打她，我就叫你今天爬着走，信不信？”

“你经常打她，昨晚我们一起睡在炕上才发现，你看她一身是伤，你还算是个人吗？看来你是很不喜欢她，很讨厌她，那我明儿带个口信到武威，叫我们家赵兴武给那个营长说说，把她再赎回去？”

“哦哦！不打了、不打了，求求两位姑奶奶，千万不要赎回去，我儿喜欢她，我也喜欢……”

李中兰指着她的鼻子，严厉地说：

“今天是你说的？我天天要来看她，如果她被打了、被骂了、饿了、瘦了，我会来找你算账的，记好了！”

王桂英也警告她：

“我告诉你，李其芝是我的表妹，是个好姑娘，如果你再欺负她，我会叫你后悔一辈子的。”

“其芝，不怕，她再敢打你、骂你，你告诉我，我们会把你从这个母老虎口中接走的。”

“不敢了，不敢了……”

那恶婆婆一下跪在地上再三保证要好好待她。

老垭堡的女战士们，就这样互相鼓励着、支撑着、忍着、熬着。

转眼又是春天，老韩头和李妈回到老垭堡。他们不是回来卖房卖地，而是回来春耕种粮。

“爹、娘，为什么不卖房和地？不要为我这样，你们也没有多少钱，而且城里生活也不易，就卖了吧！”

“丫头，我们不卖房卖地，是给自己留个后路，现在世道这么乱，万一城里有什么事，我们还可以退到老垭堡，有房住、有粮吃，不完全是为了你呀。”

三个人把粮种下后，老韩头和李妈就要急着回城，他们的女儿生了孩子，李妈要赶着回去带孩子，临走时李妈对向红梅说：

“丫头，这地里的活就留给你了，慢慢做，别累着了。粮食给你留下了，还给你带回来一些盐和油，你要好好吃饭，别饿着了……”

“娘，我知道了，你们就放心吧！回去问奶奶好，说我很想她。”

21

就这样冬去春来，一年又一年，又是一年的春天到了。

老韩头、李妈和奶奶这次真的都搬回来了。

“爹、娘、奶奶，搬回来住了？怎么回事啊？”

老韩头摇着头说：

“丫头，你不晓得，城里乱得很，那个韩德魁跟着马步芳跑了，听说是跑到很远的一个岛子上去了。马步芳的队伍人心惶惶一个个像热锅上的蚂蚁，有些人跑上山当了土匪，还有一些打算回乡……城里有钱人都在跑，说是解放军快打过来了，还听说兰州已经解放了……”

“爹，那解放军莫非就是当年的红军？”

“我想应该是，要不然马步芳、韩德魁他们为啥吓得要跑嘛！”

“太好了！红军终于打回来了！”

向红梅兴奋得有些手舞足蹈，扳着指头一算，从西渡黄河到现在已整整过去快 13 年了。

“终于盼到这一天了，终于盼到这一天了!”

她完全不再问什么，兴奋不已的向红梅在屋子里转了好几圈，猛然打开门，一趟子向王桂英家跑去。

“桂英妹，好消息，我们的队伍打回来了!”

“这是真的吗?”

“真的，老韩头全家又搬回来了，他还说兰州都解放了。”

“怪不得，前两天赵兴武跑回来，什么都没说，只是要马上带我们母子跟他回景泰县。我没同意，我说：‘这么多姐妹在这里，红梅姐在这里，我不会走的。’临走时他还说过两天还会回来。”

“桂英，韩德魁已经跑了，你要劝说赵兴武赶快带着手下的人向解放军投诚。他是穷人出身，是被抓去当兵的，投诚是他唯一的出路。”

“好的，我一定叫他带着人去向解放军投诚，他回来时，你也过来做做他的工作。”

“好好好!”

夜里，赵兴武又悄悄回到了老垭堡，王桂英叫来了向红梅，两人一起和他谈了话。

“赵兴武，你们那现在的情况怎么样了?”

“韩德魁跑了，连老婆娃娃都没带，现在有几个死硬分子拖了十几号人上山当土匪去了，大多数人不知道该怎么办，要走又没有路费，一年多都没发军饷了，我那个连的人都说听我的，我现在也不知道该咋办。”

“赵兴武，我知道你是个好人，你心地善良，救了我桂英妹妹，又是穷苦人出身，是被煤老板卖去当兵的，现在你唯一正确的选择就是带着你那里不愿当土匪的人，向解放军投诚，这叫弃暗投明。”

赵兴武埋头想了想，然后抬起头对向红梅说：

“我听你的。我连夜赶回去，动员大家弃暗投明，向解放军投诚。这里有你在，桂英和牛牛我放心。”

王桂英上前拉着赵兴武的手说：

“兴武，我相信你，勇敢点，去吧!”

第三天，赵兴武带着百十号人和几十匹战马，向兰州方向去了，在那投奔了解放军。

老垭堡还算平静，可老韩头一家放心不下住在城里的女儿、女婿、外孙。老韩头进了一趟城去看望他们，回来后他说：

“女儿一家已搬回婆家去了，武威已经解放，城里情况还好，驻扎了不少解放军。我听说，已有不少解放军驻扎在我们县的红沙镇，对山上的土匪进行围剿。”

“那我们可要小心了，我担心土匪会往我们这里逃窜。”

“丫头说的是，真要小心点啊！”

“爹、娘，我出去一下，通知姐妹们注意。”

向红梅来到桂英家，取出了那支枪和子弹，没想到桂英说她也有一支枪。

“那是上次赵兴武回来，留给我的一支手枪，他知道我会用枪，叫我用来防身。”

“太好了，我们有两支枪，可以对付一下那些土匪。哦，你马上去通知姐妹们，这几天要特别注意山上的土匪跑过来，有什么情况及时报告。”

不出向红梅所料，一天夜里，几个持枪的土匪来到村里，住进了原民团头目家，李中兰悄悄跑出来告诉了王桂英，要她马上报告向红梅和王淑珍。

向红梅得到消息后和王淑珍商量，决定对民团头目家进行监视。

夜里，两个持枪土匪从民团头目家出来，径直向李其芝住的那家走去，把门敲得咚咚响。

“开门！快开门！”

“谁呀？”

“老子的声音都听不出来了？”

门打开后，李其芝的婆婆一看，傻了眼。

“啊啊，是、是高营长啊！”

这个土匪不是别人，正是将李其芝卖给这家的敌营长高富贵。

“老婆子，我的女人呢？”

“高营长，我是给了你十个大洋买了的呀！”

“放屁！十个大洋算是这几年的租金，现在我要收回我的女人，我要把她带上山做压寨夫人。你废话少说，把人给老子交出来！”

“高营长，话不可这么说，说好了是卖给我们的……而且我也没有再打她骂她了，你不能这样做呀！”

躲在屋里的李其芝听到这个人的声音已吓得浑身发抖，她藏在门后。

这个高富贵径直朝屋里闯，女人拉住她的衣服不让他进屋，高富贵一脚把她踢倒在地，这时女人的傻儿子从屋里冲出来，一把抓住高富贵的胳膊肘，不准他往屋里闯，另一个土匪上前用枪托打在傻儿子头上，傻儿子的头顿时鲜血直流，这傻孩的妈看见儿子被打，一下从地上翻爬起来，上前抱住高富贵不放手，并在他的臂膀上狠狠地咬了一口。

“你这个畜生，老娘今天跟你拼了！”

“你敢咬老子，今天我就让你娘儿俩去当畜生……”

说完掏出枪将这母子俩打死，然后收起枪就往屋里走，正当他们朝屋里走时，门口的枪响了，两个人应声倒下。

原来是向红梅、王桂英、王淑珍和两个提着刀的女战士跟随在这两个土匪后面，当这两个人进门后，她们就躲在门口，听到里面枪声后，向红梅和王桂英先冲了进去，立马开枪打死了这两个恶匪。

王淑珍急忙进屋，把藏在门后的李其芝救了出来。

“好妹妹，不怕，现在你自由了，我们走。”

……

“淑珍，你和另两个姐妹把李其芝送到王桂英家去，我估计，听到枪声后，民团头目家的土匪有可能跑出来，我们在这里掩护你们。”

“好吧！你们要小心啊！”

村子里响起的枪声，让每个人都屏住呼吸，躲在屋里不敢出来。另几个土匪听到枪声后，提起枪往外走，还没等他们走到枪响的地方，走在前面的两个人也随着枪响倒在地上，后面的土匪哪还敢往前一步，急忙缩了回去。

那个民团头目和他老婆见势不妙，吓得对这几个土匪说：

“你们赶快走吧！要不然我们一家老小也活不成，求你们了！我家有个后门，你们从后门跑吧！”

几个土匪见他们的头头再没回来，知道情况不妙，从这家后门出去撒腿就跑。

土匪走了，这民团头目家的女人朝着男人大发脾气。

“就是你，差点害死我们一家人，现在是什么时候了，还敢把土匪弄到家里，你不想活，老娘还不想死呢……”

心里早就乐开了花的李中兰，恨不得马上冲出去报告向红梅她们，但她还得装聋作哑不出声。等那女人发完脾气后，她压住心里的喜悦，轻声说：

“夫人，莫生气了，要不我出去看看，到底是怎么回事？”

“好吧，你自己小心一点。”

“知道了。”

李中兰一出门就直奔王桂英家。

“姐妹们，干得太漂亮了，告诉你们吧，剩下的那几个土匪见势不妙，又加上他们的头儿有去无回，都吓得屁滚尿流，跑了。”

王淑珍拉住向红梅的手说：

“红梅，你真不愧是我们妇女独立团的神枪手呀，一枪一个，弹无虚发，直接毙命，真是太好了！”

“嘿，淑珍姐，记得那年杀那个白大爷和打死他的保镖、救出秀秀的人是谁吗？”

“是谁？”

“就是我的连长呀！那是一刀就结果了那狗日的恶魔，一枪打死了那保镖，你们猜红梅姐黑灯瞎火地开那一枪，打在那个人哪里了吗？”

“快说！打在哪里？”

“脑门心！”

“行了，桂英你别瞎吹了。今天还想和大家商量个事，前几天我爹从城里回来告诉我，解放军已经打过来了，解放军就是我们当年参加的队伍——红军，现在有支解放军队伍就驻扎在离我们不远的红沙镇。姐妹们，我们苦熬了13 年了，不就是等着、盼着这一天吗？我想归队，不知你们愿不愿意？”

“当然愿意、当然愿意！”

“那好，大家分头告诉老垭堡所有的红军女战士，不愿意归队的千万不要勉强，她们一定有她们的难处。凡愿归队的，后天早上在村口集合，去红沙镇!”

这一夜，老垭堡的22个女战士几乎都是彻夜未眠，她们回忆着，兴奋、悲伤、绝望、激动、期盼……五味杂陈的感觉让她们想着明天，设想着回到自己朝思暮想的队伍时的情景……

向红梅头一天对老韩头、李妈、奶奶说出了自己的打算和想法，得到了一家人的支持。

“丫头，你去吧，你的心思我们都明白，我们今生有你这样一个好女儿，是我们的福分，只是以后有空回来看看……”老韩头说着说着流下了泪。

“爹、娘、奶奶，你们就是我在这个世上的亲人，我就是你们的亲女儿、亲孙女，不管我今后在哪里，我都会回来孝敬你们的。”

早上，李妈拿出自己的一件小碎花衣服叫向红梅穿上，还给她梳头，李妈把她的头发卷起来在后脑勺挽了个结，看上去干净利落。

“娘，你看你孙女多精神，漂不漂亮?”

“漂亮！我活了这一大把年纪，没见过世上有她这么好的姑娘，丫头啊！奶奶真舍不得你……”

向红梅上前抱着奶奶，在她脸上亲了一口：

“奶奶，放心，我只要一有时间就会回来看您。不过，您要答应我一件事，那就是您一定要长寿啊!”

“你看这丫头……”

“娘，现在我们终于可以改口了，不叫她‘丫头’了，而叫她‘红梅’。”

“那敢情好，叫了这么多年丫头，现在一下还改不过来了。”

“奶奶，还是叫我丫头吧，听着舒服。”

天刚亮，王桂英把儿子牛牛交给老韩头家的李妈，然后和向红梅一道来到村口。姐妹们也很快就到了，虽然穿得破烂，但看上去都还精神。王淑珍一数，22人，一个都没少，她对大家说：

“姐妹们，我最后还是要说一句，一定不能勉强……”

22 个人站在那纹丝不动，没有一个人离开。

红沙镇离老垭堡有好几十里，没有大路可走，都是山路，大家一边走着一边说笑。

向红梅慢慢落在了最后面，其实她的腿伤经常折磨着她，这次已复发好多天了，她一直都强忍着，现在走几十里山路，不一会儿走起路来就有点一瘸一拐的了。王桂英见状，来到后面陪着她走。

“红梅姐，腿很疼吧？”

“有点，但能走。”

“红梅姐，记得马匪把我们三个抓回来后，打得死去活来，你身上几乎没有一块好肉，最后一个马匪还在你的腿上狠狠地捅了一刀。我们都担心你活不成了，活过来也残疾不能走路了，可没想到你不但活了过来，还能走路，而且你和刘连长找队伍走了那么多路……我都不敢相信，我知道你好多时候是忍着。”

向红梅笑了笑说：“真的要感谢监狱里那位送饭的老伯，他给的药非常有效，也不知道他姓甚名谁。桂英啊！算起来我已经死过四五次了，阎王爷就是不收我，人还说十二生肖里找不到我，看来我可能真的属猫，猫有九条命啊！”

向红梅越走越慢了。

“红梅姐你别忍着了，就让我来背你吧！”

“不用啦！河西走廊我走了两个来回，没让人背过，这点路不算啥。”

中午时分，她们来到了红沙镇。一打听，说解放军有一个独立团驻扎在这镇子上，团部就在街上的一个大宅院里。

她们在镇上四处找着。

一个大宅院门口有两个解放军站岗，一定是这里了。王淑珍急忙上前和门口的解放军战士交涉。

“小同志，我们这 22 个人，是原红军西路军的女战士，西路军失败后流落在这里，现在我们终于盼到你们打回来了，我们兴奋得吃不下、睡不好，盼望着早日归队……”

两个小战士听后一脸茫然，不过他们还是很客气，其中一个战士对她们说：

“我们没听说过什么西路军的事，这样吧，你们先在门口等着，我进去通报请示一下好吗?”

过了好一阵，一个像干部一样的军人出来。小战士说：

“各位大姐姐，这是我们团政治部的洪干事，他奉团长的命令，来带你们进去。”

宅院很大，院子的正前方，是这个宅子的正堂，房间较大，里面有张桌子，下面放了些长条凳子，像是个会议室。洪干事招呼着大家进去坐。正在这时，从旁边的房子里走出来一个军人，这个人看上去30来岁，军帽上的红五星特别醒目，帽檐下直挺的鼻梁刚毅、端正，一双眼睛炯炯有神，紧闭的嘴唇，黑黑的脸，整个面颊轮廓分明，身上的军装有些发白，但很合身，挺拔的腰间系着一条皮带，佩挂着一支手枪盒子，显得格外潇洒、自信、精神、英武。洪干事对大家说：

“这是我们杨团长，你们有什么话可以对他讲。”

大家一听是团长，哄地一下全站起来走上去将他团团围住，不少人哭了起来……只见这位团长眼里也饱含着泪花。

“姐妹们，我们不哭，心里有什么话，有什么委屈，你们尽管说……”

这时落在后面的向红梅正走到门口，突然停住了脚步，这声音仿佛来自天庭，直扑打着和撞击着她的心灵，她一下子僵硬地站在那里不能动弹，紧张得无法呼吸，顿时脸色苍白。她屏息望着里面那个说话的人……

“红梅姐，你怎么啦?脸色这么难看?我们进去吧!”

被王桂英突然从梦中喊醒，向红梅嘴里梦呓般地说着什么：“还活着、还活着……”

“红梅姐，你怎么啦?”

“哦，哦!桂英，你先进去吧，我肚子突然好痛，我要去下茅厕，等会儿就来。”

“要我陪你吗?”

“不用，我一会儿就来。”

向红梅转身朝大门走去，她走得很艰难，仿佛屋里的那个人在她的心里系了一根粗大的绳子，走一步，绳子往回拉一下，拉得她的心隐隐作痛。她不由自主地转过身，看了看这个她苦苦思恋了整整13年的爱人。

“杨文辉，你真的还活着，你有出息了，当团长了，长壮了……13年，这漫长的13年，也许一切都变了，时间会让什么事都有可能发生……”

“杨文辉，也许你听说我已经牺牲了，也许你等了我好多年，也许你现在有了爱人和家庭，也许……”

向红梅不敢再想下去。如果他真有了爱人，我能去见他吗？我能让他内心不安、让他为难、让他不知咋办吗？向红梅体内凝聚着，同时又奔腾着各种感情洪流，揣着一颗翻江倒海般的心走出了大门。她从怀里掏出那保持着体温的铜镜，轻轻地贴在脸上，似乎是在和它告别。

“该物归原主了！”

向红梅依依不舍地将铜镜交给门口站岗的一个小战士。

“小兄弟，请你把这个东西交给你们那位首长……”

“啊！是我们团长。”

“对，就是那位杨团长，我去镇上办点事，等会儿我再过来，谢谢你！”

向红梅朝里面深情地望了望，然后沿着来的路朝老垭堡走去。

回去的路向红梅走得很艰难，已经感觉不到腿痛。往事历历在目，百感交集的她，心里一阵阵暖暖的，一阵阵冷冷的，一阵阵快乐幸福，一阵阵疼痛悲伤。

团部会议室里，女战士们哭着、诉说着自己的遭遇。当王淑珍、苏大芳、李中兰等讲的时候，秀秀在一旁静静地流着泪……最后她也鼓起勇气，勇敢地站了起来。

这个29岁的秀秀，脸上已是一道道皱纹，粗糙脏黑的皮肤裹着两块颧骨，看上去俨然40岁的中年妇女。

“我是西路军政治部前进剧团的舞蹈演员，我被俘时刚满16岁……一起被俘的有4个人，我们手里没有一支枪一粒子弹。被俘后我们全被反绑着双手，和其他人员一起押着走过一片荒滩，天很黑，不时有人摔倒，而骑在马上的马匪，就会掉过头来对我们用马蹄踩，马刀砍……走了好久后，我们被押到了一个土围子，一个斜挎着盒子，腰里挂着马刀，长着一脸络腮胡子的军官，手里端着油灯，在我们面前晃来晃去，仔细地看了又看，然后哈哈大笑，我被强行拉到一个屋里关押，和我一道的三个姐妹被那些军官强行拉走，当晚就被轮奸了，后来也不知她们的下落。我最后听说这个军官叫韩双代，是马步芳手下的辎重营长。一天马步芳手下一个叫曾某某的副军长和一大批随从来视察，韩双代在设宴招待他们时，就将我作为礼物送给了这个50多岁、一脸横肉的曾某某。这个曾某某不但强奸我，还要把我带到兰州去，在去兰州的路上，我找了个借口，趁机逃跑了。我找不到路，跑了半天，结果被韩德魁的骑兵发现，抓到老垭堡他们的土围子。韩德魁要我当他小老婆，我不干，他又强行奸污我，有天晚上我又逃跑，结果还是被抓了回来，韩德魁把我打得半死，把我关了起来不说，还用铁链把我锁在一个桌腿上，锁了我半个多月，晚上还要糟蹋我……韩德魁走时，又把我转卖给了土匪白某某，人们都叫他白大爷，是个魔鬼……我实在受不了他的折磨，还是试图逃跑，结果被他手下那个人抓回来，打我不说，白天还把我拴在一个马鞍子上。我那时唯一想的就是自杀，死了算了，我绝食，可他们像喂一条狗一样，强迫我进食，而且他手下那个人不但守着我，还强奸我，我真是生不如死……”

在场的所有人都泣不成声，团长愤怒得拳头打在桌子上，停了好久，他才恢复过来说：

“姐妹们，你们受苦了，听了你们的遭遇，我心里非常难过，作为男人，我感到十分惭愧和不安，我们没有保护好你们……姐妹们，红军强大了，革命胜利了，这样的日子一去不复返了。你们要求归队的事，我知道现在没有成建制的妇女部队，不过，你们放心，我会把你们的情况、要求向上级报告，你们先在这里住下，由我们团政委和政治部的同志对你们的情况进行一一登记，然后由上级领导做出安排。现在由洪干事带你们先去吃午饭，然后去招待所休息。”

刚才听秀秀诉说时，哭得像个泪人儿似的王桂英，这时突然发现红梅姐一直没有进来，忙问那位洪干事：

“同志，你们这里茅厕在哪里?”

“出这门往左走，转到房后面去就会看见。”

“好，谢谢!”

王桂英跑到后面茅厕里一看，没有人，她又大声喊：

“红梅姐！红梅姐！你在哪里？”

没有人应答，王桂英着急地往回跑，跨进会议室，正碰见门口那卫兵小战士进来。

“报告团长，刚才有一个大姐把这个给我，要我交给你，说这是你的。”

小战士将铜镜递给了团长。团长接过铜镜，紧张地问小战士：

“她人呢？”

“走了，她说去镇上办点事，一会儿就过来，可去了那么久也没见她回来。”

“哦，她还知道你姓杨呢。”

王桂英一看这铜镜，上前就一把抓在手里。

“这是我红梅姐最珍贵的东西，她不会随便给人的。”

会议室顿时静得掉根针都能听得见。王桂英仿佛一下子明白过来，转身直盯着这位团长：

“莫非、莫非你就是杨文辉？”

“是，我就是杨文辉。”

“天哪！你真的还活着？红梅姐整整等了你13年，这铜镜没有一天离开过她……”

说着说着，王桂英就哭了起来。

“你是……”

“我叫王桂英，妇女先锋团一连战士，向红梅是我们连长。”

“可是、可是，红梅姐，你为什么不来见你日夜思念的人？为什么呀？”

王桂英看着杨文辉，突然提高嗓门问：

“杨文辉，你是不是有了其他女人？你结婚了吗？”

杨文辉根本就没听王桂英问的什么，这突如其来的喜讯让他不知如何是好，他有些失态地抓住那小战士的手问：

“你看见她往哪里走了？”

被团长这一举动吓着了的小战士一脸茫然地说：

“我看见她往镇上去了……”

杨文辉疯了似的冲了出去，直奔镇上……

小战士如同自己犯了错一样，不知所措地站在那里，对着同样发呆的王桂英不满地说：

“我们团长一直是单身，没有结婚，也不爱其他女人，你不要冤枉他。”

王桂英一下急了，也急忙跟着向镇上冲了出去。

向红梅独自行走在回老垭堡的路上，心潮起伏、百感交集的她走得如此之快。走着走着，她慢慢地平静了下来，对自己说：“我应该高兴才是，杨文辉，好样的，我没白等你这么多年，看见你现在这个样子，我真有说不出的高兴，真的有出息了。杨文辉，我还记得你在通江总医院里那个可怜样子，一个可爱的小伤兵，转眼过去16年了……多快啊！杨文辉，你知道吗，我有多想念你？当我被敌人打得要死的时候，想到了你；当敌人要侮辱我的时候，为了自己的清白，我宁可死；当我差点活不下去的时候，我想到你就会坚强起来，你就是我的精神支柱……你呢？也一样想着我吗？杨文辉，不是我不愿见你，这13年来，我没有一天不想，有时会想得心尖尖发痛。可今天看到你，我又不敢见你，因为我心里好害怕，怕你对我说：‘红梅，对不起，我以为你不在人世了，所以我结婚了。’我不希望是这样，但又觉得可能就是这样。杨文辉，你知道吗？我是怕你难过、难堪、为难啊！杨文辉，我只想最后对你说，我向红梅说话算数，一诺千金，今生今世非你不嫁。”向红梅一路想着、走着，很快就到了老垭堡。她没有进村，径直来到埋刘秀英的那个山林。

刘秀英的坟墓越来越小了，小土堆上长了好多草，向红梅一边拔着草，一边对她说：

“秀英啊，我有好多话想对你说。我来告诉你，我们曾千辛万苦要找的队伍，现在我终于找到了，你可以放心了。我们那时的队伍叫红军，现在叫中国人民解放军，队伍壮大了，革命也成功了，今天我是来和你一起高兴的。

“秀英，我知道你很孤单，你看我，这么久也没来看你、陪你。看你这房子草长这么多，也塌下去了不少，改天我要把你的房子好好修整一下，要不然过些年就看不见了，变成平地了。”

向红梅絮絮叨叨地和坟里的人说着。

再说那杨文辉心急火燎地找遍了整个红沙镇，也没看见向红梅的影子，他失望地往回走，遇见王桂英也在到处找向红梅。

“杨文辉，别找了，红梅姐一定是回老垭堡了。”

“你等等，我回去一下马上就过来，你带我去老垭堡吧！”

“好！好！”

杨文辉回到团里，和政委低声说着什么，政委点着头。然后，杨文辉走出来和王桂英直奔老垭堡。一路上，王桂英向杨文辉讲述着向红梅这 13 年的往事。

杨文辉默默地听着，流着泪……

王桂英领着杨文辉来到老韩头家。一进屋，王桂英就着急地问：

“爹、娘，我红梅姐回来了没有哇？”

“没有呀！她不是和你们一道去了红沙镇吗？怎么啦？我闺女丢了？”

“哦，没有，我忘了介绍了，这位是驻扎在红沙镇的解放军团长，他叫杨文辉，是红梅姐的未婚夫……”

“杨团长，这家人就是我刚才给你讲的红梅姐的救命恩人，没有他们，红梅姐都死了好多年了。”

杨文辉上前紧紧握住老韩头的手，十分动情地说：

“大伯、大妈、老奶奶，非常感谢你们的救命之恩！”

“多英俊的小伙子啊！”

“怪不得我给丫头介绍好几个男人，她都坚决不嫁，只说自己有男人了。这孩子算是盼到头了，太好了！”

老韩头顾不得说什么，着急地搓着手：

“这孩子跑到哪里去了呢？”

王桂英想了想，说：

“我知道红梅姐会去哪里。”

几个人几乎异口同声地问：

“去哪了？快说呀！”

王桂英没回答，拉着杨文辉走到门口，用手指着不远处的那个山林：

“肯定去了那里，她是要去告诉刘秀英，终于找到队伍了。刘秀英和红梅姐是在黄河边上相遇的，她们俩结伴西行去找队伍，一路讨口要饭，好不容易走到了高台，可是刘秀英就病倒了，没办法她们只好又往回走，红梅姐是想把她带到老垭堡养病，结果刚走拢，刘秀英就死了。红梅姐就把她埋在那山林里，每年都要去看她。杨文辉，红梅姐一定在那儿，你自己去吧！”

杨文辉跨出门就向那山林走去，啊！不是走，是跑。

夕阳下的山林，没有风，显得格外安静，落日的余晖洒在向红梅的脸上，看上去格外的端庄美丽。她拔完草后，静静地坐在坟前，向刘秀英继续说着：

“哦，秀英，我还要告诉你，杨文辉还活着，都当团长了，我今天看见他了，真高兴啊！可我不敢去见他，13 年了，他一定以为我已经死了，知道吗？我既高兴又害怕，怕什么我也不知道，也许我怕他已有家室……还有，秀英你看我现在苍老成这个样子，又遍体鳞伤……就算他不嫌弃我，我都有些嫌弃我自己了。

“秀英，你是不是想回四川老家呀？给我托个梦好吗？如果不想回去，等我有条件了，我要给你修个漂亮的房子……”

正说着，突然一双大手从背后把她从地上拉了起来，向红梅吃惊地转身，直勾勾地看着眼前这个男人，那双无限深情的眼睛，让向红梅的心脏扑通扑通地差点蹦了出来。

杨文辉上前一把紧紧地握住她的双手，此时，他笨拙的嘴只会说出在自己心里呼唤了千遍万遍的两个字：

“红梅，红梅！”

向红梅觉得，杨文辉那双男性的、握枪的又粗又硬的大手，握得她从手上痛到心上，然而，她感到的是温暖、是幸福。此时此刻，压在她心头上的乌云仿佛瞬间化开了，她扑倒在杨文辉的怀里像个小孩儿一样痛哭了起来。杨文辉紧紧地拥抱着浑身发抖的向红梅，手在她的背上轻轻地拍着、抚摸着，默默地听着她哭。13 年积压在向红梅心中的艰辛、痛苦、屈辱、期盼、等待、思念，此刻全化成了眼泪，在心爱的人面前倾泻出来。

陶醉在爱情、幸福之中的杨文辉，被突然降临的幸福搅动到了痛苦的地步，他不允许心爱的人离开他的怀抱，他甚至希望时间在这一刻停下，两个人就这样紧紧地相拥……

眼里也饱含着泪水的杨文辉在向红梅的耳边轻声地说：

“我说过，今生今世非你不娶。”

“可我现在已经是个老太婆了，你还娶我？”

“我这个老头子就是要娶你这个老太婆！”

向红梅一下笑了起来，抬起头来看着他。杨文辉用手擦拭着她脸上的泪水，脉脉含情地对她说：

“红梅，这么多年来，你一直住在我心里，一刻也没离开过，嫁给我好吗？”

杨文辉说这话时，他那兴奋、温柔同时又有那么一种羞涩甚至畏怯的神态，深深地感动着向红梅，她的脸发红，似乎有些害臊，感到自己整个身子都轻飘飘起来，仿佛那双有力的大手瞬间变成了一双宽阔有力的翅膀，载着她在蓝天上飞翔……

“今生今世，我向红梅非你杨文辉不嫁。”

杨文辉将向红梅紧紧地拥抱着，他亲吻着她的脸庞……这静静的山林，不，这人世间好像只有这两个无比幸福的人。

“文辉，我一直以为你已经牺牲了。记得在梨园口，为了掩护总部和三十军进山，九军和我们妇女抗日先锋团二营奉命在梨园口阻击敌人，把大批的敌人吸引过来，最后几乎全部牺牲，敌人又向总部和三十军尾追而去。总部命令三十军的二六四、二六三团返回，临时选择阵地阻击敌人，我知道两个团最后也拼光了……到康隆寺时，只剩下不到3000人，大量的敌骑兵紧追不放，我们撤退到石窝山上时，只有2000多人。当时我就听说你们二六五团在阻击敌骑兵时，几乎全部牺牲，我就以为你牺牲了，那时情况十分危急，没法打听你的下落，只有在晚上偷偷地哭……后来呢？你们是怎么冲出去的？”

“队伍进入石窝山一带时，还没喘过气来，敌骑兵又追了上来，我们团担任阻击和掩护任务，敌骑兵蜂拥而上，黑压压的一片直冲上来，我们拼命抵抗，可寡不敌众啊，我们团的战友大部分都牺牲了，当时团长下令叫我们边打边撤，撤到石窝山时全团只剩下 30 来人。记得那天傍晚，已精疲力竭的我们在山上打了个盹儿，半夜时分，西路军工委命令我们三十军余部随机关人员及总部向西突围……”

杨文辉沉默了一阵后说：

“我那时打听过你们妇女团的情况，听说你们只剩下不足 300 人了，随另一个支队分散在祁连山一带打游击。我当时心里很难过，非常担心你……”

“后来呢?”

“我们支队有 1000 来人，经过三天急行军，才摆脱了敌人，深入到祁连山腹地。真冷啊，那里是冰天雪地，荒无人烟，我们没吃没喝，不少战友冻死、饿死了……后来我们继续走，到了青海巡堡以北的分水岭时，总部电台终于与党中央取得了联系，命令我们设法进新疆。于是我们翻过乌兰达坂进入疏勒垴的考克赛，蒙古族牧民卖了二三百只羊给我们，那是救命的羊啊！牧民真好啊，还给我们带路走出了大山。我们终于从安西东南大公岔山口走出了祁连山。”

“快说，后来呢?”

“后来，我们到达肃北石包城，这时，我们这支队伍只剩下 850 人了。我们行进到离安西 100 多里的蘑菇台，在这里遇到了一个大好人，是个道士，姓郭，他给了我们不少粮食，记得有小麦、黄米、面粉、胡麻油、盐、牛、马、骡、羊，真是雪中送炭啊！记得那天我们好好地吃了一顿饱饭，也精神多了。再后来我们来到安西城附近，听说城里只有一个排的守敌，于是支队决定夜里攻下县城。可是万万没有想到肃州的马步康旅派了两个步兵营和一个手枪连，已于头晚进驻了安西城，可我们完全不知道。战斗一打响，就遭到敌人炮火的打击，这才发现敌人的援兵早就到了这里，我们立即撤出了战斗，向西郊的五营村、王家屯转移。敌人又赶到了王家屯。我们依托围墙，靠大刀、手榴弹坚持了一整天，不少战友牺牲……天黑后，我们强行突围，涉过疏勒河，急行军 90 多里来到进入新疆的要隘白墩子。可是敌人又追了上来，我们只有边走边打，傍晚突围到了红柳园，在这里我们与敌人展开了最惨烈的血战，我们师参谋长及 100 多名战友牺牲在这里，我们团最后也只剩下 3 人……”

说到这里，杨文辉已泣不成声，无法再说下去。向红梅紧紧地抱着他的头，也跟着哭了起来。过了好一阵，杨文辉才平静下来，接着说：

“从红柳园到星星峡，那是一片无边的戈壁沙漠，不时狂风骤起，飞沙走石，方向难辨，没有吃的、没有水源……我就想这下可是死定了……我们艰难地走着，每走一步都非常困难，在沙漠里走了多久，我到现在也记不得了。一天早上，突然发现我们竟然走出了沙漠，来到了星星峡。当时，九死一生的我们兴奋得跳了起来。清点人数，也只剩下430余人了。第二天，党中央援西军开了几十辆满载被服、食品的卡车来到星星峡迎接我们……我们当时激动得抱着他们只会哇哇大哭……再后来我回到了延安。我回到了徐总指挥领导的部队，参加抗日战争，后来参加解放战争到今天。”

“原来我认为只有我属猫，看来你也属猫啊！我们真是天生的一对啊！”

“什么猫不猫的？”

“猫有九条命，你也是打不死的，九死一生，不属猫属什么？”

杨文辉也笑了起来说：“还真是哈！”

天渐渐黑了，杨文辉拉着向红梅的手，一刻也不松开地往老垭堡走去。

老韩头一家正等着他们回来吃饭，也不知他在哪里搞了羊肉，包了饺子。

在门口望了几次的王桂英高兴得转身向屋里喊：

“回来了！回来了！两个人一道回来了！”

李妈高兴得立即端起包好的饺子往厨房走。

“好好好！我去煮饺子！”

两人一进屋，向红梅就说：

“爹、娘、奶奶，让你们担心了。”

“大伯、大妈、老奶奶，实在对不起，让你们久等了。”

“不急、不急，回来就好回来就好哇！”

“杨团长，你听我红梅姐是怎么称呼他们的？还不改口！”

“哦，对对对，爹、娘、奶奶！”

“哎！”

“这就对了！看来我也得改口了，姐夫！”

“这丫头！”

老韩头一边吃着饺子，一边问杨文辉：

“孩子，打算什么时候娶我闺女呀？定个好日子，我们也好准备操办。”

“爹，目前还不行，大西北还没有完全解放，我还在前线打仗，等仗打完了，我立马就回来娶她。”

“今晚就住在家里，我把里面的房子都弄好了。”

“爹、娘，我今晚必须回部队，我是一团之长，一天也不能离开队伍。你们放心，以后有时间，到时你赶我走我也不走。”

“这娃娃真会说话，他是公家的人，办大事要紧，儿子，你就送送姑爷吧。”

“奶奶，谢谢你，不用送我。”

“奶奶，你知道吗，他可是我们红军夜老虎团的战士啊！走夜路是他们最拿手的。”

“那我就走了。红梅、桂英，你们俩明天过来，先做个登记，看上级如何安排。”

“好，你自己路上要小心点。”

老韩头还是坚持送了杨文辉好一段路。老韩头边走边向他述说着救红梅的过程，杨文辉听得一阵阵心痛，愤怒得拳头握得嘎嘎响。

向红梅和王桂英天刚亮就出发了，赶到红沙镇时，姐妹们刚吃完早饭。

“你们俩昨天跑到哪里去了？我们到处找都找不到你们。”

“呵呵，我们办大事去了！”

“快说，什么大事？”

这时向红梅拉了拉王桂英的衣袖，暗示她闭嘴。

“开玩笑啦！红梅姐拉肚子，在镇上找医生……”

“不对，有事瞒着我们……”

正在这时，团政委走过来，对大家说：

“姐妹们，你们的情况我们已报告给军部首长，过几天就会有消息，你们就在这里多住几天。”

几天后，团政委招呼她们去会议室坐下，他手里拿着几张纸，高兴地说：

“你们的情况我们已如实报告了军部，首长有了批示，首先对你们表示敬佩和慰问，你们受苦了。对于你们的请求，军部与地方人民政府进行了研究，鉴于部队没有成建制的妇女作战部队，所以归队的可能性没有。但是，与地方商量后，提出了如下方案：首先，给你们检查一下身体，如果有病，由政府出钱给你们医治；二、如果你们有人要回老家四川的，政府负责送你们回去，由当地人民政府对你们进行安置；三、在这里已经生活习惯了，又成了家，生了娃的，也愿意留在这里的，由这里的人民政府对你们进行安置；四、由于这里刚解放，政府工作很多，也需要一大批干部，你们以前是红军，根子正，经历过战火考验，其中有些在红军时就是干部，如果愿意即可留在当地政府部门工作……大家不急，好好考虑一下，然后去洪干事那里登个记。”

听完政委的讲话后，大家先沉默了一阵儿，然后就议论开了。有的说想回四川老家，有的说自己已生了娃，想走也走不了了，有的说自己又没有文化，当不了干部……

王淑珍、李中兰看着向红梅问道：

“红梅，你说我们该怎么办？”

“我看，姐妹们身体都有些问题，尤其是妇女病，还是先治病吧，然后再做打算。虽然归队不可能，但我们终于回到家了。淑珍、中兰，仔细想想，我们有好多兄弟姐妹牺牲了，他们没有盼到这一天，不少人连名字也没留下，甚至骨头埋在哪里都不知道，想起他们心里就很难过……可我们幸运地活了下来，我们没有什么好要求的，不但尽量不给政府添麻烦，而且还要为革命多做些工作，能尽多大力就尽多大力吧。”

“红梅说得对，我赞成！”

王淑珍走过去，对政委说：

“非常感谢领导对我们的关心、照顾和安排，我们坚决服从，请你们放心。”

“太好了，我和团长决定将洪干事留下来，专门为你们办理有关事宜，有什么要求尽管给他讲。”

两天后，杨文辉接到命令，全团继续向西挺进，尽快解放山丹、张掖等城。

临走时，他来和向红梅道别，他紧紧握着她的手深情地说：

“红梅，我要走了，好好等着我。还有，你身上的伤病尤其是你的腿伤，一定好好治治。治不好就算我以后可以背着你走，但等我也老了，背不动了怎么办？”

“嗯，知道了！我可不要你背。文辉，我还是那句话，你可要活着回来见我。”

“一言为定！”

杨文辉给她敬了个军礼，转身走了。

望着杨文辉坚定的步伐、远去的背影，向红梅的心也随他去了。

尾　　声

西路军失败后，大批指战员被俘，遭到马步芳残忍的杀害、奴役。许多受尽马匪折磨、摧残的女战士，最后被抛弃在祁连山、戈壁滩的乡间荒野。为了生存，她们三三两两艰难地挪着步子，在生死未卜的路途上，顽强地寻找着红军队伍，寻找着能活下去的落脚点，寻找着回家的路……

在河西走廊的大地上，有人掩护、营救、收留了她们，恩情重于山；有人出卖她们，迫害她们，为虎作伥，罪恶滔天。

老垭堡的22位女红军战士，顽强地活了下来。新中国成立后，她们获得了新生。秀秀、苏大芳等几个人回到了四川老家，得到当地政府妥善安排；有几个就留在西北当地生活下去；向红梅、王淑珍、李中兰等几个人参加了革命工作，成了国家干部，王桂英随赵兴武回到景泰县，担任县妇联主任。向红梅后来任张掖妇联主任，丈夫杨文辉任张掖军分区参谋长。

向红梅一直有一件心事未了，她约上王桂英回了趟四川，她们是要去寻找贾凤莲的儿子刘文生。

在通江县民政局的帮助下，她们终于找到了贾凤莲的儿子刘文生。此时刘文生已是30来岁的人了，身材高大，样子极像贾凤莲，在县城中学当老师。

向红梅给刘文生讲述了他母亲的故事，告诉他：“你的妈妈没有一天不想你，你一直都生活在你母亲的心里。文生，你妈妈是个伟大的女人，是我们非常敬重的人，你知道她临终前想对你说什么吗？她要我们找到你，要我们告诉你，她是一个好妈妈，是好人，是个英勇的红军战士，革命到底了……”

说到这里，向红梅和王桂英都止不住流下了眼泪。

听到妈妈临终想对自己说的那些话后，这个大男人蹲在地上放声大哭。

“母亲被赶出家门时，我已经11岁了，见不到妈妈，我天天哭闹，非要奶奶把妈妈找回来，可奶奶非说妈妈‘克’我，没办法……后来，等我长大一些后，曾到处寻找、打听，可没有人知道她到哪里去了。”

“文生，你妈妈知道你现在过得很好，也有出息了，她在九泉之下也会心安的。”

“我要去看我的母亲。”

……

回到甘肃后，向红梅、王桂英两个人马不停蹄地直奔民乐县的凤凰山。在那破窑洞旁找到了贾凤莲的坟，坟前那块石头还在，只是上面刻的“贾妈妈”三个字已模糊了。向红梅和王桂英告诉贾凤莲：

“贾妈妈，我们找到你的儿子了，他长得可像你了，身材高大，在县城当老师，他也很想你。你就放心吧。他会来看你的……”

“红梅姐，这坟像是被人垒过，杂草很少，看出来是有人来上过坟。”

“谁呢?”

“莫非是沙大爷?”

“走！去看看沙大爷!”

已经80岁的沙大爷竟然一下就把她俩认出来了。

“我早就知道你们是四川来的红军，是好人。我虽然叫不出她的名字，但我知道她是为什么死的，她在这里没有亲人，我就每年来给她上坟，烧点纸钱……哎！你们俩能活下来真不易啊!”

向红梅和王桂英不约而同地给沙大爷跪下：

“沙大爷，您的恩情我们永远会记得，我们的贾妈妈多亏您照料，谢谢您了!”

“你们俩真是有情有义的人啊!”

身体受到过多次严重摧残的向红梅已不能生孩子了，她和杨文辉收养了三个孤儿，两个儿子一个女儿，大儿叫杨大宝，小儿叫杨二宝，女儿叫杨梅。正当他们一家五口过着安定生活之时，命运又给向红梅开了个大大的玩笑，让她再一次陷入无比的痛苦之中。

“文化大革命”中，西路军高级将领遭到了残酷迫害，有的被迫害致死，有的饱受凌辱，强加给他们的罪名是右倾逃跑主义，是搞分裂、是叛徒……幸存下来的西路军战士也未能幸免。被俘的女战士们，包括妇女抗日先锋团团长，再一次遭遇横祸，她们被冠以“逃兵”“被俘就是背叛”“马匪的小老婆”等罪名而遭到批斗。

向红梅及她的姐妹们，以“逃兵”“叛徒”等罪名被所谓的“文化大革命”造反派批斗。向红梅不怕肉体上的伤害，但在她心里戳刀子，她无法接受；被敌人侮辱、打骂她不怕，但被自己人侮辱、打骂她无法接受。她陷入极度的痛苦之中，她想不明白这是为什么？向红梅在过去十几年的悲惨遭遇中，无论多么痛苦、悲伤，从来没有想过要自杀，而这时，她想自杀。她无法容忍自己被定为“革命的叛徒”“逃兵”……

深爱着向红梅的杨文辉，对此也搞不明白，更无回天之力，他唯一能做的就是陪伴着她，同她一起度过这黑白颠倒的可怕岁月。

他天天都会告诉向红梅一句话：

“即便全中国人都不相信你，但有一个人，就是刀架在脖子上，也绝对相信你向红梅是世界上最好的女人，是最坚强的红军女战士，那个人就是我。即使非死不可，我会陪着你一起走。”

整整十年啊！头发已经花白的向红梅，在丈夫杨文辉的支撑下，又一次坚强地活了下来。

历史又恢复了它的本来面目，向红梅庆幸自己没有去死，她终于等到了还自己清白的那一天。

大宝、二宝都参了军，还当了干部，女儿杨梅上了大学，毕业后当了医生。三个孩子都成了家，有了自己的幸福家庭。

一晃又是20年过去了。

一个春光明媚的日子，中国工农红军西路军烈士陵园里，只见两个白发苍苍的老人，相互搀扶着，在一个个无名烈士墓碑前久久不肯离去，两双颤颤巍巍的手抚摸着一块块冰冷的墓碑……陵园正中垒有一个无名烈士大墓，里面埋着一千多位烈士的骨骸，向红梅抚摸着那带着泥腥味的黄土，老泪纵横，心里默默地问：廖荣华、贾妈妈、“闷葫芦”、“小飞机”、“风辣子”、何福妹……你们都在里面吗？我好想你们，快了！快了！我们要见面了……

再后来，年老体弱的向红梅和杨文辉都生病了。

向红梅几乎是瘫痪，说话都已经非常吃力了。戎马一生、多次受伤的杨文辉也日渐衰老，但他时时守候在向红梅的身边。

弥留之际，三个孩子都回来了，守在母亲的身旁。向红梅紧紧握住杨文辉的手不放，嘴张了好几次想说什么，可她已口不能语。杨文辉明白妻子的心思，对她说：

“红梅呀！我知道你想说什么，不急，等着我，我们一起走。”

向红梅摇了摇头，眼泪顺着耳根流了下来。

“你是想说，死后骨灰撒在家乡大巴山？”

向红梅停顿了一下，摇了摇头。

“你是想说，死后将你的骨灰撒在祁连山……还有老垭堡……想与这里的父老乡亲、英勇牺牲的战友们在一起，永不分离？”

向红梅点了点头。

“红梅，你放心，我已给孩子们交代好了，一定要把我们俩的骨灰合在一起，撒在祁连山、戈壁滩，还有老垭堡……”

向红梅笑了，这是她留在这人世间的最后一个微笑，笑得如此幸福，如此美丽，如此灿烂。

向红梅去世一周后，杨文辉也跟随她而去。

大宝、二宝、杨梅明白，父母从大巴山来到祁连山，为革命献身一辈子，在他们行将走完风雨人生路的最后时刻，却把心和目光停留在了这片用生命和鲜血捍卫过的土地上，留在这无数战友倒下的祁连山。他们不愿立碑，也不愿留下铭文和姓名，他们只需要把自己与这片土地紧紧地融合在一起，与牺牲在这里的战友们团聚、相依相伴……

三个孩子携全家人，遵照父母的遗愿，将他们的骨灰合在了一起，撒在了巍峨的祁连山、茫茫的戈壁滩，还有那老垭堡。

后　记

我在采访、搜集资料、创作及出版的过程中，得到了许多人和单位的鼓励、支持和帮助。我对他们表示深切的敬意和感谢。

非常感谢：朱玉教授及夫人徐秀英女士（中国人民解放军国防大学）、麻琨老师（甘肃省党史办）、魏海鹰（甘肃省妇联宣传部）、德青王茂（青海省政协）、杨岭多吉（四川省政协）、孙丽娟（甘肃省高台中国工农红军西路军纪念馆）、石砺（青海省地方志办公室）、关艳（青海省西宁中国工农红军西路军纪念馆）、米丽（四川省巴中市妇联）、陈中及张万林（四川省巴中市政协文史委）、李芝兰（四川省巴中市川陕革命根据地博物馆）、彭俊礼（四川省通江县政协）、李雪华（四川省旺苍县妇联）、赵华修及曹洪（四川省苍溪县党史办）、李岩云（国防大学特聘画家）、李青稞（成都画院画家）、李明峰（国防大学画家）、王凯（甘肃省古浪战役纪念馆馆长）、张掖西路军烈士纪念馆、兰州八路军办事处纪念馆、青海省图书馆资料室、四川省巴中市党史办、四川省通江县党史办、四川省通江县妇联，四川省通江县王坪烈士陵园、烈士纪念馆，四川省苍溪县红军渡江纪念馆，四川省旺苍县红军城纪念馆……

非常感谢李华、王文红、牛明海、杨明义、时宏斌、贾晓慧等红军后代们的大力支持。

特别感谢原西路军总指挥、开国元帅徐向前之子徐小岩中将为本书作序。

特别感谢原西路军骑兵师师长、开国中将杜义德之女杜红对本书的全力支持和帮助。

特别感谢中国拥军优属基金会西路军研究工作委员会的支持。

最后我要感谢一路上陪伴我，鼓励、支持我的亲友：强茜、张绍碧、秦光权、邢凯昆、毕武奎、杨爱群、吴涓涓、胡鹏、吴婷婷、吴晓桐、吴晓可。

在采访中和搜集到的各种资料中，我发现了不少女红军的名字，于是我将她们一一地记录了下来。其中部分女红军有原籍地址，但也有很多只有名字而无原籍地址，还有不少牺牲了的女战士没留下她们的姓名。虽然这只是女红军中很少的一部分，但我还是将记载下来的女红军名单附录于书后，我是想让读者们知道曾经有这么一批女人，她们用鲜血和生命筑起了一座伟大的丰碑，我们不能忘记她们，要永远记住这些巾帼英雄们。

附：部分女红军名单

张琴秋（浙江桐乡）	曾广澜（江西吉安）	陶万荣（湖北麻城）
王泉媛（江西吉安）	何福祥（湖北红安）	戴觉敏（湖北红安）
吴富莲（福建上杭）	林月琴（安徽六安）	汪荣华（安徽六安）
陈映民（安徽六安）	王泽南（河南商城）	冯玉兰（陕西宁强）
陈真仁（陕西宁强）	刘伯兴（安徽金寨）	黄兴兰（四川宣汉）
姚明善（四川南江）	何莲芝（四川万源）	李和鸣（四川南部）
王定国（四川营山）	华全双（四川巴中）	杨文局（四川达县）
李文英（四川阆中）	苏大芳（四川城口）	丁碧英（四川宣汉）
刘汉润（四川通江）	陈茶秀（四川宣汉）	王玉春（四川巴中）
安明秀（四川阆中）	杨桂香（四川巴中）	吴兰英（四川通江）
张怀碧（四川达县）	廖其华（四川南江）	马桂兰（四川成都）
林　红（四川阆中）	孟　青（四川苍溪）	曲　非（四川苍溪）
张美英（四川广元）	龙春莲（四川南江）	胡万全（四川旺苍）
周秀英（四川南江）	李兰芝（四川阆中）	刘女子（四川广元）
任碧三（四川万源）	罗秀英（四川苍溪）	朱秀英（四川巴中）
张正辉（四川宣汉）	罗秀英（四川通江）	张炳洪（四川雅安）
陈学福（四川通江）	陈玉莲（四川通江）	夏彩目（四川巴中）
李志明（四川达县）	彭明顺（四川宣汉）	吴明兰（四川阆中）
崔秀英（四川平昌）	张秀英（四川巴中）	傅秀英（四川苍溪）
陈秀英（四川巴中）	任秀珍（四川通江）	侯玉珍（四川阆中）
唐正明（四川南江）	张继兰（四川南江）	赵达光（四川通江）
张福珍（四川巴中）	王尧莲（四川苍溪）	王秀芳（四川巴中）

张继蘭（四川南江）	刘玉兰（四川开县）	王正贵（四川通江）
白莲明（四川南江）	马莫合（四川南部）	龙春莲（四川通江）
黄家力（四川苍溪）	杜正英（四川达县）	吴英秀（四川南江）
张　萍（四川阆中）	程　桂（四川平昌）	刘照林（四川通江）
叶　林（四川巴中）	王能香（四川通江）	黄海云（四川梓潼）
王桂兰（四川通江）	吴秀英（四川旺苍）	刘国英（四川旺苍）
马金英（四川旺苍）	韩秀英（四川旺苍）	李桂珍（四川巴中）
周苦娃（四川通江）	李玉南（四川通江）	史群英（四川旺苍）
李　华（四川旺苍）	侯　敏（四川旺苍）	殷秀山（四川旺苍）
覃邦秀（四川苍溪）	罗兴贵（四川苍溪）	马玉莲（四川南江）
谭桃秀（四川芦山）	莫金香（四川仪陇）	何三女（四川旺苍）
李鸿翔（四川通江）	杨素珍（四川通江）	李天秀（四川通江）
肖志珍（四川通江）	杨　芹（四川通江）	苟秀英（四川通江）
王　英（四川通江）	何光春（四川通江）	严如林（四川通江）
艾　萍（四川通江）	胡　敏（四川通江）	梁金玉（四川通江）
杨　磊（四川通江）	刘　坚（四川通江）	李光明（四川通江）
张　苏（四川通江）	张熙泽（四川通江）	何克春（四川通江）
严少诚（四川通江）	权卫华（四川阆中）	李　秀（四川通江）
何光明（四川通江）	谭相公（四川通江）	杨银本（四川通江）
李玉珍（四川通江）	王海会（四川达县）	罗秀英（四川苍溪）
龚家淑（四川阆中）	张克清（四川南江）	李桂英（四川巴中）
陈秀英（四川巴中）	李秀珍（四川广元）	李春富（四川平昌）
李秀英（四川巴中）	简到英（四川巴中）	阎桂明（四川通江）
陈香兰（四川苍溪）	任玉兰（四川营山）	王秀兰（四川巴中）
向翠花（四川通江）	金玉兰（四川巴中）	赵文秀（四川南部）
杨树青（四川南充）	姚芝珍（四川苍溪）	谢常花（四川通江）
李桂珍（四川巴中）	车秀才（四川苍溪）	陈桂兰（四川南江）
苟朝珍（四川苍溪）	杨桂兰（四川通江）	向思玉（四川通江）
仁青香（四川通江）	付秀英（四川苍溪）	余碧秀（四川宣汉）

陈世英（四川平昌）　冯玉莲（四川巴中）　聂召莲（四川营山）
崔秀英（四川平昌）　彭明顺（四川宣汉）　马德英（四川万源）
刘明清（四川仪陇）　张秀英（四川巴中）　谢秀英（四川巴中）
谭秀英（四川巴中）　何芝芳（四川巴中）　夏秀英（四川平昌）
冯秀珍（四川阆中）　肖汝成（四川巴中）　阎秀文（四川通江）
薛毕生（四川通江）　王秀芳（四川巴中）　刘玉兰（四川开县）
陈玉莲（四川巴中）　赵文秀（四川平昌）　王秀英（四川通江）
马秀英（四川巴中）　任玉珍（四川通江）　谭秀英（四川苍溪）
杜银章（四川苍溪）　宋莲珍（四川广元）　叶梅艳（四川万源）
李英兰（四川通江）　张玉梅（四川巴中）　刘五子（四川广元）
李治兰（四川阆中）　向莲明（四川南江）　杨庆玉（四川南部）
肖光秀（四川通江）　王秀莲（甘肃山丹）　韩英珍（四川达县）
朱秀英（四川巴中）　李先珍（四川巴中）　王中才（四川通江）
王春春（四川巴中）　黄家娌（四川苍溪）　王秀英（四川巴中）
刘文品（四川通江）　杨秀莲（四川巴中）　吴宗莲（四川巴中）
张喜莲（四川巴中）　杨本珍（四川通江）　李　秀（四川巴中）
黄贵莲（四川巴中）　方金莲（四川南江）　杨秀英（四川巴中）
陈元星（四川通江）　杜世英（四川通江）　张才杨（四川通江）
柯世珍（云南丽江）　杨秀兰（四川大邑）　王永兰（四川万源）
伍兰英（四川苍溪）　石磨玉（四川苍溪）　张庭富（四川通江）
吴朝祥（四川通江）　牟炳珍（四川宣汉）　吴秀英（四川达县）
屠大桂（四川平昌）　袁大秀（四川通江）　张桂清（四川通江）
徐秀英（四川邛崃）　杨桂兰（四川巴中）　王泽莲（四川南江）
吴文英（四川平昌）　吴秀英（四川南江）　刘秀芬（四川通江）
唐有明（四川巴中）　魏开珍（四川达县）　吴彦香（四川南江）
岳兰芳（四川南江）　刘秀英（四川万源）　蒲秀英（四川宣汉）
张春英（四川巴中）　侯秀英（四川苍溪）　胡秀英（四川巴中）
金玉香（四川通江）　陈贵富（四川通江）　蒲桂元（四川南江）
王大英（四川南江）　邓秀英（四川苍溪）　唐智秀（四川巴中）

刘静清（四川巴中） 唐正明（四川南江） 蔡元珍（四川巴中）
侯子姐（四川苍溪） 王秀英（四川康定） 李秀英（四川万源）
马秀英（四川广元） 赵秀英（四川巴中） 何有莲（四川通江）
杜世才（四川通江） 杜正英（四川达县） 庞秀英（四川苍溪）
马秀英（四川南江） 龚香文（四川巴中） 冉秀英（四川通江）
王桂英（四川广元） 吴光群（四川巴中） 马秀珍（四川通江）
赵明英（四川达县） 仲淑兰（四川通江） 伍兰英（四川广元）
王秀英（四川巴中） 刘青成（四川通江） 王秀英（四川江口）
李秀兴（四川巴中） 吴仲莲（四川巴中） 苏贵莲（四川巴中）
邵成秀（四川酉阳） 赵启仁（四川南江） 王泰春（四川巴中）
黄家丽（四川苍溪） 杨本珍（四川通江） 李　秀（四川江安）
张喜莲（四川巴中） 杨秀莲（四川巴中） 杨秀文（四川广元）
李文秀（四川巴中） 李秀文（四川广元） 钟月清（湖南澧县）
张桂花（四川南部） 郑　祥（四川巴中） 王秀莲（甘肃山丹）
高亥姐（四川巴中） 严秀珍（陕西白河） 杨凤莲（四川巴中）
张克勤（四川南江） 韩国均（四川通江） 杨秀珍（四川达县）
阿木初（四川松潘） 张秀英（四川剑阁） 朱秀英（四川巴中）
孙培香（四川巴中） 张德英（四川江油） 吴秀兰（四川通江）
李桂英（四川南江） 李素玫（四川宣汉） 党文秀（四川巴中）
陈洮远（四川通江） 杨翠兰（四川巴中） 王淑珍（四川南江）
肖明乔（四川通江） 严　川（四川通江） 厚子姐（四川巴中）
耳明乃（四川通江） 史群央（四川旺苍） 殷秀山（四川旺苍）
李玉南（四川通江） 方桂英（四川巴中） 敖玉华（四川巴中）
刘　坚（四川通江） 潘家珍（四川通江） 李光明（四川通江）
张　苏（四川通江） 李开英（四川通江） 贾德福（四川通江）
刘照林（四川通江） 李玉南（四川通江） 张　文（四川通江）
杨素珍（四川通江） 彭克昌（四川通江） 苏　智（四川通江）
杨林平（四川通江） 梁金玉（四川通江） 唐树林（四川通江）
杨　柏（四川通江） 赵玉香（四川通江） 叶　冰（四川通江）

叶　琳（四川通江）　向玉文（四川通江）　徐荷莲（四川通江）
周怀女（四川通江）　吴清香（四川通江）　王桂兰（四川通江）
邓秀英（四川通江）　张显明（四川通江）　林桂珍（四川通江）
胡桂香（四川通江）　朱世清（四川通江）　何克春（四川通江）
李　林（四川通江）　严　诚（四川通江）　刘文治（四川通江）
吴秀英（四川通江）　杜芝田（四川通江）　肖志珍（四川通江）
杨　琴（四川通江）　岳　琴（四川通江）　吴秀林（四川通江）
王秀英（四川通江）　赵元秀（四川苍溪）　郑光明（四川南江）
彭世玉（四川巴中）　贾　晔（四川通江）　刘成清（四川宣汉）
李福生（四川南江）　侯正芳（四川阆中）　胡　敏（四川通江）
付安邦（四川平昌）　杨理明（四川巴中）　翟清明（四川旺苍）
李开芬（四川达县）　马奎宣（四川开江）　姜　萍（四川小金）
王希云（四川巴中）　郧先碧（四川巴中）　刘　钊（陕西镇巴）
李文英（四川阆中）　蒲文清（四川巴中）　蒲秀珍（四川南江）
谭新华（四川宣汉）　李登玉（四川万源）　赵明光（四川苍溪）
李清芝（四川巴中）　李克良（四川宣汉）　杨淑兰（四川宣汉）
胡　莲（四川宣汉）　高秀英（四川苍溪）　黄　琳（四川通江）
韩明珍（四川通江）　何　光（四川巴中）　苟兴珍（四川阆中）
侯立珍（四川万源）　王治成（四川旺苍）　吕清云（四川通江）
安钦林（四川阆中）　王贵卿（陕西镇巴）　张　云（四川万源）
王　克（四川平昌）　冯　新（四川巴中）　冯　辉（四川阆中）
朱德云（四川仪陇）　芦桂秀（四川苍溪）　严照英（四川通江）
田金秀（四川广元）　任秀祥（更名李　琳，四川南江）
巨林秀（更名何　智，四川平昌）　何征友（更名何　炽，四川南部）
彭秀英（更名彭　云，四川巴中）　李翠芝（更名孟　瑜，四川阆中）
李登福（更名李　超，四川万源）　张芝兰（更名杨　柳，四川巴中）
薛玉兰（更名薛莲萍，四川旺苍）　孙文莲（更名孙　克，四川巴中）
李开霞（更名李　明，四川达县）　李元秀（更名李元发，四川通江）
何贵枝（更名何　锐，四川广元）　陈桂兰（更名陈　明，四川南江）

胡秀英（更名万曼林，四川苍溪）　彭永珍（更名彭　云，四川苍溪）

王秀英（更名彭绍兰）

查不到原籍地址的有：

赵四贵	李志明	陈学英	王小华	刘秀英	赵　兰	吴　英	于明凤
宋学珍	王永兰	张美英	陈元新	张安如	侯开英	载明秀	李秀英
郑玉香	李保珍	孙桂英	王双喜	张仙秀	刘文素	毛秀英	侯前进
何光肖	伍从秀	李小秀	李言发	陈之秀	我言辉	赵正富	姜菊英
马英超	向翠花	谭怀明	朱幺女	谭马氏	吴万秀	王淑珍	廖桂芬
周　媛	危安秀	赵桂林	侯守玉	詹应香	马正荣	胡玉兰	陈英明
雷明珍	王学荣	王兰英	潘金荣	赵生德	吴国秀	杨秀珍	王淑英
郑兰英	年明秀	赵应兰	江菊昆	刘进生	张美英	张显明	吴秀英
陈惠芳	石秀珍	范从玉	唐新明	杨建孔	何进香	陈贵香	张继兰
吴明兰	陈秀英	营明新	赵必先	王世莲	李中贵	张淑珍	罗秀英
高壁陛	尹清平	蔡金花	张梅英	张秀英	杨金玉	张九顺	赵莲英
李兰英	张子槐	王凤英	杨秀兰	吴清香	熊秀英	王秀珍	张秀芳
何元秀	项秀英	潘学莲	于光梅	罗淑章	罗桂林	安明秀	黄雄秀
余秀英	陈素娥	荀兴发	赵兰英	张秀兰	陈玉莲	王桂兰	黄金莲
舒光明	熊翠兰	李秀珍	夏月英	蔡桂英	董桂芳	柳宗秀	左秀英
王玉春	马玉莲	纪玉珍	何秀仁	赵兰英	杨秀英	罗秀英	张月英
张万年	华秀珍	龚正秀	杨登秀	刘文英	赵万珍	刘万寿	周发奎
苏秀英	薛正香	吴兰英	武正秀	卜钱福	朱有才	程淑珍	鲁素香
冯水花	石桂英	杨翠兰	唐秀兰	荀正兰	田翠莲	何旺香	罗桂芝
包东香	袁秀英	刘德英	何秀英	李菊香	何三女	王淑英	谭桃英
莫金香	赵四妹	赵子科	吴春花	赵玉香	刘秀英	谢金花	阎　曼
刘桂英	张秀英	卓布草	高秀英	荀维芳	赵玉香	何玉莲	李秀英
王玉凤	徐小妹	李文华	陈恩玉	赵文毕	李金卓	王引香	刘奎女
陈二女	马冬花	康桂英	刘金龙	乔化龙	李定英	徐正丙	王秀英
杨桂花	黄正秀	曾从桂	胡秀英	马金莲	杨秀英	冯秀英	杨玉秀

黄明花　张洪珍　冯培珍　林桂珍　罗志清　罗秀珍　赵发云　赵玉兰
王孝莲　罗贯飞　刘尚贤　黄真秀　张桂英　乔兰英　张秀英　金玉秀
乔旭光　杜秀兰　唐秀英　赵梅英　毛远飞　苟祥正　马玉兰　申璧秀
何光璧　刘子秀　邓树珍　冯田秀　尤文光　刘尚云　王秀珍　向秀英
徐翠兰　余月英　张秀珍　冉云得　李玉兰　赵玉祥　朱光英　王秀英
何占清　王秀莲　赵正杰　何秀贞　王其元　唐秀英　张桂合　龙玉孝
熊玉琴　郑秀英　陈玉桂　何莲英　王桂英　董秀英　李秀英　李登云
马国香　康秀英　周光荣　王家秀　苏玉秀　罗秀英　刘永兰　黄秀英
赵九茹　张桂香　张莲茹　白玉兰　许文明　张玉珍　伏士英　刘玉萍
林　江　沈内秀

已改为回族、哈萨克族姓名的女红军有：

肖赛力买（四川巴中）　马阿西亚（四川旺苍）　马日西买（四川通江）
马海力买（四川通江）　马再乃白（四川巴中）　何自加合（四川通江）
张海姐（四川巴中）　马二那（四川巴中）　韩麦热（四川南江）
马乙未娜（四川巴中）　马阿乙下（四川酉阳）　马阿舍（四川通江）
马晒买（四川通江）　高美力亚（四川达县）　韩阿乙舍（四川巴中）
谭法土买（四川万源）　韩祖比德（四川通江）　马海古亚（四川巴中）
马德士麦（四川通江）　张索非亚（四川旺苍）

四川省通江县记载的部分牺牲的女红军烈士：（含妇女独立团，分散在各军、总部、总医院、后勤、工兵营、兵工厂，地方游击队妇女独立营）

张秀英（妇女独立团）　赵明秀（妇女独立团）　王文华（妇女独立团）
何建秀（妇女独立团）　易光珍（妇女独立团）　赵贵香（妇女独立团）
张杜氏（妇女独立团）　登　纳（妇女独立营）　陈久香（妇女独立团）
莘明英（妇女独立团）　阎清声（妇女独立团）　伏苏氏（妇女独立团）
冯福秀（妇女独立团）　周清香（妇女独立团）　周焕女子（妇女独立团）
李熊女子（妇女独立团）　李天珍（妇女独立团）　杨建秀（妇女独立团）
王大清（妇女独立团）　李明珍（妇女独立团）　李明秀（妇女独立团）

余珍女子(妇女独立团) 余福女子(妇女独立团) 金丁香(妇女独立团)
王兰氏(妇女独立团) 王香女子(妇女独立团) 何新银(妇女独立团)
何春章(妇女独立团)

刘满文 王程氏 屈秀国 杨桂香 肖李氏 冯绍明 张友女 汤仕秀
康曾氏 杜庭荣 熊云珍 陈马氏 陈永清 陈永妹 朱学莲 屈昭英
杨孝香 杨纳香 刘李氏 张屈氏 徐仕秀 朱张氏 唐庭兰 任秀珍
杜显秀 贾徐珍 冯马氏 阎世清 苏才英 杜秀莲 李明秀 张阎仕
张红秀 付天寿 李潘氏 高洪兴 茹张氏 张金莲 苏才荣 杨德秀
卢清秀 张贾氏 纪洪桃 杨国秀 马洪军 周女子 胡大玉 周赵氏
周时珍 刘贾氏 赵本珍 陈向氏 谢皀香 蒲英秀 朱桂香 王桂香
朱银香 朱秋香 任何氏 蒲屈氏 任贺氏 任福珍 彭焕香 赵秀才
向思润 冯成英 冯玉珍 熊柳香 李秀珍 赵洪秀 李翠香 赵罗氏
邱素华 赵王氏 赵国珍 王菊香 赵徐氏 赵洪润 蒲秀志 张吴氏
岳兰香 蒲王氏 李子秀 刘兴菊 吴吉秀 李开秀 王腊香 冯赵氏
何张氏 赵心兰 杨春香 王永秀 赵和香 周必香 谢阶英 金秀珍
何连一 何维爱 吴开容 赵彭氏 杜成香 胡友香 何映莲 胡苟氏
谭永香 张国英 徐国珍 苟芝娃 何唐氏 何光菊 李光珍 米加莲
王女子 王刘氏 杨朝贵 杨　清 鲜三香 许冬莲 李昌秀 张忠秀
徐春娥 赵清香 陈李氏 周刘氏 袁赵氏 喻秀莲 王奎香 王五香
余三香 魏传香 苟成香 李银女 向瑞香 向满香 陈大兰 陈二香
程王氏 魏得秀 熊向氏 杨秀兰 潘润香 吴国秀 程莲香 陈兰香
吴女子 陈发秀 陈馥香 黎赵氏 陈爱香 龚桂英 何女子 伏程氏
伏李氏 任徐氏 伏宗香 李德珍 吴以香 向桂英 陈向氏 靳陈氏
陈爱香 徐马氏 陈靳氏 李杜香 李翠英 刘吴氏 刘进香 李必强
程元凤 薛光英 王李氏 刘必香 李春莲 王明娥 李奎香 刘廖氏
刘文秀 刘文清 刘仁长 刘清仁 苟明桃 刘华才 马包银 李序莲
李清秀 吴纳女 高福女 何金菊 高清女 杨秀耳 李儒秀 李莲珍
彭彩香 向兰英 阎家珍 何陈氏 阎明福 阎王氏 陈余氏 高发秀
高玉莲 李阎氏 阎仕兰 王生莲 高秀兰 伏路氏 谭秀达 李谭氏

张清秀 刘清成 阎明珍 何炳兰 刘何氏 苏国莲 王清莲 何文兰
伏金秀 伏向氏 路清香 蔡王氏 何翠兰 张通志 何钊德 靳荣祥
马荣香 莫玲香 吴长清 刘赵民 朱六香 马洪珍 郭维香 何宜秀
李金莲 罗翠乡 李四女 冯金莲 纪赵氏 徐罗氏 向菊香 刘润香
唐继秀 陈孝女 屈焕英 苟贵英 谢德英 刘安珍 刘翠香 苟大会
谢九香 刘张氏 郭赵氏 过灯科 陈李氏 曾秀莲 李章秀 赵春香
何陈氏 熊春香 杜张氏 张国英 向俊英 杜程氏 李玉兰 陈向氏
马李氏 严马氏 景占兰 吴党氏 张先兰 陈杨氏 景宜兰 苟王氏
张月英 李张氏 袁卯香 会国荣 景满秀 程李氏 景竹秀 景贻秀
程香子 马朝清 杨马氏 谭秀珍 刘何氏 张何氏 马宗其 马乾珍
李杨氏 刘宗珍 王占秀 饶正秀 李文秀 李成香 冉万美 郑芝兰
杨李氏 杨印秀 冯七香 罗荣香 宋谢氏 朱张氏 段秀银 张付氏
张廖氏 杨启兰 刘桂英 王映怀 王纪氏 付继会 李洪秀 阎苏氏
屈贾氏 屈尚月 史仲秀 罗菊花 李春秀 陈竹香 任明珍 陈元四
张万秀 张翠香 兰天秀 陈爱莲 腾秀珍 王秀兰 张南香 何青秀
郭维珍 罗卯莲 严永秀 苟怀德 李曾氏 黄玉莲 王张氏 胡友香
何印莲 易光珍 刘贾氏 金玉娃子 吴琼女子 吴彭女子 杨贞女子
何幺女子 邱换女子 徐孝女子 张珍娃子 苏桃女子 何桂女子
彭庚香子 马连女子 马卯女子 赵二女子 蒲菊女子 何谷女子
赵幺女子 杜二香子 赵兰女子 蒲腊香子 李菊女子 潘润女子
苟孬女子 王幺女子 蒲润女子 何寅女子 龚润女子 鲜秀女子
赵香女子 刘友女子 何香女子 王丙女子 李奎女子 王桃女子
刘长女子 田东女子 曾长女子 魏映女子 高尕女子 周玉女子
李菊女子 周怀女子 陈菊女子 阎三女子 阎一女子 伏三女子
张润女子 罗幺女子 伏已女子 伏寅女子 伏幺女子 杨保秀子
薛小女子 张胖女子 彭三女子 杨芝女子 杨幺女子 杨狗女子
杨二女子 杨清女子 陈碧兰子 陈明女子 崔腊女子 彭长女子
周二女子 蒋俊娃子 罗五香子 屈四女子 周腊女子 屈陈香子
陈冬女子 钟爱女子 任林女子

部分战斗中牺牲的无名烈士：

四川江油、北川交界的苦竹沟战斗中有7名红四方面军妇女独立师一团的战士牺牲

红四方面军妇女独立师二团，在阿坝理县地区筹粮时遇袭，20多名女战士牺牲

阿坝大、小金战斗中有十几名妇女独立一团女战士牺牲

甘肃腊子口战斗中，妇女独立一团一营一连70多名女战士牺牲

甘肃永昌丰乐堡战斗中妇女抗日先锋团一个排的女战士牺牲

甘肃古浪土门镇附近突围时，担任掩护任务的妇女抗日先锋团三营一连100余名女战士牺牲

甘肃高台战役中，妇女抗日先锋团三营女战士大部分牺牲

甘肃临泽战役中，妇女抗日先锋团一营、二营400余名女战士牺牲

甘肃倪家营子突围中，妇女抗日先锋团40余名女战士牺牲

甘肃石窝山掩护总指挥部突围战斗中，妇女抗日先锋团女战士大部分牺牲，其余的几乎全部被俘

注：名单主要来源

《青海省志》之《人物志》、《通江100位红军人物》、《通江女红军》、《梨乡红霞》（1—3）、《西征中的女战士》（甘肃省妇联）、《红军妇女独立师》（旺苍县委宣传部）、《巾帼壮歌》（川陕红军纪实）、《浩气壮山河》、《川陕忠魂》、《旺苍妇运史》（旺苍县妇联）、《西路军沉浮录》（董汉河）、《悲壮的征程》（甘肃省党史资料）。

川陕根据地纪念馆，巴中党史办、巴中政协、巴中妇联，甘肃省各西路军纪念馆、烈士陵园，青海省西路军纪念馆，青海省图书馆资料室，等。

还有些是由红军后代提供。

名单中有些是同名同姓，也可能有个别是记录重了，我害怕漏掉了她们任何一个人，所以宁可重，不可删。敬请读者原谅。